Lothar von Seltmann

# *Clara und Franz*

Aber die Liebe siegt

BRUNNEN
VERLAG GIESSEN · BASEL

www.brunnen-verlag.de
Umschlagbilder: Superstone/Milestone, Berlin;
Bilderberg/Popperfoto, Hamburg
Umschlaggestaltung: Ralf Simon
Satz: BUCHMACHEREI Ralf Rüffle, Stuttgart
Druck und Bindung: GGP Media, Pößneck
ISBN 3-7655-1854-9

# *Ersehnte Heimkehr*

Was für ein Tag! Das tiefe Blau des Himmels, das matte Grün der Wiesen, gesprenkelt mit dem Lila der ersten Herbstzeitlosen, mit Gelb von Hahnenfuß und spätem Löwenzahn. Die ersten Farbflecke in den Bäumen. Der Geruch von spätem Grummet in der Luft, von frühen Kartoffelfeuern und frisch gepflügten Äckern, dazu das Summen von Bienen und Hummeln auf den letzten Blüten und das Getschilp unzähliger Feldsperlinge. Hoch über allem die Schreie mehrerer kreisender Bussarde und eines Roten Milan. Was für ein Tag! Und mitten darin ein junger Mann auf dem Weg nach Hause.

Franz Kapphahn, der einsame Wanderer, trat aus dem Hoppecketal und lenkte seine Schritte jetzt durchs Ittertal. Er sog das alles in sich auf wie ein leerer Schwamm das Wasser. Idylle des Altweibersommers, wie sie schöner kaum sein konnte. Wann hatte er die zuletzt genießen können? Dieser Tag würde helfen, die Bilder der grausigen Schlachtfelder, des primitiven Lazaretts und des schmutzigen Internierungslagers, die ständig vor seinen Augen auftauchten und nachts immer wieder seine Träume bestimmten, aus dem Bewusstsein zu drängen. Das Zwitschern der Vögel würde ihm helfen, den Lärm von Geschützdonner, Gewehrsalven, kleinen und großen Explosionen, lautem Schreien und leisem Wimmern der Kameraden aus den Ohren zu bekommen.

Wenn nur das verdammte Bein nicht so wehtäte und wenn das Gehen einfacher wäre! Aber der Hof war ja nicht mehr weit. Windenhausen vor Augen – vor den inneren, weil der Ort noch fünf Kilometer entfernt hinter dem nächsten Berg lag –, das spornte ihn an und ließ ihn seinen Schmerz, der vor allem im Knie saß, weniger spüren.

Die Sonne schien noch recht warm vom fast wolkenlosen Himmel und trieb dem Wanderer den Schweiß auf die Stirn, trocknete den Mund aus, ließ Hemd und Hose unter dem zerschlissenen Wehrmachtsmantel auf der Haut kleben. Da tat ein bisschen Schatten gut, den die Schwarzerlen am Itterbach spendeten. Und es tat gut, den lästigen Mantel für ein paar Minuten zur Seite zu legen, Schuhe und Strümpfe auszuziehen und die wunden Füße im hellen Wasser des Grenzflüsschens zwischen englischer und amerikanischer Besatzungszone zu kühlen. Ob man das Wasser immer noch trinken konnte?

Franz Kapphahn hielt seine Wasserflasche in die leichte Strömung, ließ sie voll laufen und trank in kräftigen Zügen. Wie das schmeckte! Wann hatte er das letzte Mal so ein herrliches Wasser getrunken? Aber ab jetzt würde er es wieder trinken können. Er kam nach Hause. Endlich, nach fünf langen Jahren kam er nach Hause! Der Krieg war zu Ende, aus und vorbei. So ganz anders vorbei allerdings, als er sich das vor Jahren erträumt hatte. Zum Glück war er am Ende den Amis in die Hände gefallen, und die waren einigermaßen gnädig mit den deutschen Landsern umgegangen. Und mit ihm auch, bis sie ihn nach fast anderthalbjähriger Internierung hatten gehen lassen.

Sein Bein hatten ihre Feldärzte ihm freilich auch nicht mehr reparieren können. Eine feindliche Kugel hatte ihm in den letzten Tagen des Krieges noch ein Stück des Oberschenkelknochens zerfetzt und sein rechtes Knie beschädigt. Bewegen konnte er es noch, wenngleich nur in einem sehr kleinen Winkel und unter Schmerzen. Aber es war irgendwie keine richtige Kraft mehr drin. Er hatte auch keinen festen Stand auf dem Bein.

Wie leichtfüßig war er früher den Weg gesprungen, vom Dorf über die beiden Höhen und durchs Ittertal zur Bahnstation. Und wie beschwerlich war das Gehen jetzt. Franz Kapphahn fluchte leise vor sich hin. Im Lazarett hatte er eine Zeit lang Krücken benutzt. Die fehlten ihm jetzt. Ein Stock wäre vielleicht hilfreich. Natürlich, ein Stock. Warum war er nicht schon in Hoppecke darauf gekommen, als er sich nach der Bahnfahrt auf den etwa zehn Kilometer weiten Fußweg in sein Dorf gemacht hatte? Da hatten doch so schöne Haselsträucher am Bachlauf gestanden, mit guten, geraden Ästen.

Franz Kapphahn kramte sein Klappmesser aus dem Tornister, erhob sich umständlich, um eine passende Erle zu finden. Hasel wäre zwar besser gewesen, aber ein Erlenstock tat's auch. Der junge Mann schnitt einen Stock, setzte sich wieder ans Ufer, hängte die Füße noch einmal ins Wasser und bearbeitete das Holz. Dann steckte er das Messer wieder weg, nahm noch einmal einen Schluck aus seiner Feldflasche, zog die Strümpfe und die klobigen Schuhe wieder an, rappelte sich hoch und schulterte seinen Tornister. „Auf zur letzten Etappe, Franz!«, sagte er sich selbst. „Hast du den Weg über den Großen Buttenberg geschafft, wirst du den über den Bülsenberg auch schaffen. Und dann bist du zu Hause. Endlich wieder zu Hause!«

Franz Kapphahn liebte seine Heimat im Waldeckschen Upland. Er liebte die Berge, die tiefen Einschnitte und die weiten Täler. Wie hatte er sie vermisst, die Wälder und die Auen, die Felder an den Hängen und die Wiesen an den Bachläufen, die kleinen, zusammengekauerten Dörfer und die versprengten Höfe. Nur, warum musste die Heimat eigentlich so bergig sein? Konnte sie sich nicht jetzt wenigstens ein bisschen flacher zeigen? Dann würde das Bein nicht solche Mühe machen.

Der Kriegsheimkehrer musste immer wieder einmal stehen bleiben. Warum gab es auch von Hoppecke nach Windenhausen keine Busverbindung? Warum lag sein Dorf nicht an der

Bahnstrecke? Und warum war niemand gekommen, um ihn abzuholen?

Blödsinn, es wusste ja niemand, dass er gerade heute nach Hause kam. Er hatte seine Heimkehr zwar für irgendwann angemeldet, einen genauen Tag und eine bestimmte Zeit hatte er den Eltern aber nicht mitteilen können. Dabei war ja auch gar nicht sicher, ob die Post überhaupt angekommen war.

Steil ging es hinauf auf die Himecke, das Plateau unterhalb des Bülsenbergs. Franz musste sich arg quälen. Und das Bein schmerzte. Nachher würde es steil wieder hinuntergehen. Das würde wohl auch nicht einfach sein. Aber es ging nach Hause, und da musste er das aushalten.

Nach Hause! Wen und was würde er wohl antreffen? Ob die Eltern auf dem Hof waren oder irgendwo draußen? Der Tag hatte ja noch ein paar Stunden. Ob die Brüder lebten und zu Hause waren? Oder hatte der Krieg vielleicht ...? Ach was, der kleine Nachzügler war doch noch ein Hosenkacker, als der Krieg angefangen hatte. Und Richard? Den hatte man ja schon vor ihm nach Russland geschickt. Wer von den Windenhausener Jungen war wohl noch da oder wieder da oder gar nicht mehr ...? In den vergangenen Jahren hatte Franz keine Nachrichten bekommen. Wenn Post an ihn auf dem Weg gewesen war, war sie bei ihm nie angekommen. Ob der Hof noch stand, so wie vor fünf Jahren? Ob die alte Scheune noch ...? Die war doch damals schon reif für den Abbruch gewesen. Ob das Sägewerk und die Zimmerei unten an der Bicke noch arbeiteten? Ob sein alter Chef ihn mit seinem zerschossenen Bein überhaupt gebrauchen konnte?

Bei diesem Gedanken erschrak Franz heftig. Sein elendes, zerschossenes Bein! Mit dem konnte er doch gar nicht mehr alles das tun, was er früher getan hatte. Weder auf dem Hof, noch in der Zimmerei. Hinter dem Pflug hergehen und Holz rücken und auf Dachstühlen arbeiten, das ging doch gar nicht mehr. Was würde das bloß werden? Wie würde der Vater reagieren, wenn er vielleicht nur noch als halbe Kraft bei der Arbeit drinnen und draußen anfassen konnte? Ob der überhaupt Verständnis für seine Behinderung hatte? Der Vater war in seinem fünfzigjährigen Leben nie krank gewesen und immer bärenstark und der Kommandeur. Und die Mutter? Die hatte zwar das weichere Herz, aber sie konnte auch ganz schön bärbeißig und fordernd sein, dass einem das Lachen verging. Ob die ein Bedauern für ihn hätte?

Franz Kapphahn musste sich setzen. Seine Gedanken waren wild durcheinander geraten. Und der Schmerz im Bein machte ihn heute schier verrückt. Jetzt war er also so etwas wie ein Krüppel; gehbehindert für alle Zeiten, verurteilt, der Langsamste und der Letzte zu sein.

Den Sechsundzwanzigjährigen packte eine merkwürdige Unruhe. Ein Gemisch aus Zorn und Angst kam in ihm hoch. Zorn über das, was hinter ihm lag und ihm seinen Zustand beschert hatte. Angst vor dem, was ihn erwartete, wenn er den letzten halben Kilometer steil bergab hinter sich gebracht hatte. Und es kam Angst in ihm hoch, wie er denn selbst damit fertig werden würde, dies und jenes und alles Mögliche nicht mehr zu können…

Jetzt ein paar Schnäpse und ein großes Bier und das ganze Elend kräftig ersäuft, ging es Franz durch den Kopf. Aber ihm blieb für den Augenblick nur der letzte Schluck Itterwasser aus seiner Feldflasche. Und dann musste er wohl oder übel ins Tal. Er wollte doch nach Hause. Endlich nach Hause! Dabei war er sich plötzlich sehr sicher, dass seine Heimkehr hart werden würde, vielleicht sogar sehr hart.

Franz Kapphahn riss sich von seinen Gedanken los, gab sich einen Ruck und machte sich auf das letzte Stück Weg hinunter ins Dorf. Nach der nächsten Kurve lag es im Tal vor ihm in der späten Nachmittagssonne. Von hier oben sah es ganz wie früher aus. Die Häuser standen eng wie eh und je, die Schule am Dorfrand und die kleine Kirche mehr in der Mitte. Der Friedhof lag auch am alten Platz am anderen Dorfrand. Ums Dorf waren hier und da Leute mit Gespannen und Gerät auf den Feldern bei der Arbeit zu sehen. Kartoffelernte? Rübenernte? Genaues konnte er nicht ausmachen.

Ein friedliches, idyllisches Bild, schien es dem Heimkehrer. Friedlich? Die nächsten Tage würden zeigen, wie friedlich das Ganze war. Gut, dass er niemanden auf den Feldern der Himecke angetroffen hatte. Er mochte jetzt auch noch niemandem aus dem Dorf begegnen und lästige Fragen beantworten. Erst einmal zu Hause sein.

Dann war es ihm plötzlich, als sollte er einen kleinen Bogen schlagen und den Weg über den Friedhof nehmen. Warum auch nicht? Der Weg war zwar etwas weiter, aber er war angenehmer zu gehen, nicht so steil und holprig. Und zudem würden ihm hier sicher keine Leute begegnen. Wer hatte um diese Zeit schon auf dem Friedhof zu tun? Vom Friedhof aus war er dann mit wenigen Schritten zu Hause.

Kurze Zeit später stand Franz vor dem Friedhofstor. Er öffnete es – es quietschte wie immer –, und blieb zunächst für einen Moment stehen. Sein Blick schweifte über den kleinen, von einer Hecke umgebenen Platz. Kein Mensch war hier. Das war gut so. Im vorderen Teil gab es offenbar einige neue Gräber. Ein paar trugen frische Blumen, auf anderen lagen verwelkte Kränze. Die mussten wohl bis zum November warten, bis sie abgeräumt wurden.

Franz betrat den Friedhof, um zu sehen, wer denn in den vergangenen Jahren gestorben war. Langsam hinkte er an der Gräberreihe vorbei. Er kannte sie alle, die da beerdigt lagen, lauter alte Leute, denen der Tod sicher so etwas wie Erlösung vom mühsam gewordenen Leben gewesen war. Bei einem der Gräber traf es ihn dann aber wie ein Keulenschlag:

*»Henner Kapphahn – geb. 15. August 1935*
*– gest. 17. November 1944«*

stand auf dem schlichten Stein zu lesen. Franz rieb sich die Augen. Las er richtig? Henner Kapphahn, das war doch sein Bruder. Sein kleiner Bruder, der Hosenkacker. Der tot? Das war nicht wahr! Wieso konnte er selbst x-mal durch die Kriegshölle gehen und lebendig nach Hause kommen, und sein kleiner Bruder war tot? Einfach tot und seit zwei Jahren unter der Erde?

Franz schossen die Tränen in die Augen, und ihm versagten die Beine. Er musste sich setzen. Zum Glück stand in der Nähe eine kleine Bank. Er hatte ja geahnt, dass es hart würde, nach Hause zu kommen. Aber musste es gleich so hart sein? Der junge Mann barg sein stoppelbärtiges Gesicht in den Händen und ließ seinen Tränen freien Lauf. Sein lautes Schluchzen würde zu dieser Tageszeit hier sicher niemand hören. Und wenn schon. So ein Nachhause-Kommen musste erst einmal jemand mitmachen. Den kleinen Hosenkacker würde er schon mal nicht mehr antreffen. Und was war mit Richard? Hoffentlich lebte der wenigstens noch und war wieder zu Hause. Nicht auszudenken, wenn der im Krieg …

Die Sonne war schon untergegangen, als Franz sich endlich zusammenraffte, um das letzte, kurze Stück Weg bis zum Hof unter die Füße zu nehmen. Wie lange er hier gesessen hatte, wusste er nicht. Ihm wurde nur plötzlich kalt unter seinem zerschlissenen Mantel. Als er sich erhob, war ihm, als habe sein Tornister ein Vielfaches an Gewicht zugenommen und als wären seine Schuhe plötzlich mit Bleisohlen versehen. Mit einem lauten Seufzer wandte er sich zum Gehen. Dass da inzwischen jemand hinter ihm auf dem Weg stand, hatte er noch gar nicht gemerkt.

»Guten Abend, Franz«, hörte er wie aus weiter Ferne eine Frauenstimme sagen. »Willkommen in der Heimat.«

Franz erschrak heftig und zuckte zusammen. »Clara? Clara Oehme? Du hier? Und du hast mich gleich erkannt? Stehst du schon länger hier?«

»Schon eine ganze Weile. Ich wollte dich nicht stören. Kein guter Empfang für dich, Franz.«

»Nein. Drei Jahre hatte ich keine Post.«

»Armer Kerl, muss schlimm sein für dich, so nach Hause zu kommen.«

»Es wird noch schlimmer werden, Clara, wenn ich gleich wirklich nach Hause komme. Was machst du hier?«

Clara schien die Frage zu überhören. »Hast du nicht gewusst, dass ...?«

»Nein, ich habe nichts gewusst.«

»Ich hätte es dir anders gegönnt, Franz. Trotzdem, willkommen in der Heimat. Wenigstens du kommst zurück.«

»Danke, Clara.« Franz streckte sich und setzte sich in Bewegung. Sein Bemühen, normal zu gehen und seine Behinderung zu verbergen, scheiterte kläglich. Sein rechtes Bein versagte sofort, und er musste sein Gewicht wieder auf das gesunde Bein verlagern und das andere nachziehen. Er fluchte leise vor sich hin. Dass ausgerechnet Clara die Erste sein musste, die seinen Zustand mitbekam! Die würde die Neuigkeit gleich im Dorf verbreiten. Aber was sollte er machen? Er musste mit diesem kaputten Bein leben, und wer mit ihm zu tun haben wollte, musste auch mit seinem kaputten Bein zu tun haben wollen. Wie ein trotziges Kind bewegte Franz diesen Gedanken. So war es nun einmal, und so würde es ja wohl auch bleiben. Sein kleiner Bruder kam nicht mehr ins Leben zurück, und sein Bein würde nie wieder unversehrt sein. Mit dem einen Wissen lebten die Leute schon seit zwei Jahren, an das andere mussten sie sich gewöhnen. Ob sie nun Clara Oehme hießen oder August und Emma Kapphahn oder sonstwie.

Dass er nun doch jemandem begegnet war, ärgerte ihn. Warum nur ausgerechnet Clara Oehme?, ging es ihm für einen Moment durch den Kopf. Dass er August und Emma Kapphahn, seinen Eltern, in wenigen Minuten begegnen würde, das war sicher, aber hier auf dem Friedhof Clara Oehme?

»Junge, reiß dich zusammen!«, sagte er zu sich selbst. »Es kann nicht schlimmer kommen.«

Aber es kam schlimmer.

Nach wenigen Minuten stand Franz vor der Fachwerkfassade des Wohnhauses auf dem elterlichen Hof. Wie Hohn erschien ihm für einen Moment die stark verblasste kunstvolle Balkeninschrift: »Das Werk muss den Meister loben, doch der Segen kommt von oben. Gott allein die Ehre!« Da müsste mal ein feiner Pinsel dran, schoss es ihm dennoch durch den Kopf. Aber besser doch nicht. Was da stand, passte nicht mehr in die Zeit, zumindest nicht in die jetzige.

Kein Mensch war im Hof zu sehen, nur ein paar Hühner pickten eifrig Körner vom Boden. Sie schienen den Fremden nicht zu bemerken. Einen Hund gab es wohl nicht mehr, auch wenn die Hütte an ihrem Platz stand und die Kette noch dranhing. Aus dem Stall drang das Hufescharren und Schnauben der Pferde, das Muhen der Kühe und das aufgeregte Grunzen der Schweine. Futterzeit, Melkzeit. Die Eltern waren wohl beim Vieh drinnen. Franz nahm seine ganze Kraft zusammen, atmete ein paarmal tief durch und ging zum Stall hinüber. Seinen Stock und den Tornister lehnte er außen gegen die Wand, ehe er den dämmrigen Raum betrat.

»Vater! Mutter! Seid ihr hier?«, rief er hinein. Alles wie immer, ging es ihm durch den Kopf. Nichts hat sich verändert. Im selben Augenblick schepperte Blech. Von der letzten Kuh her kam ein spitzer Schrei. Die Mutter hatte dort gesessen und gemolken und den Melkeimer vor Schreck und Überraschung beim Aufstehen umgestoßen. Sein Inhalt ergoss sich ins Stroh.

»Franz, mein Junge, du bist da? Endlich bist du da? Schön, dass du da bist«, kam die kleine, rundliche Frau ihm entgegen und nahm ihn in die Arme. Dabei musste sie sich ganz schön recken. »Schön, dass du da bist«, wiederholte sie leise und wandte sich nach hinten: »August, komm rasch. Franz ist da! Nun komm schon! Nimm deinen Sohn in Empfang!«

»Wer ist da?«, kam es aus der Futterküche zurück. »Franz? Dann ist wenigstens der nicht verreckt wie die vielen andern.«

August Kapphahn kam mit schweren Schritten durch den schmalen Futtergang.

»Ich bin da, Vater, endlich wieder zu Hause«, ging Franz mit ausgestreckter Hand dem Vater entgegen.

»Wurde auch langsam Zeit. Der verfluchte Krieg!«, bekam er nur zurück. Die Hand reichte der Vater nicht. »Wenigstens noch einer, der hier mit anpacken kann. Kannst gleich den Stall noch misten. Wirst du wohl nicht verlernt haben«, fügte der Mann hinzu und ging an Frau und Sohn vorbei nach draußen.

»Aber August, du kannst doch nicht von Franz erwarten ... Lass ihn doch erst mal zu Hause sein. Willst du deinen Sohn nicht begrüßen, wie ein Vater das macht?« Sichtlich empört sprach Emma Kapphahn zu ihrem Mann.

»Er ist doch zu Hause. Dann kann er auch was tun«, war das Einzige, was von draußen zurückkam.

Franz verschlug es die Sprache. Entsetzt schaute er seinem Vater nach. Nannte sich das eine Begrüßung? Kein freundliches Wort, kein Handschlag, kein Zeichen der Freude über seine Heimkehr?

Der Junge wischte sich über die Augen, als müsste er sich bessere Sicht verschaffen. Aber es waren wohl ein paar Tränen, die er wegwischen musste.

»Lass ihn, Mutter«, brachte er mühsam hervor, »ich komme vielleicht zu überraschend. Aber den Stall werde ich heute nicht misten. Dass er's weiß.«

»Brauchst du auch nicht, Junge. Das muss er schon noch selber machen. Komm du erst mal rein. Seit deine Brüder nicht mehr da sind und der Krieg verloren ist, ist er einfach komisch geworden. Du bist der Letzte, der ihm geblieben ist.«

Franz zuckte bei diesen Worten zusammen. »Was heißt

das?«, fragte er erschrocken. »Von dem Kleinen weiß ich. Ich war schon auf dem Friedhof. Aber was ist mit Richard?«

Die Mutter seufzte auf: »Gefallen. Vom Krieg gefressen. Liegt irgendwo in russischer Erde.«

Richard auch tot?! Das war ja furchtbar! Franz wurde schwindelig. Wieder wollten ihm die Beine versagen. Oh, dieses vermaledeite Knie! Jetzt war er der Letzte und der Einzige, der zupacken konnte. Und er war ein Krüppel, der eben nicht bei allem zupacken konnte wie früher. Das würde dem Vater einen zusätzlichen Ärger verpassen, wenn er es denn bemerkte. Und das würde heute Abend sein. Denn gemerkt haben konnte er es bei dieser Begrüßung bisher nicht.

»Kann ich in mein Zimmer?« Franz hatte das Bedürfnis, allein zu sein, wenigstens für ein paar Minuten. Er fühlte sich elend und müde, unendlich müde und unsäglich traurig.

»Geh nach oben, Junge. Ruh dich aus. Zum Essen rufe ich dich. Ich muss noch die Liese fertig melken, wenn sie mir denn noch was gibt.« Mit einem Seufzer wandte Emma Kapphahn sich wieder ihrer Arbeit zu, während Franz ins Haus hinkte und sein Zimmer aufsuchte, das er sich bis zu seiner Einberufung mit Richard und dem Hosenkacker geteilt hatte. Und jetzt war er wieder da und war allein.

Franz fühlte sich einfach entsetzlich elend. Bisher hatte er sich noch mächtig zusammengerissen. Jetzt konnte er seine Tränen nicht mehr aufhalten. Er warf sich, wie er war, auf eines der Betten und schluchzte hemmungslos ins Kissen. Sein ganzer Körper schüttelte sich, und es dauerte eine geraume Weile, bis er wieder ruhig war.

Wo war er? War das hier noch sein Zuhause? Wie die Mutter ihn empfangen hatte, konnte er verstehen. Aber der Vater? »Kannst gleich den Stall noch misten.« Hatte der Vater nichts anderes zur Begrüßung zu sagen als: »Jetzt ist er zu Hause, dann kann er auch was tun«? Der Tod von Richard und Henner musste ihn noch härter gemacht haben, als er vorher schon war. Wie sollte das nur in Zukunft gehen? Wenn er doch nur beide Beine richtig gebrauchen könnte! Er würde dem Vater sonst schon beweisen, dass er was tun konnte. Aber so?

Der Ruf der Mutter zum Essen riss den Heimkehrer aus seinen Gedanken. Er rappelte sich von seinem Bett hoch, hängte den Mantel, den er immer noch anhatte, über einen Stuhl, ordnete seine Kleidung und ging nach unten.

August und Emma Kapphahn saßen bereits am spärlich beleuchteten Tisch, als Franz hereinkam. Heiße Milch dampfte im Krug, und der Duft von frischem Brot und geräucherter Wurst hing im Raum. Die altbekannte und doch fremde Küche. Franz atmete tief ein und setzte sich dem Vater gegenüber auf seinen angestammten Platz auf der Bank.

August Kapphahn hob nur kurz den Blick. »Wie bewegst du dich denn? Warum ziehst du dein rechtes Bein nach?« Barsch klang die Frage.

»Weil es kaputt ist. Ich krieg's nicht mehr krumm. Wirst dich dran gewöhnen müssen«, gab Franz die gewünschte Auskunft und fügte leise hinzu: »Ich muss mich erst noch selbst dran gewöhnen.«

»Kannst du arbeiten?«, kam die nächste barsche Frage.

»Nun lass doch den Jungen erst mal richtig hier sein, August«, versuchte die Mutter vorsichtig abzulenken.

»Er ist wieder hier, und ich will wissen, ob er arbeiten kann«, beharrte der Vater.

»Ich weiß es noch nicht. Kommt drauf an, was«, gab Franz ein wenig kleinlaut zurück.

»Hast du Schmerzen?« Der Ton der Mutter war wesentlich mitfühlender als der des Vaters.

»Beim Gehen immer, manchmal höllisch. Wenn das Bein ruhig ist, geht's meistens.«

»Wir fahren nächste Woche nach Arolsen. Die sollen sehen, ob sich was machen lässt.«

»Kommt nicht in Frage!«, widersprach August Kapphahn seiner Frau. »Die Quacksalber haben Henner auf dem Gewissen, und die kriegen auch kein kaputtes Bein wieder hin.«

Franz blickte ein wenig hilflos zwischen seinen Eltern hin und her. Seine Mutter warf ihm einen aufmunternden Blick zu und bedeutete ihm, nicht weiter darüber zu reden. Franz begriff. Die Mutter würde es schon machen. Was mit Henner gewesen war, würde sie ihm wohl noch erzählen, und vielleicht war seinem elenden Bein ja doch irgendwie zu helfen und das Knie wieder beweglich zu kriegen.

Das weitere Abendessen verlief, ohne dass die Beteiligten weiter miteinander redeten. Merkwürdige Begrüßungsfeier. Franz hatte sich so sehr auf das dunkle Brot gefreut, auf geräucherte Wurst und gute Kuhmilch. Aber er brachte schier nichts herunter. Da konnten auch die aufmunternden Gesten der Mutter nicht nachhelfen. Erst beim Hinausgehen brach der Vater das Schweigen. »Morgen früh um sechs im Stall. Später geht's in die Kartoffeln«, ordnete er an, natürlich an die Adresse des heimgekehrten Sohnes.

»Jetzt hör endlich auf, August!« Emma wurde laut und scharf. »Der Junge ist ja nicht mal richtig hier. Hat gerade die Hölle hinter sich gelassen, kommt als kranker Mensch nach Hause, und du behandelst ihn wie den letzten Knecht. Du machst den Stall allein wie bisher auch! Der Junge braucht erst mal ein paar Tage Ruhe. Und basta!« August Kapphahn reagierte nicht auf die Zurechtweisung seiner Frau. Er verließ die Küche und warf die Tür mit deutlichem Ärger ins Schloss.

Richtig erregt hatte sich die Frau, so dass sie fast nach Luft schnappen musste. »Nimm's deinem Vater nicht krumm, Junge. Er hat sich in letzter Zeit sehr verändert. Es ist schwer, mit ihm auszukommen. Aber irgendwie muss es gehen. Du schläfst morgen erst einmal aus. Und dann sehen wir weiter.«

»Danke, Mutter«, sagte Franz leise und fügte ein wenig unsicher an: »Bist du wenigstens froh, dass ich wieder da bin?«

Diese Frage löste bei Emma Kapphahn die Spannung, die sich in den vergangenen Stunden und sicher schon lange vorher aufgestaut hatte. Sie nahm den Sohn in die Arme und weinte bittere Tränen. »Ich habe so darauf gewartet, dass du kommst, Junge«, brachte sie unter Schluchzen heraus. »Es ist alles so schwer gewesen. Aber wo du wieder da bist, wird es besser werden. Da müssen wir jetzt alle durch. Aber wir werden das schaffen. Ruh du dich erst mal ein paar Tage aus und erhol dich. Ich kläre das schon mit deinem Vater.«

Franz konnte nicht antworten. Der Hals war ihm wie zugeschnürt. Er drückte seine Mutter noch einmal fest an sich und ging dann wieder nach oben, wo er bald in einen tiefen Schlaf fiel.

## *Clara*

Clara blieb auf dem Hauptweg des Friedhofs stehen und schaute dem davonhumpelnden Franz Kapphahn nach. Armer Kerl, ging es der hübschen jungen Frau durch den Kopf. Und doch reich, weil er lebte und nach Hause kam. Weit mehr als zwanzig Männer des Dorfes waren im Krieg geblieben. Sein Bruder Richard war einer davon. Ob er das auch schon wusste? Was würde den Franz wohl sonst noch zu Hause erwarten? Der alte Kapphahn, sein Vater, hatte sich seit der Todesnachricht von der Ostfront sehr verändert. Seit dem plötzlichen Tod seines Jüngsten war mit ihm gar nicht mehr auszukommen. Das ganze Dorf hatte das schon zu spüren bekommen. Der Mann kam wohl mit sich selbst nicht mehr zurecht. Er haderte mit Gott und der Welt. Mehr allerdings mit der Welt, denn von Gott hatte er noch nie viel wissen wollen. Unter seiner Art zu denken und zu leben und mit der jüngsten Vergangenheit umzugehen, hatten seine Emma und seine Nachbarn zu leiden.

Dass da auch noch andere Männer des Dorfes irgendwo in fremder Erde begraben lagen und auch noch andere Häuser voller Trauer waren, schien ihn nicht zu berühren. Und jetzt kam Franz zurück und war ein »Krüppel«. Das konnte was werden!

Armer Kerl, dieser Franz. Hoffentlich bekam der wieder Anschluss im Dorf. Den brauchte er unbedingt, wenn er mit der Situation zu Hause fertig werden wollte.

»Warum beschäftigt dich das eigentlich, Clara?«, fragte sie sich plötzlich selbst. Weshalb war sie eigentlich auf den Friedhof gekommen? Doch wohl nicht, um Franz hier zu begegnen? Anscheinend aber doch, denn es gab für sie hier gar nichts zu tun. Merkwürdig. Clara zuckte mit den Schultern und machte sich nachdenklich auf den Heimweg. Sie wohnte am anderen Ende des Dorfes, nur gute zwei Steinwürfe weit vom kapphahnschen Hof entfernt. Allerdings vermied sie es, dort vorbeizugehen. Sie nahm den anderen Weg, der möglich war. Hier traf sie auch eher Leute, denen sie die Nachricht von der Heimkehr des Kapphahn-Sohnes weitergeben konnte. Das Dorf sollte wissen, dass wenigstens Franz den Krieg überstanden hatte und nach Hause gekommen war. Andere sollten sich doch auch darüber freuen, dass dieser Junge lebte und seinen Eltern, dem Hof und dem Dorf erhalten geblieben war.

»Warum beschäftigt dich das eigentlich, Clara?«, fragte sich die junge Frau zum zweiten Mal, als sie später in der kleinen Schneiderstube ihres Vaters die Arbeit wieder aufnahm, die sie vorhin weggelegt hatte, um auf den Friedhof zu gehen. Warum war ausgerechnet sie die Erste, die dem heimkehrenden Franz Kapphahn begegnen sollte? Warum gerade sie? Schon richtig, sie hatten sich in der gemeinsamen Schulzeit eigentlich immer gut verstanden und gemocht. Auch später waren sie sich nicht unbedingt aus dem Weg gegangen. Das war's aber dann auch gewesen.

Wie sie diese Frage auch hin- und herbewegte – Clara fand keine rechte Antwort darauf. Da sie aber keine anderen Gedanken in ihren Kopf bekam, beschloss sie, Onkel Schulz, den Bürgermeister – in diesem Dorf mit wenig mehr als zweihundert Seelen hießen die älteren Männer für die jungen Leute alle »Onkel«, wie die älteren Frauen alle »Tanten« waren –, Onkel Schulz heute Abend noch aufzusuchen und ihn über Franz' Heimkehr zu informieren. Sie brauchte dazu nur die Dorfstraße zu überqueren. Und dem Pfarrer würde sie Nachricht geben und dafür gleich morgen früh mit dem Fahrrad ins Kirchdorf fahren. Die beiden Männer waren die wichtigsten im Dorf. Die sollten sich um den Jungen kümmern und auf irgendwelchen Wegen dem Heimkehrer das Wiedereinleben in die Dorfgemeinschaft erleichtern. Sie selbst würde in den nächsten Tagen, vielleicht noch nicht gerade morgen, aber bald die Kapphahns besuchen und schauen, wie es dem Franz ging. Der brauchte jetzt bestimmt jemanden, der ihm ein bisschen Mut machte.

»Ich hab es schon gehört, Clara«, bestätigte wenig später der Bürgermeister die Nachricht, die die junge Frau ihm bringen wollte. »Das ist fast so schnell durchs Dorf gegangen wie das Feuer von 1784.«

»Damals blieben aber nur Rauch und Asche übrig«, bemerkte Clara.

»Richtig, Mädchen, und die Ausgebrannten mussten alle wieder von vorne anfangen.«

»Wird der Franz auch müssen, Onkel Schulz«, meinte Clara. »Die letzten fünf Jahre werden ihm ganz schön in den Knochen stecken.«

»Wie man hört, leider sogar im Sinne des Wortes. Er ist wohl ziemlich verletzt worden.«

»Zumindest sein rechtes Bein«, bestätigte Clara. »Franz zieht es nach. Da wird er vielleicht sein Leben lang mit zu tun haben.«

»Das glaube ich auch«, stimmte Ludwig Schulz zu. »Aber der Franz ist jung. Und er ist stark. Wenn der sich erst einmal erholt hat von den Strapazen der letzten Jahre, dann wird der noch einmal eine gute Partie. Du wirst sehen.«

Clara spürte, wie ihr plötzlich warm wurde und ihr ein wenig die Röte ins Gesicht stieg. »Ich weiß nicht«, beeilte sie sich zu sagen. »Ob ich mit den Kapphahns auf Dauer zu tun haben wollte? Die sind doch immer noch nicht geheilt von dem tausendjährigen Wahnsinn. Die trauern nicht nur ihren beiden Söhnen nach, sondern auch noch dem verlorenen Reich, und die sind auch sonst sehr komisch.«

»Täusch dich da mal nicht, meine Liebe«, widersprach der Bürgermeister. »August Kapphahn hat sicher gelernt. Der läuft keinem Führer mehr nach. Er hat wirklich teuer bezahlt. Seine Träume vom Wind verweht, der eine Sohn unter russischer Erde und der andere hier auf dem Friedhof. Der dritte ist zwar wieder da. Aber der muss erst wieder ein ganzer Mensch werden.«

»Und Franz? Ist der auch vom braunen Wahnsinn geheilt? Was denkst du, Onkel Schulz?«, versuchte Clara die Ansicht des Bürgermeisters zu erfahren.

»Der wird keine Parolen mehr schreien und auch keine Sozialdemokraten mehr verprügeln. Der hat sicher seine junge Nase gestrichen voll.« Ludwig Schulz war sich seiner Sache da sehr sicher. »Gib's doch zu, Mädchen, du hast doch selbst gerne Bluse und Halstuch getragen und für den Führer Margeriten gepflückt. Hab ich Recht?«

Clara senkte für einen Moment den Blick. Dann gab sie zu: »Hab ich. Das hörte sich ja auch alles so gut an, was uns da erzählt wurde von den Leuten der Hitlerjugend. Die haben uns begeistert. Wer konnte denn ahnen, dass sie selbst Verführte waren?«

»Wer das ahnen konnte?«, wiederholte der Bürgermeister. »Es gab welche, die es geahnt haben, vielleicht sogar gewusst haben. Aber die durften ja den Mund nicht mehr auftun, wenn sie sich nicht selbst in Gefahr bringen wollten.«

Clara schaute ihrem Gegenüber in die Augen: »Du warst so einer, Onkel Schulz. Ich weiß. Dir haben sie ganz schön den Mund gestopft. Heute tut es vielen Leuten Leid, dass du im Dorf ziemlich allein warst mit deiner Ansicht und dass sie alle gegen dich waren.«

»Vergiss es, Clara, es waren auch nicht alle.« Ludwig Schulz atmete einmal tief ein und wieder aus, als wollte er die Erinnerung an diese Vergangenheit loswerden. »Die Zeiten sind Gott sei Dank vorbei. Jetzt muss aufgebaut werden, was kaputt ist. Auch in den Beziehungen untereinander. Und das müssen wir im Dorf alle gemeinsam tun. In jedem zweiten Haus ist Trauer. Wir müssen einer den anderen trösten, schon dadurch, dass wir uns nicht länger gegenseitig die Vergangenheit vorwerfen und uns vorhalten, wie die Einzelnen gedacht haben und wie wir miteinander umgegangen sind. Das müssen demnächst viele von uns sogar schriftlich machen.«

Clara verstand ihn nicht.

»Die Amis haben eine Aktion zur ›Entnazifizierung‹ eingeleitet. Da gibt es seit einiger Zeit ein Gesetz.«

»Entnazifizierung? Was müssen die Leute denn da machen?«

»Es wird Fragebögen geben, in denen jeder, der einen solchen Bogen kriegt, sich erklären muss, wie er zu Hitler gestanden hat, ob er Parteimitglied war, ob er irgendeine Funktion hatte oder bestimmte Aufgaben ... Ich weiß noch nichts Genaues. Wir werden sehen.«

»Kriegst du dann auch so einen Fragebogen?«

»Ich denke schon. Ich habe allerdings kein Problem damit.«

»Kriegen andere Probleme?«, überlegte Clara.

»Ganz sicher wird es ein paar Leuten aus Windenhausen heiß und kalt werden«, vermutete der Bürgermeister und kratzte sich am Kopf, »aber ich hoffe für sie, dass sie einigermaßen gut aus der Sache rauskommen. Die meisten waren doch nur Krakeeler.«

»Auch die Kapphahns?«, fragte Clara sehr direkt.

»Wahrscheinlich alle drei. Der August ganz sicher. Auch wenn er einer der Lautesten war.«

»Und einer, der dir das Leben schwer gemacht hat.«

»Hat er. Aber ich trage niemandem was nach, ihm auch nicht. Ich möchte nicht Böses mit Bösem vergelten. Ich möchte aufbauen, wo ich alter Mann das noch kann.«

»Auch bei den Kapphahns?«

»Auch bei den Kapphahns«, bestätigte der Bürgermeister. »Ich habe die Hoffnung, dass auch die Kapphahns in die Dorfgemeinschaft zurückfinden. Franz wird seinen Platz einnehmen und auch sein Vater, wobei ich mir bei dem aber nicht so ganz sicher bin. Emma war ohnehin nur Mitläuferin im Schlepptau ihres Mannes.«

»Wirst du die Kapphahns jetzt besuchen?«, wollte Clara noch wissen.

»Gleich morgen werde ich hingehen«, bestätigte Ludwig Schulz, »das muss ich schon als Bürgermeister und das will ich als Christenmensch. Gerne will ich doch den Franz begrüßen.« Nach einem Moment des Nachdenkens fügte er an: »Übrigens, du solltest den Franz auch besuchen. Er wird sich sicher freuen, wenn seine alte Schulkameradin sich um ihn kümmert.«

Wieder stieg Clara eine leichte Röte ins Gesicht. »Hatte ich auch vor«, gab sie zu.

»Also geh ich morgen und du gehst übermorgen. Zu viel Besuch auf einmal ist vielleicht nicht gut«, verkündete der Bürgermeister wie einen Beschluss. Er reichte der jungen Frau die Hand: »Danke, dass du hier warst, Clara.«

Innerlich sehr unruhig war Clara früh am nächsten Morgen unterwegs ins Kirchdorf, um den Pfarrer über die Heimkehr von Franz Kapphahn zu informieren. Was sie so unruhig machte, wusste sie selbst nicht so recht. Franz ging ihr einfach nicht mehr aus dem Kopf. Aber auch Pfarrer Alemann wusste bereits Bescheid und hatte sich schon einen Besuch zur Begrüßung vorgenommen. Er wollte den Heimkehrer möglichst bald kennen lernen.

Wie schnell sich doch diese gute Nachricht herumgesprochen hatte. »Und warum kommst gerade du wegen Franz Kapphahn zu mir?«, interessierte sich der Geistliche.

»Ich weiß das selber nicht genau, Herr Pfarrer«, musste Clara zugeben. »Ich frage mich auch immer noch, warum ich ihm als Erste begegnen musste. Der Junge tut mir einfach Leid.«

Pfarrer Alemann schaute sie fragend an: »Gibt es dafür einen besonderen Grund?«

»Ich weiß es wirklich nicht«, wiederholte Clara. »Ich freue mich einfach, dass Franz heimgekommen ist. Ich hatte ihn für mich ja auch schon abgeschrieben. Irgendwo von einer Kugel erwischt und in fremder Erde begraben, wie die vielen anderen. Und jetzt ist er da und hat ein steifes Bein. Und das mit dem Vater.«

»Mit dem Vater?«, fragte der Pfarrer nach.

»August Kapphahn war schon immer ein schwieriger Mensch, Obernazi des Dorfes. Seit dem Tod seiner beiden anderen Söhne und seit dem Zusammenbruch des Dritten Reiches ist er noch schwieriger. Wenn Hitler den Krieg gewonnen hätte, dann hätte sich das Opfer wenigstens gelohnt, soll er gesagt haben.«

»Ja, und jetzt war das alles vergeblich und für den Wind.«

»War es ja wohl auch. Ich zweifle, dass er den Franz annimmt, wie der jetzt daherkommt mit seinem lahmen Bein.«

»Ich kenne die Kapphahns leider noch zu wenig. Die sind mir bisher immer aus dem Weg gegangen. Aber August Kapphahn wird seinen Sohn annehmen müssen«, wandte der Pfarrer ein und fragte dann ganz unvermittelt: »Magst du den Franz?«

Clara zuckte zusammen. Für einen Moment verschlug es ihr die Sprache. Schon wieder eine solche Andeutung. Sie hob unsicher die Schultern: »Wenn ich das selber wüsste, Herr Pfarrer.«

»Und warum bemühst du dich dann so um den jungen Mann?«

»Ich war nun mal die Erste, die ihm begegnet ist. Und irgendeiner muss doch ...«

»Richtig, irgendeiner muss doch«, bestätigte Pfarrer Alemann. »Vielleicht musst du die sein. Manche Dinge lenkt Gott sehr weitsichtig. Du wirst nicht umsonst auf den Friedhof geschickt worden sein.«

»Ich weiß nicht ...«, zweifelte die junge Frau.

»Ich weiß es auch nicht, aber es könnte so sein. Gott wird es wissen.«

»Dann soll er's mir sagen. Was raten Sie mir?«

»Wenn du so direkt fragst, rate ich dir, lass dein Herz sprechen. Kümmere dich und hilf ihm, wirklich wieder nach Hause zu kommen«, bekam sie zur Antwort.

»Ich denke drüber nach, Herr Pfarrer«, versprach Clara und erhob sich zum Gehen.

Pfarrer Alemann reichte ihr die Hand: »Ich hoffe, wir sehen uns spätestens am übernächsten Sonntag im Gottesdienst. Denk dran, es ist Erntedank. Ich werde Franz einladen, vielleicht kannst du ihn mitbringen. Er hat allen Grund zum Danken. Das ganze Dorf hat Grund zum Danken trotz aller Trauer. Also bis zum ersten Oktobersonntag?«

Schon auf ihrem Fahrrad sitzend rief Clara über die Schulter zurück: »Ich werde sehen, was ich machen kann.«

»Lass dein Herz sprechen«, ging es Clara Oehme immer wieder durch den Kopf, als sie ihr Fahrrad über den holprigen Kirchweg zurück in ihr Dorf lenkte. Was hieß das? War da wirklich mehr als nur Mitleid mit einem armen Kerl? Waren da andere Empfindungen? War da doch so etwas wie Zuneigung oder vielleicht gar ein Hauch von Liebe? Von damals her noch oder jetzt wieder? Die Gedanken- und Gefühlswelt der jungen Frau war seit der Begegnung auf dem Friedhof ein wenig durcheinander geraten. Sie musste wohl auf sich aufpassen, dass sie in dieser Situation einen klaren Kopf behielt, sagte sie mehrfach zu sich selbst. Und sie würde lieber noch einen Tag abwarten, ehe sie Franz wie versprochen besuchen würde.

## *Erste Begegnungen*

Seit seiner Heimkehr war Franz Kapphahn natürlich Gesprächsthema Nummer eins in den gut fünfzig Häusern des kleinen Windenhausen. In vielen Familien brachen Schmerz und Trauer erneut auf und die Frage, warum dieser Junge zurückkam und der eigene Sohn, Ehemann, Vater gefallen oder irgendwo vermisst war. Freilich wurde vereinzelt auch Mitfreude mit den Eltern geäußert und die Frage gestellt, wie das denn jetzt wohl gehen würde auf dem kapphahnschen Hof. Zugleich gab es natürlich auch Bedauern über die Behinderung, die der junge Mann zeitlebens zu tragen hätte. Die wurde allerdings viel schlimmer dargestellt, als sie in Wirklichkeit war. Denn die Hauptperson hatte bisher niemand zu Gesicht bekommen außer Clara, dem Bürgermeister und dem Pfarrer.

Die letzten beiden hatten ihre Begrüßungsbesuche hinter sich gebracht. Den Vater hatten beide dabei nicht angetroffen. Offenbar war nur die Mutter im Haus gewesen und dabei sehr kurz angebunden. Ob August Kapphahn sich absichtlich einem Gespräch verweigert hatte?

Franz selbst hatte sich sehr verschlossen gegeben. Er war wohl wirklich ziemlich am Ende mit seinen körperlichen und seelischen Kräften. Die häusliche Situation und seine eigene machten ihm zu schaffen. Im Dorf hatte er sich bisher nicht sehen lassen, im häuslichen Stall und in den Wirtschaftsräumen allerdings auch noch nicht. Keiner von den drei Kapphahns kam offenbar mit der Situation so recht klar. Im Haus war dicke Luft, es herrschte eine dumpfe Stimmung.

Auch Clara hätte sich bei ihrem Besuch eine freiere Atmosphäre gewünscht. Da war anscheinend nicht mal eine Spur von Freude im Haus über die Heimkehr des Sohnes aus Krieg und Gefangenschaft. Auch Clara bekam den Vater nicht zu sehen, und Emma Kapphahn machte lediglich ein paar belanglose Bemerkungen, so, als dürfe sie nicht frei äußern, was sie in diesen Tagen bewegte. Sie verließ die Küche auch sehr bald und ließ die beiden jungen Leute allein.

Franz saß stumm auf seiner Bank, sein verletztes Bein hochgelegt, stierte ein Loch in die Stube und kaute nur lustlos an dem Kuchen, den Clara ihm mitgebracht hatte.

»Franz, was ist los mit dir?«, versuchte Clara das Schweigen zu brechen. »Freust du dich eigentlich gar nicht, dass du wieder hier bist?«

Die junge Frau wartete lange auf eine Antwort. Es kam keine. »Mann, Franz, nun komm schon raus aus deinem Loch. Oder soll ich lieber wieder gehen?«, versuchte sie ihn zu einer Antwort zu bewegen.

Da endlich kam es stockend, mit vielen Pausen zwischen den Sätzen und mit belegter Stimme: »Ich mich freuen? Warum sollte ich? Weißt du, Clara, da kommst du nach Hause, draußen ist es warm und schön, und hier drin frierst du dich zu Tode. So kalt war es in Russland nicht wie hier, und im Lager auch nicht. Da hatte ich es besser. Da waren Leute, die redeten, die waren einer für den anderen da, die machten auch mal Blödsinn und haben gelacht, trotz der miesen Situation. Und hier? Mein Vater übersieht mich. Er glaubt mir meine Schmerzen nicht. Er trauert den besseren Zeiten nach, schimpft und flucht darüber, dass der Krieg verloren ist, kommt nicht klar damit, dass Richard und Henner nicht mehr da sind und mein Bein steif ist. Ich glaube, der kommt mit gar nichts mehr klar. Meine Mutter gibt sich alle Mühe, aber sie darf nicht. Wenn sie allein ist, heult sie Rotz und Wasser. Ich fühle mich hundeelend. Ich frage mich, ob ich nicht besser auch irgendwo in einem Schützengraben krepiert wäre wie Richard und die andern Jungs aus dem Dorf und wie Tausende andere. Dann brauchte ich das alles hier nicht zu erleben.«

Clara hatte der Rede ihres Klassenkameraden bisher still und innerlich bewegt zugehört. Jetzt konnte sie sich nicht mehr zurückhalten. »Jetzt hör mir mal zu, Franz. So darfst du nicht reden. Sei mal froh, dass du lebst und zu Hause bist. Da kommen die anderen alle nicht mehr hin. Ich verstehe, dass es dir noch dreckig geht und dass alles hier sehr schwer ist. Aber du bist kein Krüppel. Du bist ein Kerl, der auch wieder auf seine Füße kommt. Da leben andere als du mit Schlimmerem als einem kaputten Bein. Da sind Leute nach Hause gekommen, die haben gar keine Beine mehr. Du packst das schon. Und dein Vater wird sich einkriegen, wenn er erst mal sieht, dass du doch noch anpacken kannst. Du musst dich halt dran gewöhnen, mit dem steifen Bein zu gehen. Und da gibt es Ärzte, die dir helfen. Deine Hände sind doch in Ordnung und dein Kopf ist es auch. Und du bist stark.« Clara redete sich richtig in Eifer.

Franz wollte offenbar etwas sagen.

»Jetzt bin ich erst noch dran«, ließ sie sich nicht unterbrechen. »Du musst unter die Leute, Franz. Du darfst dich nicht hängen lassen und auch nicht hier in deinem Loch verkriechen. Komm am Sonntag zum Frühschoppen in den Krug. Das Dorf will dich sehen. Die machen sich wer weiß was für ein Bild von dir, wie du aussiehst und wie du dich bewegst und was du für ein armes Schwein bist und so. Du kennst doch die Leute in unserem Nest. Dabei bist du gar nicht so ein armes Schwein. Du bejammerst dich doch nur selbst. Und was vorbei ist, ist vorbei, mit Jungvolk und Hitlerjugend und all diesem Propagandakram, den wir geglaubt und mitgemacht haben. Die Quittung haben wir alle irgendwie gekriegt, nicht nur du. Andere viel schlimmer. Franz, es ist eine neue Zeit, und die musst du jetzt anpacken. Die müssen wir zusammen anpacken.« Die letzten Worte klangen fast beschwörend.

Jetzt war es der junge Mann, der erregt entgegnete: »Warum kümmert dich das eigentlich, Clara? Das kann dir doch egal sein, was mit mir ist und was hier bei uns los ist und wie ich damit klarkomme!«

»Ist mir aber nicht egal«, entgegnete die junge Frau.

»Und wieso nicht?«

Clara holte tief Luft und schaute ihrem Gegenüber für einen Moment in die Augen. »Weil du mir nicht egal bist, Franz, verstehst du?«, sagte sie dann leise und mit gesenktem, leicht gerötetem Kopf, verlegen mit dem Kaffeelöffel spielend.

Franz Kapphahn schaute mit großen und erstaunten Augen auf das Mädchen an der anderen Tischseite. Was hatte die da gesagt? Hatte er richtig gehört? »Wiederhol das noch mal!«, forderte er von dem Mädchen, und durch seinen Kopf schoss der Gedanke, dass ihm da doch ein richtig hübsches Gesicht zugewandt war.

»Ach, vergiss es«, bekam er nur knapp zur Antwort. »Ich muss jetzt auch gehen.« Clara legte den kleinen Löffel, mit dem sie gespielt hatte, auf den Tisch, schob Tasse und Teller von sich, stand vom Stuhl auf und wandte sich zur Tür. Sie schien innerlich sehr erregt und vermied es, Franz in die Augen zu schauen.

»Sehen wir uns?«, fragte Franz. Seine Stimme hatte dabei einen bittenden Klang.

»Vielleicht, wenn es Gelegenheit gibt«, kam die Antwort dagegen fast ein wenig schnippisch.

»Es wird Gelegenheit geben«, versicherte der junge Mann und schien gar nicht mehr so niedergeschlagen wie zuvor. Er erhob sich umständlich von seiner Bank und folgte Clara. »Vielleicht schon übermorgen. Und danke für den Kuchen«, rief er ihr nach, als sie das Haus verließ.

Es dauerte aber doch ein paar Tage länger, bis sich die beiden in Mahles Gaststube wieder begegneten. Franz blieb zunächst zu Hause und wagte sich erst am letzten Septembersonntag ins Dorf. Zuvor hatte es zu Hause allerdings eine heftige Auseinandersetzung mit dem Vater gegeben, der nicht wollte, dass sein hinkender Sohn sich den Leuten im Dorf zeigte. Seit dem kurzen Wortwechsel im Stall bei Franz' Ankunft und später in der Küche waren sich die beiden Männer tagelang aus dem Weg gegangen oder hatten sich angeschwiegen. Heute hatten sie miteinander geredet. Besser gesagt, sie hatten heftig gestritten, lautstark und mit Wörtern, die in einer Auseinandersetzung zwischen Vater und Sohn keinen Platz haben sollten. Es hätte nicht viel gefehlt und die beiden wären mit Fäusten aufeinander losgegangen. Wohl im letzten Moment hatte sich Emma Kapphahn dazwischengeworfen und eine Schlägerei verhindert. Schließlich hatte Franz sich doch gegen seinen Vater durchgesetzt und war gegangen, freilich sehr darauf bedacht, sein Hinken so gut wie möglich zu verbergen.

Jetzt saß er in Mahles Gaststube, vom häuslichen Streit immer noch sehr erregt, und nahm die Begrüßungen und Glückwünsche der Leute entgegen, die sich hier zum sonntäglichen Frühschoppen einfanden. Weil im Dorf vormittags in der Regel kein Gottesdienst war – Kirchzeit in Windenhausen war vierzehntäglich am späten Sonntagnachmittag –, und weil außer der notwendigen Stall- und Küchenarbeit sonntags keine andere verrichtet wurde, kamen die meisten schon recht früh. Mehr Männer als Frauen natürlich. Und heute mehr Leute als sonst, denn es hatte sich rasch im Dorf verbreitet, dass der

Franz sich wohl aus seinem Loch herauswagen würde. Die lautstarke, heftige Auseinandersetzung mit seinem Vater war auch nicht verborgen geblieben.

Die Sitzplätze an den ohnehin wenigen Tischen in der Gaststube reichten heute bei weitem nicht aus. Selbst für die, die nur einen Stehplatz bekommen hatten, wurde es eng. Für den alten Mahle ein guter, umsatzträchtiger Morgen.

Franz erkannte sie alle wieder, die ihm die Hand entgegenstreckten und ihn begrüßten, und er vermisste manchen, den er gerne begrüßt hätte. Die meisten von ihnen lebten nicht mehr oder waren irgendwo im Osten vermisst. Er aber war heimgekehrt und wurde wie selbstverständlich zum Gast des Vormittags: Für ihn gab es Freibier und Zigaretten, so viel er mochte. Dabei musste er die meisten Einladungen ablehnen, wollte er einigermaßen nüchtern bleiben und nicht gleich zum Kettenraucher werden.

Die Anteilnahme an seinem Schicksal schien echt und die Freude über seine Heimkehr auch. Das tat Franz gut, auch wenn ihn die häufig geäußerte Kritik am Verhalten seines Vaters wie schmerzende Nadelstiche traf. Aber da musste sein Vater schon selbst sehen, wie er mit den Dörflern klarkam. Er, Franz, war wieder drin, zumindest dabei, wieder aufgenommen zu werden.

Wenigstens er war zurückgekommen. Die Aufzählung der vielen, die aus dem kleinen Windenhausen im Krieg geblieben waren, dämpfte die anfangs frohe Stimmung im Raum. In manchem kam der Schmerz über den Verlust im eigenen Haus und unter den Freunden dadurch wieder hoch. Daran lag es wohl auch, dass die Gaststube sich nach und nach leerte. Dabei wurde auch der Platz neben Franz frei. Für Clara, die sich bisher unbemerkt unter die Gäste gemischt hatte, war das wie eine Einladung. Sie setzte sich neben ihn. Dabei vermied sie es allerdings, ihm zu nahe zu kommen.

»Das mag dir gefallen, Franz, unsere Dorfschönste neben dir zu haben«, frozzelte jemand.

Clara schien sich über diese Bemerkung zu ärgern. Zumindest reagierte sie mit einem entsprechenden Blick und einem deutlichen »Blödkopp!«.

»Warum nicht?«, lachte Franz dagegen und rückte seinerseits näher an das Mädchen heran. »Ich habe schließlich jahrelang keine schönen Mädchen gesehen. Und wenn, dann nur von weitem.«

Clara schien sich zu zieren, was Franz noch näher an sie heranrücken ließ. Dabei hatte er aber wohl sein Bein vergessen und es irgendwie falsch bewegt. Jedenfalls entfuhr ihm ein lautes: »Au! Elender Krüppel!«

»Tut mir Leid, Franz«, rief die junge Frau, »was musst du mir auch einfach so auf die Pelle rücken? Solche groben Annäherungsversuche müssen sofort bestraft werden.«

»Grober Annäherungsversuch?«, empörte sich Franz. Dabei konnte man ihm ansehen, dass er den Schmerz in seinem Bein zu verbeißen suchte. »Wer versucht denn hier Annäherung? Du hast dich doch neben mich gesetzt, nicht ich mich neben dich. Aber mir soll's schon recht sein. Hab gar nichts dagegen, meine Schönste. Darfst gerne öfter neben mir sitzen.«

Während die anderen ihren Spaß hatten, fing Franz sich jetzt auch ein »Blödkopp« ein, aber eines, das einen anderen Klang hatte als das von vorhin.

»Das würde dir sicher gefallen, Franz«, gab Clara zu, »aber ob mir das immer gefällt, das muss ich erst sehen. Und jetzt muss ich heim. Es ist gleich Mittag.« Dabei strich sie unter dem Tisch leicht über Franz' rechten Oberschenkel, berührte dabei auch kurz seine Hand, die auf eben diesem Oberschenkel lag, wohl, um ihre wahren Empfindungen deutlich zu machen. Dann erhob sie sich, verabschiedete sich mit einem kurzen »Macht's alle gut!«, und ging.

Also doch Annäherung, ging es Franz durch den Kopf, als er dem Mädchen nachblickte. Es lief für einen Moment wie ein leichter Wärmestrom durch seinen Körper. Wie hatte Clara bei ihnen in der Küche gesagt? Franz hatte es noch sehr genau im Ohr: »Weil du mir nicht egal bist«, hatte sie gesagt. Anscheinend war er ihr wirklich nicht egal. Wie das wohl weitergehen würde?

Franz beschloss, keine Einwände dagegen zu haben, dem Mädchen öfter zu begegnen. Auch dann nicht, wenn das zu Hause neuen Ärger verursachte. Sein Vater konnte es mit den Oehmes nämlich überhaupt nicht. Ein Schneider war für ihn kein richtiger Mann. Und dessen Tochter wäre sicher als Schwiegertochter schon deshalb nicht recht, weil ihr Vater dann der Gegenschwieger würde. Na, das konnte ja was werden, wenn es denn was wurde.

Einigermaßen froh gestimmt machte sich Franz auf den kurzen Heimweg. Sein Hinken brauchte er nicht mehr zu verbergen. In den meisten Häusern des Dorfes wusste man ja jetzt Bescheid über seinen Zustand. Es war nun an ihm selbst, aus dieser Behinderung das Beste zu machen. Und er würde gleich morgen damit anfangen. Heute freilich noch nicht. Heute wollte er sich zunächst einmal die gute Laune bewahren und nicht von seinem Vater verderben lassen. Das würde er beim Essen gleich schon hinkriegen. Heute konnte auch sein Vater das Vieh noch einmal selbst versorgen. Dafür hatte er am Morgen dieses Theater veranstaltet. Morgen begann dann die neue Arbeitswoche. Da wollte er sich schon an der Arbeit auf dem Hof und auf den Feldern beteiligen, so gut er konnte. Außerdem wollte er möglichst bald irgendwo in der Umgebung einen Arzt aufsuchen, der sich mit seinem Bein befassen konnte. Vielleicht gab es ja doch irgendeine Möglichkeit der Behandlung.

## *Erntedank*

Während bei den Kapphahns das Sonntagsessen in gespannter Atmosphäre und überwiegend schweigend verlief, ging es einige Häuser weiter bei Oehmes recht lebhaft zu. Clara musste von dem besonderen Frühschoppen bei Mahles berichten. Ihre Eltern wollten natürlich von ihrer Tochter wissen, was es denn im Dorf Neues gab. Clara erzählte bereitwillig und mit einer gewissen Begeisterung, vor allem von der Hauptperson des Vormittags.

Dabei hörte ihre Mutter sehr genau hin. Sie hatte ein Empfinden für die besonderen Nuancen in der Stimme ihrer Tochter. Ihr war da in den vergangenen Tagen schon eine gewisse Veränderung bei Clara aufgefallen, seit sie dem Heimkehrer auf dem Friedhof begegnet war. »Der Franz hat es dir wohl wieder angetan?«, fragte sie.

Clara blickte erstaunt. »Ich weiß noch nicht so recht, Mama, was ich von mir halten soll«, antwortete sie ehrlich. »Vor fünf Jahren wusste ich es schon mal besser. Aber jetzt nach dieser langen Zeit?«

»Und sein Hinken? Franz ist sicher nicht mehr so sportlich wie damals«, wandte ihr Vater ein.

»Das würde mich wenig stören«, versicherte Clara. »Das macht's doch wohl nicht, ob einer gesunde Knochen hat, oder?«

»Sicher nicht«, gestand der Vater zu. »Aber da könnte es ein anderes Problem geben. August Kapphahn. Ihr wisst doch, dass der uns nicht mag«, erklärte der Vater. »Für den ist man doch nur jemand, wenn man wenigstens ein paar Hektar unter dem Pflug hat und einen Stall voll Vieh. Aber ein Schneider? Was ist denn ein Schneider? Und einer, der nur einen kleinen Garten hinterm Haus hat?«

»Deine Hosen und Anzüge zieht er aber an, Vater«, widersprach Clara. Und die Mutter ergänzte: »Das müsste man erst noch rauskriegen, wer im Dorf das bessere Ansehen hat, der Kapphahn oder der Oehme.«

»Wie das auch immer wär, schwierig würde es allemal. Ihr Frauen miteinander, das könnte vielleicht gehen«, überlegte Erich Oehme. »Emma und du, warum nicht? Aber August und ich als Gegenschwieger, das scheint mir unmöglich. Bis das klappen kann, muss noch viel Wasser von der Himecke runterkommen.«

»Ihr redet so, als wollten Franz und ich schon nächste Woche heiraten«, mischte sich Clara jetzt ein. »Davon kann doch noch gar keine Rede sein. Franz muss doch erst einmal wieder Fuß fassen im Dorf und eine Arbeit finden.«

»Richtig«, bestätigte die Mutter, »ihr müsstet euch auch erst wieder ein wenig kennen lernen, ob denn der eine den anderen auch wirklich riechen mag.«

»Und dazu brauchen wir Zeit und Gelegenheit. Da müssen wir auch erst einmal sehen, ob sich beides ergibt«, stellte Clara fest.

»Natürlich ergibt sich das«, war die Mutter sich sicher, »und irgendwie wird es schon Bedeutung haben, dass du dem Franz als Erste begegnet bist, wenn auch auf dem Friedhof.«

»Das war schon merkwürdig. Das geht mir auch immer wieder durch den Kopf«, bestätigte Clara. Der Pfarrer habe auch gesagt, dass das vielleicht nicht von ungefähr gekommen sei.

»Übrigens ist nächsten Sonntag Erntedank«, beschloss Vater Oehme das Gespräch. »Pfarrer Alemann will dann gerne auch ein paar Früchte handwerklicher Arbeit auf den Altar legen. Nicht alle Leute ernten auf dem Feld und im Garten, meint er, und auch eine grob geschmiedete Hacke oder ein fein geschneidertes Teil gehören dazu.«

»Ein interessanter Gedanke«, meinte Clara überrascht und schlug vor, die neue Weste für den Hille zur Verfügung zu stellen.

»Kein schlechter Vorschlag, Tochter. Ich werde den Viehhändler fragen, ob er einverstanden ist.«

»Und ob der einverstanden ist! Der wird platzen vor Stolz, dass seine Weste in der Kirche ausgestellt wird«, war Clara überzeugt und versprach, bei den Feinarbeiten an dem Stück ganz besonders sorgfältig vorzugehen.

»Aber der Kapphahn wird wieder einen Grund zum Ärger haben, wenn von dir was ausliegt«, gab Hilde Oehme zu bedenken.

»Der kommt doch gar nicht in den Gottesdienst«, glaubte ihr Mann zu wissen.

»Da bin ich mir nicht sicher«, wandte Clara ein. »An Erntedank war der immer da, auch als er noch Obernazi war und zu den Deutschen Christen gehörte.«

»Stimmt nicht ganz«, erinnerte sich die Mutter, »nach der Todesnachricht von Richard und nach der Beerdigung seines Henner hat er gefehlt.«

»Stimmt«, gab Clara zu, »aber dieses Jahr hat er den umgekehrten Fall und besonderen Grund, seinen Dank zu zeigen. Wenigstens seinen Franz hat er wieder.«

»Wir werden sehen, wie er sich verhält«, meinte der Vater nun, »wobei wir wieder bei Franz wären. Also, was ist, Clara?«

»Nichts ist, Vater. Ob ich will, muss ich sehen. Ob was wird, wird sich zeigen. Er muss ja auch wollen. Ich werd's euch rechtzeitig sagen.«

Der Erntedank-Sonntag war im bäuerlichen Windenhausen schon immer ein besonderer Sonntag gewesen. Daran hatte sich auch in den Jahren der Naziherrschaft und während des Krieges nichts geändert. Nur dass die Feiern entsprechend ideologisch verbrämt worden waren. Das Alte Testament hatte dabei keine Rolle mehr gespielt, denn es war ja jüdisch. Der damalige Pfarrer hatte als Sympathisant der Deutschen Christen seinen Anteil eingebracht und damit den Sinn des Sonntags verfälscht wie manche anderen Geistlichen auch.

Seit Pfarrer Alemann den Dienst im Kirchspiel übernommen hatte, hatte sich da einiges wieder geändert. Er gehörte zu denen, die sich in der Nazizeit deutlich von den Lehren der Deutschen Christen abgesetzt hatten, und er hatte dafür in seiner alten Gemeinde und auch vom Staat Anfeindungen in Kauf genommen. Seit etwas mehr als einem Jahr war er nun schon bemüht, seine neue Gemeinde zu den Grundlagen des biblischen Evangeliums und der Reformation zurückzuführen, weg von den »Helden-Menschen« und ihrer Leistung, hin zum Schöpfer, Erhalter und Erlöser, wie ihn die Bibel in ihren beiden Teilen bekannt machte. Seine Predigt zum Erntedank war schon im vorigen Jahr ein deutliches Lob des Gottes Alten und Neuen Testaments gewesen, auch wenn die Lage noch gar nicht so nach Lob ausgesehen hatte.

Inzwischen hatten sich die Bedingungen des täglichen Lebens weiter verbessert, wenngleich die Folgen des verheerenden Krieges auch auf dem Land und im kleinen Windenhausen noch immer sehr deutlich waren. Schon allein, weil die Verordnungen der Besatzungsmächte das Leben sehr einschränkten. Dennoch galt es auch in diesem Jahr, Gott die Ehre für das zu geben, was er hatte wachsen und gedeihen lassen und wozu er menschliche Hände befähigt hatte. Die Opfer des Krieges, die auch in diesem Kirchspiel zu beklagen waren, mussten gewürdigt werden. Aber nicht auf falsche Weise. Die Gefallenen hatten mit ihrem Leben bezahlt, aber sie waren deswegen keine Helden. Sie waren der traurige Preis für die Politik eines Größenwahnsinnigen und seiner vielen Helfer. Ein Volk, das Gott aus seinem Bewusstsein und aus seinem Handeln ausschloss, musste über kurz oder lang immer zu Schaden kommen. Leider war es dann auch jeweils so, dass die Unschuldigen mit den Schuldigen zu leiden und die Folgen zu tragen hatten.

Das war Pfarrer Alemanns Position, die er sicherlich auch in diesem Jahr wieder aussprechen würde. Aber in diesem Jahr hatte er zudem einen sichtbaren Grund für das Gotteslob:

Wenigstens einer von den Windenhausenern war zurückgekommen. Das war Gottes Werk, dafür gehörte allein ihm die Ehre.

Hoffentlich kam Franz Kapphahn als lebendiges Beispiel der Güte Gottes auch zur Erntedankfeier in die Kirche.

In der Woche vor dem ersten Oktobersonntag lag über dem Dorf und seiner Flur so etwas wie Friede und Heiterkeit. Bei gutem Wetter waren die Leute fleißig dabei, an den schon deutlich kürzer werdenden Tagen auf ihren Feldern die Kartoffeln und Rüben aus dem Boden zu holen, in den Gärten Kürbisse und anderes Gemüse zu ernten und auf den Obstwiesen und an den Verbindungsstraßen zu den Nachbardörfern zu pflücken, was die Bäume hergaben. Die Zwetschgen hingen in diesem Jahr reichlich an den Bäumen, während einige Apfelsorten wenig getragen hatten.

Wegen der ausgedehnten Trockenheit des Sommers war die Ernte insgesamt niedriger als üblich ausgefallen. Dennoch hatten die Windenhausener keinen Grund, sich zu beklagen. Es reichte für alle, auch wenn sie ihren Anteil zur Versorgung der Städte abgeben mussten.

Die drei Oehmes hatten nur ihren Garten, der das Revier von Hilde Oehme war, und natürlich die Schneiderstube, den Arbeitsbereich von Vater und Tochter. Dabei ließ die geringe Auftragslage es zu, dass sie verschiedenen Bauern des Dorfes, die gerade jemanden brauchten, bei der Ernte halfen. Das kam ihrem Speiseplan sehr zugute. Clara hätte sich am liebsten auch bei den Kapphahns angeboten. Die hätten sicher Hilfe gebrauchen können. Aber das wäre ihr dann doch zu aufdringlich erschienen. Die drei mussten sehen, wie sie allein zurande kamen. Zumindest in diesem Jahr noch. Oder aber sie mussten von sich aus um Hilfe bitten, was sie natürlich nicht taten.

Franz bemühte sich, seine Kräfte einzusetzen, so gut es eben ging. Kartoffeln auflesen war schwierig, weil das Bücken nicht so recht ging. Aber aufrecht und nach oben arbeiten, das klappte einigermaßen, und die Pferde durch die Furchen führen auch. Ganz ohne Schmerzen ging das allerdings nicht ab, obwohl Franz den Eindruck hatte, mit seinem Knie würde es besser, seit er es regelmäßig mit Salben pflegte, die die Mutter besorgt hatte. Die Kraft kehrte jedenfalls in sein Bein zurück, sicher auch wegen der vielen Bewegung draußen und der guten Verpflegung durch die mütterliche Kochkunst.

Das Verhältnis zum Vater blieb weiter gespannt, wobei sich wohl jeder der beiden Männer am Riemen riss, um neuen Streit zu vermeiden. Mutter Kapphahn nahm das Miteinander von Vater und Sohn erleichtert zur Kenntnis und bemühte sich ihrerseits, keinen Anlass zu bieten, durch den die Männer aneinander geraten konnten.

Am Nachmittag vor dem Erntedank-Sonntag trafen sich traditionell die Frauen des Dorfes, um die kleine Kirche für den Gottesdienst herzurichten. Was sie alles anschleppten an Getreidegarben, Früchten, Blumen, Brot und Gemüse, Haushaltsgerät, Kleidung und sonstigen Dingen, gebacken, geschmiedet, geschreinert, genäht, mit dem sie den schlichten Holzaltar und den Raum davor schmückten und auslegten! Pfarrer Alemann würde kaum noch Platz zum Stehen haben.

Die Mädchen trafen sich derweil vor dem Gotteshaus, um die große Erntekrone zu winden, zu binden und zu schmücken, die den Maibaum ablöste, der seit dem Frühling auf dem Vorplatz gestanden hatte.

Dieses verdorrte Stück holten vor dem Dunkelwerden dann die Burschen ein, um an seiner Stelle die reich geschmückte stroherne Krone aufzuhängen.

In der Regel ging es bei diesen Tätigkeiten recht lustig zu. Es wurde gesungen und gelacht, und Gastwirt Mahle hatte auch immer diverse Getränke bereit, die zur Auflockerung der Stimmung beitrugen. In diesem Jahr fehlte der Tisch allerdings, und das Ganze verlief recht still. Zu deutlich wurde wieder, wie viele Frauen und Mädchen in Schwarz erschienen und welche Lücken der Krieg bei den jungen Männern gerissen hatte.

Dass Franz mit Hand anlegte, machte die traurige Wahrheit nur noch deutlicher. Dennoch freuten sich alle, dass er wieder dabei war. Besonders Clara freute sich, die sich zuletzt gar nicht mehr recht auf ihre Arbeit konzentrieren konnte, weil sie immer wieder zu Franz hinüberschauen musste. Wenn sie seinem Blick dann zufällig begegnete, lächelte sie ihm zu und war glücklich, wenn er zurücklächelte. Er sah doch gut aus, der Franz. Schon gar nicht mehr so blass und dünn wie bei seiner Ankunft. Seine Mutter hatte ihn offenbar schon recht ordentlich hochgepäppelt.

»Kommst du morgen in den Gottesdienst?«, fragte sie ihn, als die Erntekrone schließlich an ihren Platz gehievt und befestigt war und die jungen Leute noch herumstanden. Das Schmuckstück konnte sich sehen lassen. Die Mädchen hatten wieder feine Arbeit geleistet! Die Burschen natürlich auch. Es war nämlich gar nicht so leicht, die Stange mit der schweren Krone ins Lot zu kriegen und ihr festen Stand zu geben.

Franz beantwortete Claras Frage indirekt, indem er sich die Stirn wischte und fragte: »Gilt die alte Sitzordnung noch?«

»Sie gilt noch. Die Familien haben ihre Plätze wie immer.«

»Immer noch nach der Größe des Grundes?«

»Immer noch«, bestätigte Clara, »deswegen sitzen wir ja auch ganz hinten in der Kirche.«

»Und wir in der fünften oder sechsten Reihe.«

»Aber ihr braucht doch gar keine Reihe mehr.« Clara erschrak über ihre eigene Feststellung. »Entschuldige, Franz, das hätte ich nicht sagen sollen.«

»Wo du Recht hast, hast du leider Recht«, ging er über ihre Worte hinweg, und mit einem leicht schelmischen Blick fügte er an: »Vielleicht brauchen wir den Platz ja irgendwann wieder.«

Claras Gesicht überzog sich mit einer leichten Röte, und sie hätte am liebsten wieder mit ihrem »Blödkopp« geantwortet. Aber dann fragte sie: »Was ist morgen nach dem Gottesdienst?«

»Wird sich zeigen«, bekam sie zur Antwort. »Da gilt jedenfalls keine Sitzordnung mehr, und wir suchen uns unsere eigenen Plätze.«

Das hörte sich nicht schlecht an, dachte das Mädchen, verabschiedete sich von Franz und von denen, die noch herumstanden, und machte sich auf den Heimweg, im Herzen die Vorfreude auf das, was der nächste Tag bringen würde.

Es wurde ein wunderbarer Gottesdienst mit Lesungen von Psalmen und mit einer eindrücklichen Predigt zu einem Text aus der Bergpredigt Jesu über die treue Fürsorge Gottes für den Menschen und das unnötige Sorgen des Menschen für sich selbst. »Trachtet am Ersten nach dem Reich Gottes und nach seiner Gerechtigkeit, dann wird euch solches alles zufallen.«

Pfarrer Alemann ließ auch die schönen, alten Lieder wieder singen: »Nun preiset alle Gottes Barmherzigkeit, lob ihn mit Schalle, werteste Christenheit ...«, »Wir pflügen und wir streuen den Samen auf das Land, doch Wachstum und Gedeihen stehn in des Himmels Hand ...«, »Herr, die Erde ist gesegnet von dem Wohltun deiner Hand, Güt und Milde hat geregnet, dein Geschenk bedeckt das Land: Auf den Hügeln, in den Gründen ist dein Segen ausgestreut; unser Warten ist gekrönet, unser Herz hast du erfreut.«

Dieses Lied ließ der Pfarrer allerdings nicht ohne einen Kommentar zur Situation im Dorf singen, mit den mehr als dreißig Gefallenen und Vermissten und dem zuletzt glücklich heimgekehrten Franz Kapphahn. Ob andere noch heimkehren würden? Für ein paar Männer des Dorfes bestand durchaus noch Hoffnung.

Die meisten Anwesenden brauchten einen besonderen Trost, und der Gemeindehirte fand die richtigen Worte dafür.

Das trocknete manche Träne, die heimlich oder offen geweint wurde. Warum hatten die vergangenen Jahre auch sein müssen, mit ihren Parolen und Schlagworten, mit ihrer Hetze gegen alles »Undeutsche«, mit ihrem Größenwahn von »Rassereinheit« und »Weltherrschaft«? Und warum waren so viele auf die Blendreden hereingefallen und hatten sich »gleichschalten« lassen, hatten kritiklos alles akzeptiert und selbst vertreten, was vom »Führer« und seinen Vasallen kam? Wie konnten die schlimmen Exzesse des Wahns gegen Juden, Zigeuner und andere unliebsame Völker und Volksgruppen in den Konzentrationslagern und an den Kriegsfronten verübt werden, durch die ungezählte Menschen umkamen, ins Elend gestürzt oder für ihr Leben gezeichnet wurden? Konnte diese Schuld jemals vergeben werden?

Das rechte »Trachten nach Gottes Reich und nach seiner Gerechtigkeit« hätte solche bösen Entwicklungen wohl nicht zugelassen, mag es manchem Gottesdienstbesucher nach der Predigt durch den Kopf gegangen sein. Vielleicht wurden die Zeiten ja wieder besser, wenn mehr Menschen auf diese Botschaft hörten? Auch um diesen Gedanken zu fördern, ließ Pfarrer Alemann vor dem Segen am Ende des Gottesdienstes wieder einmal das alte Lied von Johann Walter singen: »Wach auf, wach auf, du deutsches Land, du hast genug geschlafen ...« Vor allem die letzten beiden Strophen gingen dabei manchen Anwesenden unter die Haut:

»Gott warnet täglich für und für,
das zeugen seine Zeichen,
denn Gottes Straf ist vor der Tür;
Deutschland, lass dich erweichen,
tu rechte Buße in der Zeit,
weil Gott dir noch sein Gnad anbeut
und tut sein Hand dir reichen.
Das helfe Gott uns allen gleich,

dass wir von Sünden lassen,
und führe uns zu seinem Reich,
dass wir das Unrecht hassen.
Herr Jesu Christe, hilf uns nu
und gib uns deinen Geist dazu,
dass wir dein Warnung fassen.«

Zu denen, die sich noch eine ganze Weile mit dem ernsten Lied beschäftigten, gehörte auch Franz Kapphahn. Es trieb seine Gedanken um und lenkte sie sogar ein wenig von denen an Clara Oehme und eine mögliche gemeinsame Zukunft ab.

Nach dem Erntedank-Gottesdienst saßen die beiden noch lange beim traditionellen Festschmaus mit Kaffee und Kuchen auf dem Kirchplatz beieinander und unterhielten sich, auch über die eindrückliche Predigt des Pfarrers. Dabei rückten sie sich recht nahe – die kirchliche Sitzordnung galt ja hier draußen nicht –, streichelten sich ab und an auch unter dem Tisch und hielten sich die Hände. Wie ein warmer Strom ging es ihnen dann durch die Glieder. Darüber verlor allerdings keiner von beiden ein Wort. Auch nicht darüber, dass sie sich die ein oder andere Frotzelei anhören mussten, die ihr offenkundiges Techtelmechtel natürlich auslöste. Das Pflänzchen der Liebe hatte offenbar Nahrung bekommen und fasste neue Wurzeln.

An einem der Wochentage nach Erntedank war Franz damit beschäftigt, mit Hacke und Schaufel die flache Grube für die Kartoffel- und Rübenmiete auszuheben. Dabei sprangen seine Gedanken nur so zwischen diesem und jenem hin und her. »Gott allein die Ehre« – so endete die Balken-Inschrift draußen am elterlichen Haus. War bei den Kapphahns davon überhaupt etwas zu spüren? Mag sein, ganz früher einmal bei den Großeltern, die er kaum gekannt hatte. Vor der NS-Zeit mochte diese Aussage vielleicht Bedeutung gehabt haben. In den Jahren des vermaledeiten »Tausendjährigen Reiches« ganz sicher nicht. Und jetzt, nachdem diese »glorreiche« Zeit auch für die Kapphahns in Blut und Tränen ersoffen war, trachtete auf dem Hof erst recht keiner nach Gottes Reich und seiner Ehre, zumindest nicht wirklich. Ob sich da etwas ändern musste? In der restlichen Familie auf dem Hof? Im Dorf? In der Gegend und im ganzen Land? Es würde nicht genügen, den Spruch neu auszumalen. Da müssten sich schon andere Dinge ändern.

Clara schien ähnlich darüber zu denken wie er. So hatten sie sich zumindest am Sonntag auf dem Kirchplatz auch gefragt und unterhalten.

Clara! Ein liebenswürdiges und ordentliches Mädchen. Gut sah sie aus, und Figur hatte sie auch. An der war was dran. Franz hatte sie seit Sonntag nicht gesehen, und in ihm kam so etwas wie eine Sehnsucht auf, sie zu treffen. Hoffentlich ergab sich bald die Gelegenheit.

Als hätte sein Vater diesen Gedanken gelesen, trat er neben ihn und fragte unvermittelt: »Was hast du mit der Clara?«

Franz erschrak heftig. Er war wohl so sehr mit seinen Gedanken um die Ehre Gottes und um das Mädchen beschäftigt gewesen, wohl eher mit solchen um das Mädchen, dass er gar nicht bemerkt hatte, dass August Kapphahn auf das Feld gekommen war. Er wollte wohl sehen, wie weit sein Sohn mit der Arbeit an der Grube gekommen war.

»Wieso?«, fragte er nur knapp zurück.

»Ich will nicht, dass du mit der poussierst. Die Oehmes sind nichts für uns.«

»Was hast du gegen die?«, streckte Franz seinen Rücken.

»Die haben nichts am Hintern. Schneider taugen nicht für Bauern. Du brauchst eine auf dem Hof, die arbeiten kann, und kein Nähmädchen«, bekam er barsch zur Antwort.

»Ob die arbeiten kann, weißt du nicht. Und wen ich auf den Hof bringe, musst du schon mir überlassen«, entgegnete Franz und schlug die Hacke ärgerlich in den Boden.

»Das werden wir dann sehen. Jedenfalls bringst du nicht die Oehme. Nicht auf meinen Hof. Außerdem bist du nicht tief genug. Die Kartoffeln sollen wohl von unten erfrieren«, wechselte August Kapphahn abrupt das Thema.

Franz hätte wohl gerne noch etwas zu Clara gesagt, unterließ es dann aber lieber. Das hätte doch nur Anlass zum Streit gegeben. Und war der erst einmal ausgebrochen, dann wurde er wohl wieder heftig, und die nächsten Tage würden in entsprechender Stimmung vergehen. Jedenfalls stand es für Franz jetzt fest: Er würde bei nächster Gelegenheit das Mädchen fragen, wie es mit ihnen beiden weitergehen sollte und ob sie bereit sei, ihn zu heiraten und zu ihm auf den Hof zu kommen.

Clara! So weit käme es noch, dass er sich von seinem Vater in seine privatesten Dinge hineinreden ließ. Wen er zur Frau nahm, das war seine Sache. Wenn das was wurde mit Clara, kam sie selbstverständlich auf den Hof. Platz war doch genug. Oder aber er suchte für sich eben woanders eine Wohnung, und der Alte konnte sehen, wie er mit der Landwirtschaft fertig wurde.

Hätte jetzt jemand Franz bei der Arbeit zugeschaut, hätte er beobachtet, dass er wohl eine gehörige Portion Ärger und Zorn abreagieren musste. Aber besser hier beim Ausschachten der Miete als zu Hause und dann vielleicht wieder mit bösen Worten und so, dass die Mutter dazwischengehen musste. Dem Fortgang der Arbeit kam das freilich zugute. Dem Bein allerdings weniger. Offenbar hatte Franz sich falsch bewegt. Der Schmerz im Knie wurde wieder stechend. Er musste wohl doch irgendwann einmal nach Arolsen ins Krankenhaus, um nachsehen zu lassen.

## *Versprechen unter den Eschen*

Was Franz nicht wusste, war, dass Clara Oehme ihm bei seiner Arbeit schon eine ganze Weile zuschaute. Sie konnte von ihrer Nähstube aus auf das Grundstück sehen, wo die Kapphahns immer ihre Miete anlegten. Die Eschen, die sonst den Blick hinüber versperrten, hatten ihre Blätter bereits verloren und gaben die Sicht frei. So hatte sie auch den kurzen Besuch des alten Kapphahn mitbekommen, und sie ahnte, dass zwischen den beiden Männern wieder irgendeine Spannung bestand. Worum es da wohl ging? Ob es gar um sie beide ging? Ob sie mal kurz auf einen Sprung hinüberlief? Franz war ja wieder allein bei seiner Arbeit. Warum also nicht?

Clara legte das Sakko beiseite, an dem sie gerade einen Ärmel einnähte, warf ihrem Vater, der mit dem zweiten Ärmel beschäftigt war, ein kurzes »Bin gleich wieder da« zu und sprang schon nach draußen. Im Laufen zog sie sich noch rasch eine Jacke über, denn gegen Abend wurde es doch schon ein wenig kühl. Nach einigen schnellen Schritten und einem leichtfüßigen Sprung über den Graben hatte sie den jungen Mann erreicht. Mit einem fröhlichen »Grüß dich, Franz!« wurde der nun zum zweiten Mal bei seiner Arbeit gestört. Dieses Mal ließ er sich das aber gerne gefallen.

»Was willst denn du hier?«, fragte er mit leichtem Erstaunen.

»Ich wollte sehen, ob du hier schon die Fundamente gräbst für dein neues Haus«, spielte Clara die Unwissende.

»Für mein neues Haus? Vielleicht für deins?«, gab er zurück. Sein Gesicht hellte sich auf, und der Ärger von vorhin flog davon, als hätten die Tauben des Dorflehrers sie im Vorbeiflug aufgeschnappt und mitgenommen. Dass sein Wunsch von eben sich so schnell erfüllte!

»Vielleicht für unser Haus?«, fragte Clara keck dagegen und war gespannt, wie Franz jetzt reagierte.

Der stützte sich derweil auf seine Schaufel und sah das Mädchen mit festem Blick an. »Wir brauchen kein neues Haus. Wir haben eins.«

Clara erwiderte den Blick ein wenig irritiert. Was sollte das jetzt bedeuten? »Was heißt das, wir haben eins?«

»Der kapphahnsche Hof hat Platz genug für eine zweite Familie. Also brauchen wir kein neues Haus.«

»Versteh ich nicht.« War Clara nun begriffsstutzig oder tat sie nur so?

»Was ist da dran zu verstehen, Clara Oehme? Muss ich dir's etwa erklären?«

»Wenn du so freundlich wärst, bitte«, verlangte das Mädchen und zog dabei die Jacke etwas fester um sich.

Franz streckte sich zu voller Größe, schlenkerte ein paarmal mit seinem lahmen Bein, als wolle er es beweglich machen, stieß die Schaufel in den Boden, wischte sich mit dem Handrücken den Schweiß von der Stirn und kam ein paar Schritte aus seiner Grube auf Clara zu. »Also, wenn wir zwei, du und ich, unseren Kram irgendwann zusammenschmeißen, dann tun wir das auf dem kapphahnschen Hof. Ist das klar?«

»Nichts ist klar«, schien das Mädchen noch immer nicht zu verstehen.

»Jetzt sag ich mal ›Blödkopp‹, wie du das sonst immer so gerne sagst«, fuhr Franz mit seiner denkwürdigen Liebeserklärung fort. »Mein Alter hat mir vorhin deutlich gemacht, dass ich niemals die Oehme Clara auf den Hof bringen dürfte. Da hab ich mir gedacht, jetzt erst recht. Wenn der auch nicht will, dann will ich aber. Kapiert, Clara Oehme?«

»Kapiert, Franz Kapphahn«, bestätigte Clara, und ihr Gesicht strahlte vor Freude, »ich soll dich heiraten. Anders, du willst mich heiraten, und ich soll zu dir auf den Hof kommen.«

»Endlich wirklich kapiert, meine Liebe!«

»Und wenn ich nein sage, weil ich Angst habe?«, brachte sie stirnrunzelnd hervor.

»Vor wem?«

»Na, vor deinem Vater.«

»Vor dem hast du Angst und vor mir hast du keine?«, wollte Franz genau wissen. »Auch nicht vor meinem Rappelkopp und vor meinem Hinkebein und vor meinen ...«

»Wenn es nötig ist, kann ich dir ja davonlaufen. Ich bin ja schneller als du«, feixte das Mädchen, wurde aber sofort wieder ernst. »Nein, Franz, ich habe vor dir keine Angst und auch keine Angst davor, auf den kapphahnschen Hof zu kommen, wenn du mich auf dem Hof haben willst.«

»Und ob ich will, Clara. Wann kommst du?«

»Nun mal langsam mit den Pferden, mein Lieber, so schnell schießen die Preußen ja nun doch nicht. Du willst mich also heiraten?«

»Na klar will ich, Clara Oehme! Du wirst meine Frau. Du wirst doch, oder?« Franz fragte jetzt sehr ernst.

Nach diesem so unromantischen Heiratsantrag des Bauernsohns tat Clara die paar Schritte auf ihn zu, fiel dem jungen Mann um den Hals, so dass der fast gestrauchelt wäre, küsste ihn auf die stoppeligen Wangen und auf den Mund, drehte sich blitzschnell um, lief davon und ließ einen nun doch sehr überraschten zukünftigen Bräutigam am Rand seiner Grube stehen. Über die Schulter rief sie zurück: »Ich werde. Wenn du willst, schon bald. Mach's nur mit deinem Vater klar.«

Franz blieb nur, Claras Antwort zu hören und dem Mädchen für ein paar Momente mit verklärten Augen nachzublicken, bis es im Haus verschwunden war. Und ob er das mit seinem Vater klarmachte! Das würde zwar ein Kampf, aber den wollte er gerne auf sich nehmen. Und das möglichst bald.

Sehr leicht ging dem jungen Mann die restliche Arbeit an der Grube für die Miete von der Hand. Dass sein Bein sich dabei wieder unangenehm bemerkbar machte, störte ihn jetzt nicht. Clara und er würden heiraten, sobald alle Hindernisse beseitigt waren, die noch im Weg lagen. Das stand für ihn fest.

Clara dagegen brauchte nicht zu kämpfen. Ihre Eltern meldeten zwar ihre Bedenken gegen eine Heirat mit Franz Kapphahn an, waren aber dann doch einverstanden, den jungen Mann als Schwiegersohn anzunehmen. Die Bedenken richteten sich nicht gegen ihn, auch weniger gegen seine Mutter. Mit der musste eine junge Frau im Haus eigentlich klarkommen. Die Bedenken richteten sich gegen den Vater. Hier könnte es durchaus zu Schwierigkeiten kommen, wenn Clara auf den Hof zöge. Ob August Kapphahn Clara als Schwiegertochter annehmen würde, sei schon ein wenig fraglich. Sie war halt die Tochter des Schneiders und ein Schneider ohne Grund und Boden, ohne Stall und Scheune war in den Augen dieses Mannes ein Nichts. Daran würde sich wohl nichts ändern, auch nicht dadurch, dass der Bauer ab und an bei Erich Oehme nähen ließ. Es blieb ihm ja auch nichts anderes übrig. Der nächste Schneider war zu weit weg. Dass die beiden Elternpaare einigermaßen gut miteinander können würden, wäre deshalb wohl kaum möglich. Aber man musste sich ja auch nicht zu nahe rücken, wenn sich die jungen Leute nur gut verstanden.

August Kapphahn tobte, als Franz noch am Abend des selben Tages seinen Eltern beim Essen eröffnete, er sei sich mit Clara Oehme einig, dass sie heiraten wollten.

»Du bist wohl verrückt geworden! Das kommt überhaupt nicht in Frage!«, donnerte er und schlug mit der Faust auf den Tisch, dass Teller und Tassen nur so schepperten. Mit hochrotem Kopf sprang der Bauer auf und wiederholte lautstark seinen entschiedenen Protest. »Die Oehme kommt mir nicht in mein Haus! Niemals!«

»Aber August«, versuchte Emma Kapphahn ihren Mann zu beruhigen, »was hast du gegen …«

Weiter kam sie nicht. »Halt du deinen Mund und misch dich da nicht ein«, bekam sie in scharfem Ton zur Antwort. »Hier bestimme ich. Und ich sage nein zu der Oehme!«

Franz blieb erstaunlich ruhig. »Wir werden sehen, wer den längeren Atem hat. Ich heirate die Clara, und wenn du dich auf den Kopf stellst, Vater.«

»Und die kommt mir nicht unter mein Dach!«, wiederholte der donnernd und verließ wütend die Küche. »Dann gehe ich eben unter ihres«, rief Franz seinem wütenden Vater noch nach.

Für ein paar Momente herrschte zwischen Mutter und Sohn betretenes Schweigen.

»Musstest du denn heute Abend noch deinen Vater reizen und von der Sache anfangen?«, bemerkte Emma Kapphahn schließlich vorwurfsvoll. »Konntest du nicht einen günstigeren Moment abwarten?«

»Weshalb sollte ich?«, gab Franz trotzig zurück. »Er muss es doch irgendwann erfahren. Da spielt der Zeitpunkt keine Rolle.«

»Aber ...«, setzte die Frau an, wurde aber sofort von Franz unterbrochen. »Jetzt weiß er wenigstens, wo er dran ist, das alte Knurrfass. Ich weiß doch, dass er die Clara nicht mag. Er wird sie schon reinlassen müssen. Oder er muss mich rausschmeißen. Und das wird er sich wohl überlegen.«

Die Mutter atmete ein paarmal schwer auf: »Warum müsst ihr euch immer in die Haare kriegen. Bei jeder Kleinigkeit liegt ihr quer.«

»Mutter, das hier ist keine Kleinigkeit«, widersprach Franz entschieden, »hier geht es doch wohl um mehr. Und ich lasse mir nicht vorschreiben, wen ich heirate. Von dem nicht. Von keinem!« Fest und bestimmt klang das.

Emma Kapphahn seufzte noch einmal, während sie vom Tisch aufstand, um abzuräumen. »Dann lass die Sache wenigstens erst wieder ruhen und rühr nicht dran. Dein Vater wird sich schon wieder beruhigen.«

»Ich geb mir Mühe, Mutter, aber ich bleibe bei Clara und lass mir von keinem reinreden.«

»Ich gebe ja zu, eine andere wäre mir in meiner Küche auch

lieber, Franz«, wandte die Mutter jetzt vorsichtig ein, »eine, die auch wirtschaften kann. Die Clara kann doch nur mit Nähzeug umgehen.«

Jetzt wurde der junge Mann allerdings auch böse und im Ton lauter: »Was weißt du, was die Clara kann, Mutter? Pass auf, dass die dich nicht im Haushalt noch in den Sack steckt, wenn sie einmal hier ist.«

»Ist ja schon gut, Junge«, lenkte die Mutter leise ein, »ich meine ja nur, eine richtige Bäuerin wäre ...«

Jetzt sprang auch Franz von seinem Platz auf: »Jetzt reicht's mir, Mutter! Blas du nur mit dem Alten ins selbe Horn. Musst du ja auch. Aber damit ist nichts geändert. Auch du machst mir die Clara nicht madig.« Sprach's, hinkte hinaus und knallte die Tür hinter sich ins Schloss. »Bescheuertes Volk«, murmelte er vor sich hin, »ihr werdet auch noch klein.«

Franz Kapphahn vermied es tatsächlich, in den nächsten Wochen in Anwesenheit seines Vaters von seinen Heiratsabsichten zu reden. Auch in Gesprächen mit der Mutter gab er sich meist sehr kurz angebunden. Wenn er seinen Anteil an der Herbstarbeit draußen und auf dem Hof erledigt hatte, war er meist aus dem Haus verschwunden. Wenn es eben ging, traf er sich irgendwo mit Clara, mal in der Dorfkneipe bei Mahles, mal draußen in der Flur und immer öfter auch bei ihr zu Hause. Claras Eltern hatten doch längst den jungen Mann und die Heiratspläne ihrer Tochter akzeptiert, und sie ließen die beiden gewähren. Die waren ja auch keine kleinen Kinder mehr und für eine Heirat alt genug.

Clara ihrerseits ließ sich immer wieder einmal auf dem kapphahnschen Hof sehen und half wie selbstverständlich beim Ausdreschen der Saubohnen oder bei der Arbeit mit den Kartoffeln und der Bedienung der mobilen Kartoffeldämpf Anlage oder beim Krauthobeln oder anderen Dingen. August Kapphahn ließ es geschehen, wenngleich nur knurrend und mit immer wieder geäußerter Missbilligung. Er wollte es wohl doch nicht völlig mit seinem Sohn verderben.

Dabei hätte er eigentlich zugeben müssen, dass die Hilfe ihm sogar willkommen war. Franz war nämlich jetzt nur noch nachmittags zu Hause, seit sein alter Arbeitgeber ihn für halbe Tage wieder eingestellt hatte und er seinen Platz in der Sägehalle an der Bicke unterhalb des Dorfes eingenommen hatte. Den Weg dorthin konnte er gut zu Fuß machen. Das steife Bein war zwar dabei und auch an der Maschine immer wieder hinderlich, aber der junge Mann hatte sich doch gut daran gewöhnt. Zumal die Schmerzphasen wesentlich seltener geworden waren, seit er das Knie regelmäßig einschmierte und wickelte. Eine weitergehende Behandlung durch irgendwelche Spezialisten schien zunächst einmal nicht notwendig.

Emma Kapphahn genoss es im Stillen, dass die angehende Schwiegertochter immer wieder einmal auf dem Hof und im Haus mithalf. Beide Alten mussten sich selbst eingestehen, dass die Oehme Clara tatsächlich mit Pferden und Kühen, mit Schweinen und Federvieh umgehen konnte, dass sie mit schwerem landwirtschaftlichen Gerät arbeiten konnte, dass sie die meiste Küchenarbeit beherrschte und dass sie eigentlich ein ganz verträglicher Mensch war. Offen zugegeben hätten sie das allerdings nie.

Die beiden jungen Leute bemerkten die Veränderung der beiden alten Kapphahns mit Erleichterung. Die Zeit arbeitete offenbar für sie. Aber noch ging Clara immer wieder nach Hause und blieb nicht auf dem Hof. Wie das würde, wenn sie als junge Frau ständig im Haus war, musste sich zeigen.

Allerdings arbeitete die Zeit auch an einer anderen Stelle für die jungen Leute. Oder doch zunächst gegen sie? Die beiden waren sich nämlich irgendwann einmal doch zu nahe gekommen, und ihre körperliche Nähe meldete Folgen an.

»Mein lieber Franz, jetzt müssen wir doch bald mal voranmachen mit der Hochzeit«, deutete Clara ihrem Verlobten im späten Winter des folgenden Jahres an, als die beiden wieder einmal gemeinsam im Pferdestall mit der Versorgung der beiden Kaltblüter beschäftigt waren.

»Wieso? Unsere Alten haben sich doch beruhigt. Da können wir uns doch Zeit lassen bis zum Sommer, wenn es schön warm ist und wir so eine richtige Hochzeit auf dem Hof machen können.«

»Dann passt mir wahrscheinlich nur kein vernünftiges Kleid mehr«, verstärkte Clara ihre Andeutung über die Rücken der beiden Tiere hinweg.

»Versteh ich nicht«, sagte Franz begriffsstutzig.

»Blödkopp«, musste er sich daraufhin anhören. »Erinnere dich mal an die Nacht im Heu neulich.«

»War doch schön, oder? Sollten wir vielleicht mal wiederholen«, erinnerte sich der junge Mann durchaus.

»Immer noch Blödkopp«, bekam er zurück, Clara konnte ein schelmisches Grinsen nicht länger unterdrücken.

»Was grinst du denn so?«, wurde Franz jetzt ein wenig ungeduldig und kam um die Pferde herum.

»Weil du so entsetzlich schwer von Kapee bist, Franz Kapphahn«, bekam er mit einem Lächeln zurück.

»Ach, so ist das, Clärchen. Warum sagst du nicht gleich, dass du ein Kind kriegst?« Jetzt tat der angehende Vater so, als hätte er längst gewusst, was seine Clara ihm hier hatte offenbaren wollen.

»Und? Ist das deine ganze Reaktion?« Die junge Frau wartete offenkundig auf eine andere, die auch ein wenig Freude ausdrückte.

»Was soll ich sonst dazu sagen?«, fragte er.

»Wenigstens, ob du dich freust«, schien Clara zu schmollen.

»Natürlich freue ich mich, Kleines. Wir zwei kriegen ein Kind. Sollte zwar noch nicht sein, aber jetzt ist es so.«

»Und?«

»Was, und?«

»Kannst du die Mutter deines Kindes auch einmal in den Arm nehmen und küssen?« Claras Stimme klang enttäuscht.

»Natürlich kann ich«, nahm Franz sein Clärchen jetzt in die Arme. »Ich freu mich ja auch.«

»Aber?« Clara registrierte einen leichten Unterton in dieser Aussage.

»Nichts aber, Kleines.« Franz drückte die junge Frau fest an sich. »Ich werde gleich heute Abend die Sache beichten. Das könnte wieder einmal laut werden in der Küche.«

Das war es also. Wie würden die beiden alten Kapphahns reagieren, wenn es jetzt ernst wurde mit der Hochzeit? Claras Eltern hatten die Neuigkeit ganz gelassen aufgenommen. »Ihr wisst doch, was ihr wollt. Und ihr seid verlobt. Das Kind kommt doch in geordnete Verhältnisse. Was soll's also.« So hatten Erich und Hilde Oehme reagiert. Wie die Kapphahns reagierten, würde sich zeigen.

»Soll ich nicht lieber dabei sein, wenn du deinen Eltern die Neuigkeit erzählst?«, fragte Clara ein wenig besorgt.

»Wäre nicht schlecht«, gab Franz zu. »Dein lieber Schwiegervater würde sich wahrscheinlich in seinem Kommentar zurückhalten. Dann wird es vielleicht nicht so laut wie ohne dich.«

»Und deine Mutter?«

»Ha, die freut sich vielleicht, dass sie bald Oma wird. Dann hat sie was zu bemuttern, wo sie mich doch nicht mehr bemuttern kann.«

»Ich befürchte nur, sie wird dann zwei bemuttern wollen, wenn ich mit Kind im Haus bin«, sorgte sich Clara.

»Ach, mach dir da mal noch keine Gedanken drüber. Das ergibt sich alles mit der Zeit«, versuchte Franz zu beruhigen.

»Und wann heiraten wir?«

Der angehende Vater ließ seine Verlobte aus den Armen und begann an seinen Fingern abzuzählen. »Die Heugeschichte war im Dezember, jetzt ist Ende Februar. Das Kind kommt im September. Dann heiraten wir im Mai.« Der letzte Satz klang wie ein endgültiger Beschluss.

»Dann wird mir wohl noch ein richtiges Hochzeitskleid passen«, bestätigte Clara.

Jetzt war es an Franz zu grinsen: »Das wäre doch gelacht, wenn du als Tochter eines richtigen Schneiders nicht ein Kleid zurechtzimmern könntest, das noch richtig passt.«

»Zimmern ist deine Aufgabe, Blödkopp. Und zwar vernünftige Möbel und eine anständige Wiege für den nächsten Kapphahn. Ich werde dafür mit feiner Nadel nähen. Worauf du dich verlassen kannst.«

»Möbel zimmert man nicht, die werden geschreinert, junge Mutter«, gab Franz feixend zurück.

»Danke, Herr Lehrer, Kleider zimmert man auch nicht, die werden genäht«, gab Clara sich pikiert. Dann wurde sie aber wieder sachlich: »Wann beichten wir die Neuigkeit?«

»Nachher beim Abendessen. Könntest du dabei sein?«

»Kann ich, werd ich«, bestätigte Clara, »schließlich bin ich ja das Opfer deiner wüsten Tat im Heu.«

»O du ...« Franz nahm die junge Frau noch einmal in die Arme und küsste sie. »Wer da wohl der Wüstere war?«

Eines der Pferde stupste Franz mit den Nüstern in den Rücken, als wollte es sagen: »Jetzt reicht's, ihr zwei. Wir beide wollen endlich unser Futter haben.«

»Ist ja schon gut, Hektor«, ließ Franz von Clara ab und wandte sich dem Braunen zu, »du kriegst sofort dein Fressen.«

Es war das erste Mal, dass Clara Oehme mit am kapphahnschen Abendbrottisch saß. Dass das den Hausherrn störte, war zu erwarten gewesen. Aber August Kapphahn riss sich zusammen, murmelte nur etwas in seinen Stoppelbart wie: »Nicht einmal mehr beim Abendessen hat man seine Ruhe.«

Natürlich hatte Franz die durchaus unfreundliche Bemerkung seines Vaters verstanden, und er nahm den Gedanken sofort auf: »Das wird demnächst wohl öfter vorkommen, dass wir hier zu viert sitzen.« Nach einem Moment des Zögerns ergänzte er mit einem vielsagenden Seitenblick auf Clara: »Und dann irgendwann zu fünft.«

»Was heißt das?«, kam sofort die scharfe Frage des alten Mannes, dessen Gesicht sich noch mehr verfinsterte. Emma Kapphahn hielt in ihrer Bewegung inne und vergaß für den Moment, in ihr Brot zu beißen. Unsicher ging ihr Blick zwischen Vater und Sohn hin und her und streifte dabei auch Clara, die dabei verlegen unter sich blickte, in der Erwartung eines Donnerwetters.

»Im September werdet ihr Großeltern, und vorher wird im Mai geheiratet«, gab Franz ganz gelassen Auskunft.

»Ich habe es geahnt«, entfuhr es der werdenden Oma. Sie sah Franz entsetzt an. Ihr Mann holte derweil tief Luft. Jetzt kam's. Augenblicklich waren alle am Tisch auf den Ausbruch des Vulkans eingestellt. Aber – der blieb doch tatsächlich aus. Zumindest verlief er anders als erwartet. August Kapphahn schlug nur nach seiner Gewohnheit, wenn er wütend war, mit der Faust auf den Tisch und ließ ein böses »Verfluchte Geschichte!« hören.

Franz und Clara schauten sich an, als verstünden sie die Situation nicht. Vorsichtig wagte der Sohn zu fragen: »Mehr nicht, Vater?«

Der antwortete nicht sofort, holte nur wieder ein paarmal tief Luft, was die Spannung am Tisch allerdings noch erhöhte. Dann kam es heraus, was niemand erwartet hatte: »Verdammte Geschichte. Ich wollte die Oehme nicht auf meinem Hof. Aber jetzt muss ich sie ja wohl lassen. Ihr Kind ist mein Enkel. Und nur deshalb werde ich die Sache ertragen. Damit ihr's wisst.« Der Vater sprach's, wischte sich mit dem Handrücken den Mund, stand vom Tisch auf und verließ ohne weitere Rede die Küche. Beim Hinausgehen vergaß er sogar, die Tür ins Schloss zu werfen, wie er das sonst tat, wenn ihn die Wut gepackt hatte.

Die jungen Leute und auch die Mutter blickten mit offenen Mündern dem Mann nach und dann auf die geschlossene Küchentür. Das war doch wohl nicht alles? Der musste doch zurückkommen und ...? Aber August Kapphahn kam nicht wieder zurück, und der Ausbruch des Vulkans blieb tatsächlich aus.

Was so ein kleiner Mensch doch bewirken konnte, ging es den angehenden Eltern durch den Kopf. Und auch die werdende Oma kam aus dem Staunen über das Verhalten ihres Mannes nicht heraus.

Schließlich ergriff Franz tief durchatmend Claras Hand: »Dass das so einfach würde, hätte ich nicht gedacht. Clärchen, der Weg ist frei! Freu dich! Die Oehme darf auf den Hof!«

## *Hochzeit im Dorf*

In den nächsten Monaten bereiteten die Familien Kapphahn und Oehme die geplante Hochzeit und Claras Einzug auf den Hof vor. Im Haus musste einiges verändert werden, damit die jungen Leute ihre eigenen Wohnräume bekamen. Die würden sich freilich zunächst einmal auf zwei Zimmer beschränken, die als Schlafzimmer der Eheleute und als Kinderzimmer dienen sollten. Eine gute Stube im Haus reichte. Sie wurde ohnehin selten betreten. Wohnküche und Vorratskammer, Keller und Waschküche mussten sie sowieso gemeinsam nutzen, so dass sich die Bauarbeiten in Grenzen hielten und Franz sie neben seiner Beschäftigung im Sägewerk schaffen konnte. Die notwendigen Veränderungen sollten bis zur Frühjahrsbestellung der Felder erledigt sein. Wenn es wieder nach draußen ging, würde dazu kaum noch Zeit sein, es sei denn an Regentagen. Und die wollte sich niemand wünschen.

August Kapphahn hielt sich aus der nach seiner Meinung blödsinnigen und überflüssigen Wohnungsumgestaltung heraus. Die jungen Leute sollten sich zufrieden geben mit dem, was da war. Das war seine Art, gegen den Lauf der Ereignisse zu protestieren. Außerdem beschäftigte er seinen Sohn verstärkt bei den winterlichen Reparaturarbeiten in den Ställen, in der Scheune und an den Maschinen und Geräten. Diese Arbeiten hatten in seinen Augen Vorrang vor der Umgestaltung der Wohnung. Dass das immer wieder zu heftigen Auseinandersetzungen zwischen Vater und Sohn führte, war zu erwarten. Der Haussegen bei den Kapphahns hing selten im Lot. Emma Kapphahn hatte immer wieder einiges zu tun, zu beschwichtigen und die beiden Kontrahenten auseinander zu halten und zu beruhigen.

Wenn Clara mit im Haus war, um ihrem Franz oder auch der künftigen Schwiegermutter bei den unterschiedlichsten Arbeiten zur Hand zu gehen, ging es in der Regel einträchtig zu. Die junge Frau, der die Schwangerschaft übrigens überhaupt keine Probleme machte, schien so etwas wie ein Friedensengel zu sein, dessen Anwesenheit schon für Ruhe sorgte. Ob das wohl auch nach der Hochzeit so bleiben würde, wenn sie offiziell zur Familie gehörte?

Etwas anderes beschäftigte in der nächsten Zeit nicht nur die Kapphahns und Oehmes. Es betraf viele Familien des Dorfes und verursachte manche Tuschelei hinter vorgehaltener Hand und manche heftige offene Diskussion in den Häusern, auf den Straßen, auf dem Kirchplatz und in der Wirtsstube bei Mahle.

Es war gekommen, wie es der Bürgermeister vor einiger Zeit im Gespräch mit Clara schon angedeutet hatte. Die amerikanischen Besatzungsbehörden hatten ihre Fragebögen zur »Entnazifizierung« verschickt. »Auf Grund des Gesetzes zur

Befreiung von Nationalsozialismus und Militarismus vom 5. März 1946« hatte jeder aufgeforderte Bürger anzugeben, ob er irgendeine Position im Apparat der Hitler-Partei innegehabt hatte oder in irgendeiner Weise an den Machenschaften der Nationalsozialisten beteiligt gewesen war. Als Ergebnis sollte herauskommen, ob sich jemand schuldig gemacht hatte, ob er »minderbelastet« war oder »belastet«, »Entlasteter« oder »Mitläufer« oder ob gar jemand zu den »Hauptschuldigen« gezählt werden musste. Je nach Einstufung würden die Behörden Bescheide schicken: »vom Gesetz nicht betroffen«, oder sie würden Gerichtsverfahren einleiten und nach entsprechender Beurteilung Strafen und Sühnemaßnahmen auferlegen. Die konnten sehr unterschiedlich ausfallen. Es konnte Berufsverbot, Verlust des Amtes, Vermögenseinzug oder Geldbuße verhängt werden. In besonderen Fällen konnten auch Gefängnisstrafen von bis zu zehn Jahren angeordnet werden.

Windenhausen glich in diesen Frühjahrstagen einem Hühnerhof, in den der Fuchs eingedrungen war. Jeder suchte sein Heil in der Flucht in irgendwelche Begründungen, Ausreden und Entschuldigungen. Selbst die, die sicher zu den Entlasteten gezählt werden konnten, ließen sich von der panikartigen Unruhe anstecken. Das überwiegend gute Miteinander im Dorf und der Frieden unter den Leuten waren plötzlich in großer Gefahr durch berechtigte und unberechtigte, leise und laut ausgesprochene Vorwürfe und Schuldzuweisungen. Mancher hatte plötzlich nie etwas mit Nazi-Denken und -Handeln zu tun gehabt. Plötzlich waren die meisten Leute höchstens Mitläufer gewesen, die sich lediglich aus Gründen des Selbstschutzes und zur Absicherung der Familie rein äußerlich beteiligt hätten. Plötzlich hatte fast jeder eine Begründung für seine Parteizugehörigkeit, die deutlich machte, dass er ja gar nicht anders gekonnt und gezwungenermaßen hatte mitmarschieren und mitschreien müssen.

Bürgermeister Ludwig Schulz hatte in diesen Wochen sehr

viel zu tun, den Frieden im Dorf zu bewahren und die Leute daran zu hindern, aufeinander loszugehen. Er kannte sie doch alle und wusste von jedem Betroffenen, wie er gedacht und gehandelt hatte, in welcher Weise er mit dem Herzen und der ganzen Person Nazi gewesen war oder ob er wirklich nur aus Gründen der Selbsterhaltung mitgemacht hatte. Er wusste, dass die meisten wirklich nur Krakeeler und Mitläufer gewesen waren, wenngleich ein paar von ihnen starken Druck auf andere ausgeübt hatten. Wirklich zu Schaden gekommen war dadurch eigentlich niemand im Dorf. In die Kategorie »Hauptschuldige« war da sicher niemand einzuordnen, wohl auch kaum in die Kategorie »Belastete«. Auch August Kapphahn war höchstens »Minderbelasteter«, wenn er auch als einer der Lautesten Druck auf andere ausgeübt hatte.

Der Bürgermeister besuchte nacheinander alle, von denen er wusste, dass sie Post von den Besatzungsbehörden bekommen hatten. Den meisten Leuten tat es gut, dass er kam und Rat gab beim Ausfüllen der Fragebögen, dass er beruhigte und vermittelte.

Selbstverständlich besuchte er auch August Kapphahn, dem das zunächst gar nicht recht war. Aber die beiden Männer kamen dadurch endlich wieder einmal ins Gespräch. Wann war das zum letzten Mal der Fall gewesen? Nach langer Zeit reichten sie sich endlich wieder die Hände, nachdem sie gemeinsam den Fragebogen durchgegangen waren und dabei auch sehr offen über ihr Verhältnis zueinander in den vergangenen Jahren gesprochen hatten. Es musste den rauen Bauern sehr beeindrucken, dass Ludwig Schulz ihm wegen der Schäbigkeiten in den NS-Jahren keinerlei Vorwurf machte.

Hier war ein Stück Land gewonnen, freute sich Ludwig Schulz, vielleicht auch ein Mensch ein wenig in die Dorfgemeinschaft zurückgeholt.

Auch die Fragebögen von Emma Kapphahn und Franz waren sie danach gemeinsam durchgegangen, hatten sie ausgefüllt und postfertig gemacht. Als Clara wie zufällig zu dieser Tischrunde dazukam, konnte der Bürgermeister auch ihr beim Ausfüllen helfen, denn sie hatte mit Franz über das Papier reden wollen. Also war diese Sache schneller erledigt als erwartet.

Eine andere ließ sich dabei gleich mit erledigen. Ludwig Schulz war als Bürgermeister des Dorfes zugleich auch Standesbeamter. Die jungen Leute konnten bei dieser Gelegenheit schon einmal mit ihm über das Aufgebot sprechen, das spätestens Ende April aufgegeben sein musste, wenn denn am 17. Mai die Hochzeit sein sollte. Natürlich erklärte »Onkel Schulz« gerne, was die beiden jungen Leute zu tun hatten, damit die Trauung dann auch in Ordnung gehen konnte.

Dann wandte er sich plötzlich an August Kapphahn, der bei diesem Thema schon wieder ein wenig seine Stirn runzelte. Man sah ihm an, dass er bei dieser Sache nicht mit Freuden dabei war.

»Da bekommst du eine gute Schwiegertochter, August. Da würden sich andere die Finger nach lecken.«

Franz und Clara schauten sich an. Das war ein mutiger Satz des Bürgermeisters. Wie würde der Bauer jetzt reagieren?

Es kam sehr nüchtern und ohne irgendeine spürbare Gefühlsregung: »Eine Bauerntochter wäre mir lieber gewesen. Das wissen die beiden. Aber mir bleibt ja keine andere Wahl. Ich muss schon einverstanden sein. Schließlich will ich mein Enkelkind in meinem Haus haben.«

»Das ist doch in Ordnung so, August«, freute sich der Bürgermeister, »drei Generationen unter einem Dach! Alte mit den Jungen! So muss es sein. Ich wünsche euch allen, dass das klappt.«

»An uns soll's nicht liegen, Onkel Schulz. Wir werden uns Mühe geben«, kam es von den beiden jungen Leuten wie aus einem Mund.

»Richtig«, bestätigte der, »ohne Mühe wird das nicht gehen. Wie sagt man? ›Ohne Fleiß kein Preis.‹«

Der Bürgermeister gab allen noch einmal die Hand. Für einen Moment schien es, als wollte August Kapphahn die entgegengestreckte Hand wieder verweigern. Dann schlug er doch ein, wenngleich wortlos. Die beiden Männer waren sich vielleicht ein Stück näher gekommen.

In der schwierigen dörflichen Situation hatte übrigens auch Pfarrer Alemann vermittelt. Er hatte in der Passions- und Osterzeit einige deutliche Predigten über Vergebung und Versöhnung gehalten, zuletzt eine über die Bitte des Vaterunsers aus der Bergpredigt Jesu: »Vergib uns unsere Schuld, wie wir unsern Schuldigern vergeben.« Dabei hatte er sehr nachdrücklich auf den Zusammenhang hingewiesen, der nun einmal zwischen menschlicher und göttlicher Vergebungsbereitschaft besteht. Das eine sei ohne das andere nicht zu haben. Nur der könne die Versöhnungstat Jesu Christi am Kreuz für die Welt und für den Einzelnen für sich in Anspruch nehmen, der selbst bereit sei, in seiner eigenen kleinen Welt mit den Menschen seiner Umgebung Versöhnung zu leben. Die Folge sei ein wunderbarer Frieden. Wer Frieden habe mit seinem Gott, der habe auch Frieden im eigenen Herzen, und der könne auch Frieden halten mit seinen Nächsten.

Windenhausen schien die Botschaft verstanden zu haben. Es wurde allmählich ruhiger im Dorf, und die Bereitschaft wuchs, die Vergangenheit ruhen zu lassen und abzuwarten, wie die einzelnen Urteile der Behörden aussehen würden. Es war ja auch völlig offen, ob überhaupt auf einen von ihnen irgendwelche Strafmaßnahmen zukämen.

Als Franz Kapphahn mit seiner Clara im Amtszimmer des Pfarrers saß, um mit ihm das Traugespräch zu führen, kamen sie noch einmal kurz auf die Sache zurück. Aber die beiden

Heiratswilligen konnten den Geistlichen beruhigen, dass für sie die nationalsozialistische Vergangenheit ein großer Irrtum und endgültig vorbei sei und dass sie auch mit niemandem wegen dieser Zeit irgendwelche Schwierigkeiten hätten. Da hätten sie schon ihren Frieden mit den Leuten.

»Das ist auch nötig«, bekräftigte Pfarrer Alemann. »Wie steht es im Talmud: ›Der Frieden ist die Grundlage des ehelichen Glücks.‹ Und dieses Glück strebt ihr ja an.«

Die beiden jungen Leute nickten. Pfarrer Alemann war's zufrieden. Ihn interessierte jetzt die andere Frage mehr: Wollten sie beide denn nun heiraten, weil sie heiraten »mussten« oder weil sie fest entschlossen waren, wirklich und in allen Dingen ihr Leben miteinander zu teilen, was auch immer die Zukunft bringen würde – im Leben des Einzelnen, in der Ehegemeinschaft und auch in der sicher nicht leichten Hausgemeinschaft auf dem kapphahnschen Hof. »Wisst ihr: ›Gezwungene Ehe ist des Herzens Wehe‹, sagt ein altes Sprichwort.«

Aber auch in dieser Frage konnten Franz und Clara ihren Pfarrer beruhigen. Sie fühlten sich keineswegs durch die nun mal eingetretenen Umstände zur Ehe gezwungen. Ihre Zuneigung und ihre Liebe bestehe ja auch nicht erst seit dem Moment, als sie sich nach der Heimkehr von Franz auf dem Friedhof begegnet seien. Wenngleich diese Begegnung wirklich merkwürdig gewesen sei. Nein, sie hätten sich schon in ihrer gemeinsamen Schulzeit und in den wenigen Jahren danach sehr gut verstanden und gemocht. Dass wirkliche Liebe aufgekommen wäre, hätte der Krieg dann erst einmal verhindert. Dass jeder von beiden nach Kriegsende noch für den anderen frei gewesen sei, sei doch wohl auch ein gutes Signal gewesen. Ihre Beziehung sei schon eine echte Liebesbeziehung. Und dass die nun schon Folgen habe, na ja. Es sei halt passiert und nun sei es auch gut so. Sie freuten sich jedenfalls auf das Kind.

»Ich höre das alles sehr gerne von euch beiden«, gestand der Pfarrer zu. »Es wäre mir dennoch lieber gewesen, ihr hättet noch ein wenig mit dem Ehevollzug gewartet. Gottes Ordnung sieht da ein bisschen anders aus.«

Er blickte den beiden nacheinander in die Augen, wohl um zu sehen, wie sie auf seinen Einwand reagierten. Weil diese Augen aber zu fragen schienen, was denn jetzt käme, fuhr er fort: »Andererseits wart ihr verlobt. Das heißt doch, ihr hattet euch einer dem anderen fest versprochen. Das war doch so, oder?«

»Natürlich war das so, Herr Pfarrer«, bestätigten die beiden wie mit einer Stimme. Und Clara ergänzte: »Wir tragen zwar nur Ringe aus Eisen, aber die tun's ja wohl auch.« »Es gab ja keine anderen«, bestätigte Franz wie entschuldigend diese bedauerliche Tatsache.

»Also gut, Ringe sind Ringe, ob aus Gold oder aus Eisen. Das Metall garantiert den Bestand einer Ehe sowieso nicht«, fuhr der Gemeindehirte fort. »Gute Ehen werden zuallererst im Himmel geschlossen. So sei's drum. Gott wird euch wegen eures Übereifers seinen Segen wohl nicht verweigern, und das Kind darf unter seinem Schutz aufwachsen. Aber was ist mit dem Trauspruch? Habt ihr einen Vorschlag, welches Bibelwort euch eure Ehe lang begleiten soll?«

»Wir sind keine Bibelleser, Herr Pfarrer«, musste Franz zugestehen. Clara sagte: »Viel gelernt haben wir bei Ihrem Vorgänger nicht. Ich wüsste jetzt keinen besonderen Spruch für unsere Ehe.«

»Tja, leider wurde bei den Pfarrern der Deutschen Christen wenig biblische Grundlage gelegt«, stellte Pfarrer Alemann fest. »Das ist schade. Ihr solltet da ruhig ein bisschen nachholen und ab und an in der Bibel lesen. Nein, nicht ab und an«, verbesserte er sich. »Ihr bekommt ja demnächst eine. Ich hoffe und wünsche, die steht dann nicht im Regal und staubt vor sich hin.«

Franz und Clara seufzten ein wenig auf: »Wir können uns ja mal vornehmen, immer wieder in dem Buch zu lesen.«

»Ja, nehmt es euch nur vor, aber bleibt nicht beim Vornehmen, sondern tut es auch«, redete der Pfarrer ihnen zu und dachte für einen Moment nach. Vielleicht schickte er im Stillen ein rasches Stoßgebet zu Gott um einen Hinweis auf das richtige Wort für die beiden jungen Menschen. »Ich glaube, ich hab's«, meinte er dann, griff seine Bibel und schlug sie auf. »Im Brief des Apostels Paulus an die Gemeinde in Kolossä steht ein guter Rat an die dortigen Christen. Über den werde ich sprechen und den werde ich euch als Trauspruch mit in die Ehe geben. Dieser Rat gilt heute genauso wie damals.«

»Dürfen wir schon wissen ...?«, fragte Clara.

»Warum nicht? Aber nicht, dass ihr sagt, das passt nicht.«

Franz beeilte sich zu versichern: »Keine Angst, Herr Pfarrer. Ihre Auswahl ist schon angenommen.«

»Gut, dann hört, was da steht. Der Apostel Paulus schreibt: ›So ziehet nun an, als die Auserwählten Gottes, Heiligen und Geliebten, herzliches Erbarmen, Freundlichkeit, Demut, Sanftmut, Geduld; und ertrage einer den andern und vergebet euch untereinander, so jemand Klage hat wider den andern; gleichwie Christus euch vergeben hat; also auch ihr. Über alles aber ziehet an die Liebe, die da ist das Band der Vollkommenheit.‹«

»Puh, das ist viel«, erschrak Clara ein wenig.

»Und das hört sich sauschwer an«, ergänzte Franz.

»Ist sicher viel und hört sich auch schwer an und ist auch nicht leicht«, bestätigte Pfarrer Alemann. »An diesem Text und seiner Aussage gibt es viel zu lernen, aber auch sehr viele gute Erfahrungen zu machen. Ich werde euch den Text bei der Trauung erklären, dass ihr es ein wenig leichter habt. Außerdem könnt ihr euch den Spruch dann auch in euer Zimmer hängen, damit ihr ihn jeden Tag vor Augen habt. Und jetzt bete ich noch mit euch.«

Die drei Menschen in der Amtstube des Pfarrhauses im Kirchdorf falteten miteinander die Hände und befahlen sich der Gnade Gottes für die Tage bis zur Hochzeit, für den Festtag selbst und für die Zeit danach.

Wie würde diese Zeit wohl werden?, mochte es allen dreien durch den Sinn gehen, nachdem der Pfarrer das Amen gesprochen und Clara und Franz es leise, aber doch hörbar bestätigt hatten. Das konnte alles sehr spannend werden. Schwierigkeiten inbegriffen.

»Wenn ihr noch Wünsche habt für den Traugottesdienst, dann teilt sie mir gerne mit«, beschloss Pfarrer Alemann die Begegnung. »Dann sehen wir uns am 17. Mai.«

Damit entließ er die beiden, die sich draußen auf ihre Fahrräder schwangen, um nach Windenhausen zurückzukehren. Tatsächlich hatte Franz sich vor ein paar Wochen ein Fahrrad besorgt und so umgebaut, dass er mit seinem verletzten Bein fahren konnte. Seitdem brauchte er weitere Wege nicht mehr hinkend zurückzulegen. Und er konnte mit seiner Clara auch gemeinsam unterwegs sein. Auf dem Fahrrad ging das doch leichter. Die Straßen und Wege hätten nur in einem besseren Zustand sein können. Aber das würde wohl die Zeit bringen.

Die Wochen bis zum Hochzeitstermin vergingen wie im Flug. Clara war intensiv damit beschäftigt, ihr Brautkleid fertig zu stellen. Sie wollte doch trotz ihres schon sichtbaren Bäuchleins neben ihrem Franz noch eine gute Figur machen. Ihr Vater nähte einen gebrauchten schwarzen Anzug auf die Figur des Bräutigams um. Zum Glück war das nicht sehr viel Arbeit, da der Vorbesitzer eine ähnliche Figur wie Franz gehabt hatte. Im Wesentlichen brauchten nur die Ärmel und die Beine gekürzt zu werden. Die Weite von Hose und Jacke passte. Welch Wunder – auch August Kapphahn ließ seinen Festanzug von seinem Gegenschwieger auf Vordermann bringen. Wer hätte das gedacht, dass der Bauer die Stube des Schneiders betreten würde!

Franz' Hauptaufgabe war es, den freien Raum des Hofes so aufzuräumen, dass die Gäste bei gutem Wetter draußen Platz nehmen konnten. Zugleich musste allerdings auch die Scheune hergerichtet werden und die gute Stube, die nur bei besonderen Anlässen benutzt wurde, denn die Wetterprognosen sahen nicht sehr gut aus, und die Wahrscheinlichkeit, dass es regnen würde, war größer, als dass die Sonne warm genug schiene. Bei schlechtem Wetter mussten die Leute ja im Trockenen sitzen können.

Schade, dass das Fest nicht in der Weise vorbereitet und gefeiert werden konnte, wie das früher im Dorf üblich gewesen war. Einmal war den Leuten immer noch nicht nach lauten und fröhlichen Festen zumute. Dann waren viele Fragen um die Entnazifizierung einzelner Leute noch nicht beantwortet, so dass noch eine gewisse Bangigkeit herrschte, was denn aus ihnen werden würde. Schließlich hatten die Besatzungsbehörden vor dem Hintergrund der großen Hungersnot, die vor allem die Städte in Deutschland heimsuchte, strenge Auflagen für die Verteilung und den Verbrauch von Lebensmitteln erlassen. Die einzelnen Rationen für die Menschen wurden inzwischen nach Kalorien bemessen, wobei die Einheiten bei etwa 1000 pro Person festgelegt waren. Wegen dieser Dinge herrschte an vielen Orten im Land erhebliche Unruhe. In Hamburg gab es einen Hafenarbeiterstreik, weil die Leute mit den zugewiesenen 1500 Kalorien zur schweren körperlichen Arbeit kaum fähig waren.

Dass die Landbevölkerung wesentlich besser gestellt war als die Städter, stand außer Frage. Dass ihre Solidarität gefordert war, wurde auch von niemandem bestritten. Es war nur folgerichtig und wurde auch von den meisten Bewohnern Windenhausens akzeptiert, dass sie gewisse Mengen ihrer eigenen Vorräte abgeben mussten, auch wenn die im Vorjahr gewonnenen gar nicht so üppig gewesen waren. Nur, was Hunger war, hatte in Windenhausen bisher niemand am eigenen Leib erfahren müssen. Auch die dem Dorf inzwischen zugewiesenen Heimatvertriebenen aus dem Egerland in Böhmen brauchten jetzt nicht mehr zu darben. Beinahe jedes zweite Haus hatte eine oder zwei dieser entwurzelten Familien aufnehmen müssen, meist Frauen und Kinder. Die konnten sich glücklich preisen, dass sie am Ende ihrer strapaziösen Flucht hier einquartiert worden waren und nicht in einer der Großstädte. Dort hätten sie wie alle anderen Bewohner zum Beispiel mit lediglich 650 Kalorien am Tag auskommen müssen. Hier auf dem Land ging es den Leuten dagegen noch recht gut.

Auf dem kapphahnschen Hof und bei Oehmes, den Elternhäusern der Brautleute, ging es versorgungsmäßig auch noch recht ordentlich zu. Da gab es Milch und Brot. Und da gab es auch im Mai noch restliche Vorräte, die an verborgenen Orten aufbewahrt worden waren. Frisches Fleisch konnte es natürlich nicht geben. Ein Schwein oder ein Kalb durfte für die Hochzeit nicht geschlachtet werden. Das wäre mit Sicherheit aufgefallen und hätte üble Konsequenzen gehabt. Aber kein Behördenmensch würde auf die Idee kommen, die Hühner des Dorfes zu zählen. Die liefen ja noch glücklich überall frei herum, wobei sie ihren eigenen Stall immer wiederfanden. Also mussten ein paar von ihnen daran glauben und für ein gutes Frikassee herhalten.

Übrigens hielt sich Bürgermeister Ludwig Schulz zu gewissen Zeiten von bestimmten Häusern fern. Besonders auch in den Tagen vor der kapphahn-oehmschen Hochzeit. Er hätte sonst gewisse Beobachtungen gemacht, die er hätte weitermelden müssen. Also lieber nichts sehen und nichts hören. So brauchte auch nichts gemeldet zu werden. Die Windenhausener dankten es ihrem Bürgermeister.

So wurde denn der 17. Mai ein guter Hochzeitstag für Franz und Clara und für Windenhausen, das trotz der schwierigen Situation im Dorf doch über Erwarten regen Anteil an diesem Fest nahm. Es gab genug zu essen und zu trinken für jeden, der kam, um zu gratulieren und ein wenig mitzufeiern. Hätte an diesem Tag die Sonne geschienen, wären es mehr Leute gewesen, die den Hof aufgesucht hätten. Leider aber war das Wetter den Hochzeitern gar nicht freundlich. Es blitzte und donnerte den ganzen Nachmittag. Ein solches Frühlingsgewitter hatte es lange nicht gegeben. Hoffentlich war das kein schlechtes Omen für die heute beginnende gemeinsame Zukunft der jungen Kapphahns, dachte so mancher. Gut aber war, dass der kleine Zug der Hochzeitsleute den Weg von der Kirche zum Hof gerade zwischen zwei heftigen Gewitterschauern trockenen Fußes hatte zurücklegen können.

Der Hofraum konnte zum Feiern leider nicht benutzt werden. Aber Haus und Scheune boten Platz genug für alle Gäste, die kamen und sich gerne ein wenig drängten. Aus erklärlichen Gründen hatte der Bürgermeister sich entschuldigt.

Dafür war dann Pfarrer Alemann der gern gesehene Ehrengast. Seine Predigt zum Trautext aus dem Kolosserbrief war sehr eindrücklich gewesen und hatte dem Brautpaar und der zahlreichen Dorfbevölkerung, die das kleine Gotteshaus gut gefüllt hatte, den Weg zu einem gedeihlichen und gesegneten Miteinander deutlich gemacht. Allein der Umgang in der Liebe sei die Garantie für eine gelingende Ehe, für eine harmonische Hausgemeinschaft und für ein gutes Miteinander von Alt und Jung im Dorf. Liebe sei nie ein theoretisches Wort, sondern immer eine praktische Lebensanweisung, die man nach den Buchstaben des Wortes auch so beschreiben könne: Lebt in euren Beziehungen ehrlich. Die Liebe habe allerdings einen Namen, den ins Leben zu nehmen unbedingt notwendig sei: Jesus Christus. Er allein sei das Band der Vollkommenheit, und nur mit ihm ließe sich ehrlich miteinander leben.

Nachdenkenswerte Worte, die manchen Hörer wohl noch eine Weile beschäftigten. Hoffentlich auch die jungen Eheleute und ihre Eltern. Der Verlauf der kommenden Jahre war wohl ein gutes Stück von den Ergebnissen dieses Nachdenkens abhängig und sicher nicht vom Wetter dieses Tages.

Selbstverständlich nahmen sich Franz und Clara Kapphahn heute vor, die Mahnungen und Ermunterungen aus den Bibelworten zu Herzen zu nehmen und nach bestem Vermögen in ihren Lebensalltag und in ihre Hausgemeinschaft hineinzunehmen. Aber Vorsätze waren noch lange keine Taten. Außerdem mussten die Eltern in irgendeiner Weise bei diesen Bemühungen mitmachen. Ob sie dazu bereit waren?

Jedenfalls bekam der in schöner Schrift wiedergegebene Trautext einen guten Platz an der Schlafzimmerwand und die vom Pfarrer überreichte Hausbibel einen auf dem Regal neben dem Waschtisch. Beides war so immer präsent und jederzeit für die Eheleute greifbar.

## *Alltag auf dem Hof*

Dann begann der Alltag auf dem kapphahnschen Hof. Für Flitterwochen oder auch nur für Flittertage war keine Zeit. Dafür gab es draußen und drinnen zu viel Arbeit, und Franz wurde vormittags im Sägewerk gebraucht.

Vier Menschen mussten jetzt in Haus und Hof miteinander auskommen und die Arbeit unter sich aufteilen. Es spielte sich in den nächsten Wochen ein, wer wann zuständig war für die beiden Pferde, für die Kühe und Schweine und das Federvieh. Clara hatte sich ja bereits vorher von Franz in das eine und andere einarbeiten lassen. Dass sie arbeiten konnte, hatte sie längst bewiesen. Wenn ihr Mann nachmittags zu Hause war, ging manches allerdings einfacher, weil das Arbeiten zu zweit mehr Spaß machte. Vormittags war die werdende Mutter auch noch häufig in der väterlichen Nähstube. Sie mochte nicht zu lange allein mit den Schwiegereltern im Haus sein. Dafür war das Verhältnis zu den beiden Älteren einfach nicht frei genug. Ob sich das noch entwickelte? Die Zeichen standen eher dagegen.

Um den Küchentisch saßen hinfort tags drei Personen, am

Abend und an den Wochenenden vier. Das war dann doch für alle gewöhnungsbedürftig. Vor allem August Kapphahn tat sich damit schwer, seine Schwiegertochter immer vor sich zu haben. Er ließ es Clara immer wieder spüren, dass sie nicht seine Wunsch-Schwiegertochter war und dass sie ja nur angenommen sei, weil sie demnächst sein Enkelkind zur Welt bringen würde. Entsprechende Bemerkungen verletzten Clara wie Dornen in der Seele. Vor allem, weil sie meist dann kamen, wenn Franz nicht da war. Der hätte sich sicher deswegen mit seinem Vater angelegt. Ihr, Clara, kam das nicht in den Sinn. Sie schwieg dazu, hörte sich das an und weinte sich dann später bei ihrem Mann oder bei ihren Eltern aus. Zugleich bemühte sie sich, ein dickeres Fell für solche Dinge zu gewinnen und wenigstens in Ansätzen die Verträglichkeit zu leben, von der in ihrem Trautext die Rede war. »... ertrage einer den andern und vergebt euch untereinander ...« Dabei wusste Clara sehr wohl, dass Vergebung mehr war als Verträglichkeit, das Erste wesentlich schwerer als das Zweite.

Mit der Schwiegermutter kam die Jungbäuerin einigermaßen zurecht. Die war still und redete nur das Nötigste. Allerdings war und blieb sie die Herrin in der Küche. Clara durfte beim Kochen nur zuschauen und gelegentlich Handreichungen tun. Dabei hätte sie so gerne ab und zu selbst gekocht. Dafür durfte sie dann gerne Putzeimer und Besen nehmen, oder auch Waschkessel, Zuber, Waschbrett und das schwere Bügeleisen bedienen. Hierin ließ sich Emma Kapphahn gerne entlasten. Nun gut, auch das war zu ertragen. Wenn der kleine Mensch demnächst im Haus war, würden sich die Aufgaben ja ohnehin wieder anders verteilen.

Im September 1947 kam Henner auf die Welt, ein wahrer Wonneproppen. Seinen Namen erhielt er im Andenken an seinen früh verstorbenen Onkel. Mutter und Sohn hatten die zum Glück nur geringen Strapazen der Geburt gut überstanden, und der Junge wurde freudig in der Familie begrüßt. »Da habt ihr ja mal was ordentlich hingekriegt«, war der Kommentar des Großvaters an Sohn und Schwiegertochter, »da bleibt der Name Kapphahn wenigstens erhalten, und einen Erben für den Hof gibt's später auch.« Viel mehr an Äußerung kam von August Kapphahn nicht, aber ihm war anzumerken, dass er mächtig stolz auf seinen Enkel war.

Der Großmutter ging es nicht viel anders. Auch sie freute sich sehr über den Jungen, wobei sie ihre Freude gegenüber den Eltern deutlicher zeigte als ihr Mann.

Clara brauchte ab sofort kaum noch etwas von der Haus-, Stall- und Feldarbeit zu tun. Das Kind ging jetzt vor. Dem durfte nichts entgehen, seine Mutter durfte nichts angreifen, was zum Beispiel ihre Stillfähigkeit eingeschränkt hätte.

Gerne hätte die junge Mutter, als sie wieder auf war, einen Raum gehabt, in den sie sich mit ihrem Kind immer wieder zurückziehen konnte. Den gab es aber nicht. Schlaf- und Kinderzimmer waren keine Aufenthaltsräume für den Tag, vor allem nicht in der kalten Jahreszeit, weil diese Räume nicht geheizt werden konnten. Da blieb meist nur die gemeinsame Küche. In der aber regierte die Schwiegermutter, die sich seit der Geburt von Henner fast gar nicht mehr an den Arbeiten auf Wiesen und Feldern beteiligte, sondern nur noch im Haus ihre Aufgaben erledigte. Als müsse sie die Mutter und ihr Kind ständig unter ihrer Obhut haben. Der erfahrenen Hausfrau und Mutter Emma Kapphahn konnte »das junge Ding« selten etwas recht machen. Egal, ob es darum ging, den Kleinen richtig zu wickeln und für einen Aufenthalt im Freien dem Wetter entsprechend anzuziehen oder ihm später ein ordentliches Breichen herzurichten oder ihm ein Jäckchen für den Winter zu stricken ... Da war es schon besser, Clara überließ der Oma das Kind und kümmerte sich wieder mehr um das Vieh in den Ställen und um andere Arbeiten drinnen und draußen. Die junge Mutter fügte sich, manchmal schweren Herzens, aber auf dem Weg des geringeren Widerstandes. Es blieb ihr auch gar nichts anderes übrig, wollte sie den Frieden im Haus erhalten.

Zum Glück wurde dieses Modell des Zusammenlebens an den Wochenenden unterbrochen. Dann war Franz zu Hause. Samstags stand das Sägewerk in der Regel still, und er brauchte nicht zu seiner Arbeitsstelle. Dann war Henners Vater den ganzen Tag da und bemühte sich, möglichst viele Arbeiten gemeinsam mit seiner Frau auszuführen und dabei den Jungen in der Nähe zu haben.

An den Nachmittagen von Montag bis Freitag musste Franz dafür umso mehr ran. Dann ließen seine Eltern ihm wenig Spielraum, sich um seine Frau und seinen Sohn zu kümmern. Dann ging die Landwirtschaft vor, und die Stunden mussten ausgenutzt werden bis zum Geht-nicht-mehr. August Kapphahn wusste immer wieder neue Aufgaben, die sein Sohn draußen und drinnen zu erledigen hatte. Nicht, dass dem die Arbeit keinen Spaß gemacht hätte. Aber es musste sich doch alles in Grenzen halten. Den gemeinsamen Feierabend mit seiner Frau und seinem Kind musste Franz sich zunehmend erkämpfen. Der war eigentlich nur möglich, wenn das Wetter Arbeiten im Freien nicht zuließ und die Dunkelheit das Arbeiten in Stall und Scheune unmöglich machte. Denn es war noch längst nicht in allen Räumen elektrisches Licht installiert.

Franz und Clara ertrugen diese Lebensbedingungen mit großer Geduld und lange Zeit mit anstrengender Zurückhaltung gegenüber den Alten. Wenn es dann doch einmal ein Gewitter gab, reinigte das für den Augenblick zwar die Luft, klärte und änderte aber nur für kurze Zeit die häuslichen Verhältnisse.

Übrigens machte das steife Bein Franz kaum noch nennenswerte Probleme. Das verletzte Knie war inzwischen durch eine stabile orthopädische Ledermanschette, die bis über den Oberschenkel reichte, gestützt. Franz konnte das Bein inzwischen nahezu normal belasten. An das Hinken hatten er und alle anderen sich längst gewöhnt.

So ging die Zeit ins Land. In Windenhausen kehrte allmählich wieder Ruhe ein, nachdem ein Bewohner nach dem anderen den Bescheid über den Ausgang seines Entnazifizierungsverfahrens erhalten und sich dabei herausgestellt hatte, dass tatsächlich die meisten von ihnen als Mitläufer und Entlastete eingestuft worden waren.

Von den schwierigen Lebensumständen vor allem in den großen Städten bekamen die Dörfler wenig mit. Sie mussten halt Überschüsse abgeben, behielten aber trotzdem genug für sich selbst. Die Nachrichten über Hunger, Entbehrung und Wohnungsnot in anderen Regionen Deutschlands wegen der vielen Heimatvertriebenen und Flüchtlinge aus dem Osten, die sie durch das Radio und die Zeitung erhielten, wurden zwar mit mehr oder weniger Anteilnahme registriert, aber sie beschäftigten die Leute nicht weiter. Die rund sechzig ins eigene Dorf zugewiesenen Leute waren und blieben Fremde, derer man sich halt annehmen musste. Aber wirklich einschränken musste sich ihretwegen kaum jemand. Zudem waren helfende Hände für die Arbeit in Feld, Wald und Wiese immer willkommen. Da konnten auch Frauen und Kinder mit anfassen. Für die wenigen Männer gab es ohnehin keine andere Arbeit als bei den Bauern. Wo hätten die hier auf dem Land sonst eine Beschäftigung finden sollen?

Die politischen Veränderungen im besiegten, besetzten Deutschland drangen in ihren Einzelheiten kaum ins Upland vor. Dass jenseits der Itter das Bundesland Nordrhein-Westfalen gebildet wurde, war für die Waldecker nicht so interessant wie die Tatsache, dass Engländer und Amerikaner ihre Grenzposten zwischen ihren Zonen abgezogen hatten und die Menschen wieder unkontrolliert nach Brilon oder Marsberg reisen konnten. Das war wichtig für die Geschäfte einzelner

Leute und für die Beziehungen der Menschen in diesem Teil Deutschlands.

Für sie war auch nicht vorrangig wichtig, dass sich die Bildung zweier deutscher Staaten anbahnte und wer für diese Entwicklung die Verantwortung trug. Für die Windenhausener war viel entscheidender, dass die bisherigen Einschränkungen des dörflichen Vereinslebens aufgehoben wurden, so dass der Gesangverein und der Schützenverein ihre Aktivitäten wieder aufnehmen konnten. Die Leute hatten mehr und mehr darunter gelitten, dass sie sich außer bei größeren Familienfesten, beim Kirchgang und beim Frühschoppen nicht gesellig treffen konnten. Das sollte nun glücklicherweise wieder anders werden.

Über den Neuanfang des Vereinslebens wurde in den Wintermonaten 1947/48 schon lebhaft diskutiert. Wer war noch da? Wer würde weitermachen? Wer würde Verantwortung übernehmen? Konnten sich die Sangesfreudigen wieder in der Schule treffen? Der Lehrer, Albert Leyener, war im Herbst aus russischer Gefangenschaft nach Hause gekommen und hatte schon seine Bereitschaft erklärt, an die Vorkriegstradition anzuknüpfen und den Männergesangverein wieder zu dirigieren. Die Leute sollten sich aber noch etwas gedulden. Schule sei zunächst für ihn wichtiger, und die Strapazen der Gefangenschaft müssten auch erst aus seinen Knochen. Noch vor Weihnachten hatte er seiner Frau den Unterricht endlich abnehmen können, den Ilse Leyener in den vergangenen Jahren vertretungsweise übernommen hatte, um in der Dienstwohnung bleiben zu dürfen. Sie behielt nur den Handarbeitsunterricht für die Mädchen in ihren geschickten Händen.

Die Freiwillige Feuerwehr könnte ihre Schulungen und Treffen wieder bei Mahle abhalten. Aber konnte die Feuerwehr überhaupt wiederbelebt werden? Da fehlte es doch an allem. Das bisherige Provisorium des Brandschutzes im Dorf war längst nicht mehr zu verantworten.

Und der Schützenverein, der seit seiner Gründung im Jahre 1883 so manches rauschende Dorffest veranstaltet hatte? Der würde wohl noch eine Weile auf die Genehmigung einer Neugründung oder Wiederaufnahme der Arbeit warten müssen. Die Siegermächte hatten nach Kriegsende alle Schützenvereine verboten, und noch gab es keine Anzeichen für eine Lockerung oder gar Aufhebung des Verbotes. Die Schützenhalle auf dem Bruch diente zunächst also weiterhin anderen Zwecken. Wie lange noch?

Auf dem kapphahnschen Hof wurde über diese Dinge wenig gesprochen. Mit den Vereinen hatte August Kapphahn nie viel am Hut gehabt. Als es noch die Parteiversammlungen gab, war das etwas anderes gewesen. Da hatte er beherrschenden Einfluss ausüben können. Ansonsten war er einfach kein geselliger Typ, und seine Frau hatte sich dem fügen müssen. Die Dinge drehten sich bei ihnen meist um Saat und Ernte und die damit verbundenen Arbeiten, um Fragen der Landtechnik, um Pferde, Kühe, Schweine und Federvieh, um Vorratshaltung und um den längst notwendigen Scheunenumbau oder einen möglichen Neubau. Die Einführung der D-Mark im Juni 1948, die natürlich auch von den Bewohnern von Windenhausen mit Freude, Erleichterung und großen Erwartungen für die Zukunft begrüßt wurde, schuf dafür neue Bedingungen.

Natürlich ging es auch immer wieder um Henner, um seine Gesundheit und seine Entwicklung. Henner war der ganze Stolz seines Großvaters, und der hatte seinen Enkel fast mehr auf dem Schoß als Vater oder Mutter. August Kapphahn ließ sogar die Arbeit liegen, wenn er sich mit dem Jungen beschäftigen konnte.

Clara und Franz war es gar nicht recht, dass der Opa den Jungen so sehr an sich zog. Für sie war das zuweilen schon fast demütigend. Sie waren doch schließlich die Eltern und hatten die Verantwortung. Je größer der kleine Kerl wurde, desto mehr bildete er eine Ursache für Streit zwischen den Generationen. Das konnte auf Dauer nicht gut gehen. Aber es war leider auch nicht gänzlich zu vermeiden, solange die Wohnräume im Haus gemeinsam genutzt werden mussten.

Wenn Clara ins Heu musste oder auf ein Feld, durfte sie den Jungen nur mitnehmen, wenn sonst niemand auf dem Hof war. Dabei hätte Henner an manchen Tagen mit nach draußen gekonnt. Wenn die Großeltern gemeinsam irgendeiner Feld- oder Wiesenarbeit nachgingen, nahmen sie den Jungen einfach mit, ohne dass die Mutter etwas dagegen hätte tun können. So kam es immer häufiger vor, dass Clara ihren Jungen einfach in den Wagen setzte oder auch nur auf den Arm nahm und zu ihren Eltern ging, um Henner wenigstens eine Weile für sich zu haben. Aber wehe ihr, wenn sie dann nicht rechtzeitig zurück war, um ihre Arbeit im Stall oder an anderer Stelle zu tun!

Das Zusammenleben im Haus wurde noch schwieriger, als sich weiterer Nachwuchs ankündigte. Bei dieser Schwangerschaft ging es Clara lange nicht so gut wie bei der ersten. Ihr war ständig übel, sie konnte kaum Essen bei sich behalten. »Bei deinem Zustand wird das ein Mädchen«, bemerkte Emma Kapphahn zum Befinden ihrer Schwiegertochter. Mit dieser Form der Anteilnahme begnügte sie sich. Die junge Frau und Mutter bei der Haus- und Stallarbeit zu entlasten, fiel ihr dafür recht schwer. Sie wollte es nicht gerne einsehen, dass Clara wirklich manchmal nicht konnte.

Der Schwiegervater zeigte überhaupt kein Mitempfinden. »Da haben andere auch Kinder gekriegt. Die soll sich mal nicht so anstellen.« Damit hatte es sich.

Dabei war Clara wirklich arm dran. Sie vertrug keine Gerüche, weder die im Stall noch die in der Küche. Alles, was irgendwelche Dünste verursachte, war ihr zuwider. Was sie nicht riechen konnte, konnte sie auch nicht essen. Dabei hätte sie doch jetzt dringend vitaminreiche Kost gebraucht. Lediglich Süßes vertrug sie. Aber ständig von Milchreis und Kuchen zu leben, ging auf die Dauer auch nicht. Also kämpfen und immer wieder kämpfen und das häufig unter Tränen.

Franz gab sich in dieser Zeit alle Mühe, seine Frau zu entlasten, wo er nur konnte. Aber das ging ja nur nachmittags und abends und am Wochenende. Er riskierte auch immer wieder einmal ein deutliches Wort gegenüber seinen Eltern, dass sie doch ein bisschen mehr Verständnis aufbringen sollten. Aber das half wenig und verursachte neuen Streit.

Den Jungen brauchte er seiner Frau nicht abzunehmen, den hatte sie jetzt noch weniger um sich als vorher. Da hieß es dann: »Du musst dich schonen. Der Junge kostet dich zu viel Kraft. Den versorgen wir schon. Leg du dich ruhig hin und pfleg dich.«

Dass es mit den Eltern nicht leicht würde, hatten die jungen Kapphahns ja geahnt. Aber so hatten sie sich das dann doch nicht vorgestellt. Die Spannung verursachte bei Clara manche Tränen und bei Franz manchen unausgesprochenen oder auch lauten Fluch.

Ihr Trauspruch wirkte auf die beiden zunehmend wie Hohn: »... ertrage einer den andern und vergebt euch untereinander ...« Für sich selbst hatten Franz und Clara bisher keine Probleme damit oder zumindest nur sehr geringe, wie sie natürlich ab und an unter Eheleuten auftreten. Das mit den beiden Alten wuchs sich aber zum großen Problem aus, für das sie keine Lösung sahen. Und Henner mittendrin, von seinen Eltern geliebt und ersehnt, ihnen aber immer wieder entzogen, von seinen Großeltern vergöttert. Die Folgen sollten sich Jahre später zeigen.

Dann kam Elisabeth nach einer ganz leichten Geburt zur Welt, die die Mutter ein wenig für die Mühsale der vergangenen neun Monate entschädigte. Henner, gerade zwei geworden, war ganz stolz auf sein Schwesterchen. Er zeigte für eine Weile sogar dem Opa die kalte Schulter, wenn er beim Baden, Wickeln und Stillen zuschauen und dann für ein paar Momente das kleine Bündel auf den Armen halten konnte.

Clara war jetzt natürlich wieder mehr ans Haus gebunden. Aber es war ja auch Herbst und ging in den Winter. Da gab es draußen für die Frauen ohnehin weniger zu tun. Es kamen die Monate, in denen die Dämpfanlage wieder auf dem Hof stand, um das Schweinefutter herzustellen, die Zeit, in der Kohl und Gemüse verarbeitet, Obst entsaftet, Gelee gekocht und Rübenkraut gerührt wurde. Das Letztere war immer eine Beschäftigung für mehrere Tage, wobei das Umrühren des Suds nie lange unterbrochen werden durfte. Anstrengend war dabei das Stehen am Kessel und die immer gleich bleibende Rührbewegung. Vor allem der Rücken und die Armmuskeln machten sich bald schmerzhaft bemerkbar.

Dafür war dann das Arbeitsergebnis umso schmackhafter. Jeder freute sich während dieser Arbeit schon auf die Waffeln, bestrichen mit dem frischen Sirup. Eine Delikatesse, die auch der kleine Henner schon zu genießen wusste. Solche besonderen Mahlzeiten fanden zumeist an Samstagen statt, wenn alle Arbeiten getan waren und das Wochenende begann. Das Waffelbacken auf dem offenen Herdfeuer war sehr zeitaufwändig, und jeder wollte natürlich gerne eine frische und warme Waffel auf seinen Teller bekommen. So zogen sich diese Waffelnachmittage oft über mehrere Stunden hin.

Übrigens gab es für diese besonderen Mahlzeiten in den Wintermonaten so etwas wie ein ungeschriebenes Gesetz: Bei allem Streit auf dem kapphahnschen Haus galt doch, dass beim Waffelessen am Samstagnachmittag nicht gestritten werden durfte. Bisher hatte das fast immer funktioniert.

Im Anschluss an das Waffelessen, zu dem es meistens heißen Kakao gab, wurde das Bad in der Zinkwanne für den kleinen Henner besonders nötig. Der Sirup klebte ihm an allen möglichen Stellen. Leider auch immer an der Kleidung. Das Schlabberlätzchen fing längst nicht allen laufenden Sirup auf.

## *Drei Generationen unter einem Dach*

Warum eigentlich konnte die Harmonie beim Waffelessen, nicht in die übrige Woche mitgenommen werden? Diese Frage beschäftigte Clara und Franz immer wieder. Samstags hui, sonntags meistens auch noch, und montags bis freitags pfui. Wenn die jungen Leute sich fügten, den Mund hielten und die Faust in der Tasche machten, war das Zusammenleben auf dem kapphahnschen Hof zu ertragen. Aber wehe, sie muckten gegen das auf, was die beiden Alten durchsetzen wollten. Auf die Dauer konnte das nicht gut gehen. Irgendwann würde sich der über die Woche angestaute Ärger ein Ventil suchen. Clara fraß die Dinge meist in sich hinein und weinte sich abends bei ihrem Mann aus oder auch schon einmal tags bei ihren Eltern. Franz fiel es schwerer und schwerer, die Dinge bei sich zu behalten, ohne ein Ventil zu haben, um den Überdruck abzulassen. Er wurde dadurch innerlich härter, unausgeglichener und gab sich immer häufiger gereizt, wollte sich auch die Klagen seiner Frau nicht mehr immer anhören, die sich dadurch noch mehr in sich selbst verkroch. Die Phasen der ehelichen Verliebtheit wurden seltener. Die Harmonie zwischen den Eheleuten litt sichtbar.

»Ab morgen gehe ich in den Gesangverein«, eröffnete Franz eines Abends Anfang Dezember seiner Clara, als die beiden schon im Bett lagen und sie gerade mit dem Zugschalter das Licht im Schlafzimmer ausknipsen wollte, »die brauchen noch Stimmen im Tenor.«

»Aber …«, versuchte Clara einen Einwand und ließ den Griff los.

»Brauchst gar nicht zu versuchen, dagegen zu reden, Frau«, unterbrach ihr Mann sofort, »ich hab mich beim Lehrer schon angemeldet. Weihnachten ist der Chor im Gottesdienst dran und dann singe ich zum ersten Mal mit.«

Clara blickte ihn aus bekümmerten Augen an. »Und wann kommst du dann nach Hause?«

»Das wird sicher spät. Nachher gehen die doch alle immer noch bei Mahle rein und trinken sich einen.«

»Und da gehst du dann auch mit und kommst nicht nach dem Singen gleich nach Hause?«

»Kann ich doch wohl nicht machen«, wehrte Franz die deutliche Bitte seiner Frau ab, »noch eine Stunde zusammen ein Bierchen zu trinken, gehört doch dazu.«

»Du weißt aber doch auch, dass die da manchmal über die Stränge schlagen und es nicht bei einem Bierchen bleibt?«

»Na und?«, entgegnete Franz, »auf einem Bein kann ja auch keiner stehen, und nur ein Dreibein steht, ohne zu wackeln. Zudem, irgendwo muss man sich doch auch mal austoben dürfen.«

Clara seufzte auf. »Und an mich denkst du dabei gar nicht?«

»Natürlich, Liebes, ich denke immer an dich«, gab sich der Mann versöhnlich und griff nach ihrer Hand, »aber den einen Abend in der Woche wirst du es doch allein aushalten.«

»Werd ich ja wohl müssen«, drückte Clara mit einem weiteren Seufzer seine Hand. »Aber ich ahne nicht nur Gutes bei der Sache.«

»Wieso meinst du das?«, wollte Franz jetzt wissen und drehte sich ihr voll zu.

»Das Singen wird dir sicher Spaß machen, glaube ich ja schon. Aber nachher beim Mahle wirst du deine Grenzen nicht kennen. Ich mag keine besoffenen Männer.«

»Mach dir da mal keine Gedanken drum, mein Liebes, ich weiß, wann ich aufzuhören hab.« Franz streichelte seiner Frau liebevoll die Wange.

»Dein Wort in Gottes Ohr, Franz«, ließ die sich das gerne gefallen. »Ich hab da nur meine Bedenken. Wenn du bis zum Freitagabend den ganzen Ärger der Woche in dir aufgehäuft hast, brauchst du ein Ventil, um die Luft abzulassen. Gib's doch zu.«

»Ist ja auch nicht so einfach, hier im Haus nur nach der Pfeife der Alten zu tanzen. Wir können ja nie machen, was wir mal wollen.«

»Hast Recht, mir geht es doch nicht anders. Ich darf auch nur machen, was die beiden Alten sagen. Und ich bin viel mehr im Haus als du.«

»Musst du ja wohl auch. Einer muss sich doch um Henner und Lieschen kümmern.« Franz drehte sich wieder zurück auf sein Kissen.

»Um Lieschen ja. Henner darf ich doch nur aus dem Bett nehmen und wieder reinlegen. In der anderen Zeit haben die Eltern ihn voll in Beschlag und er ist nie hier.«

»Das passt mir genauso wenig wie dir, glaub mir, Clärchen«, gestand Franz, während er jetzt ein wenig ratlos gegen die Zimmerdecke blickte, »aber sag mir, was ich dagegen tun kann.«

Die junge Frau atmete tief und hörbar ein: »Du solltest einmal deinen Eltern deutlich machen, dass du der Vater bist und ich die Mutter und dass Henner zuerst zu uns gehört und nicht zu ihnen. Um Lieschen kümmern sie sich längst nicht so viel.«

»Hab ich doch schon x-mal«, sagte Franz ein wenig kleinlaut, »aber wollen wir denn noch mehr Streit und Spannungen haben?«

»Die kriegst du doch jetzt sowieso.«

»Wieso meinst du?«

»Erzähl doch mal deinem Vater, dass du in den Gesangverein willst. Da sitzen doch alle die Männer, mit denen er es immer noch nicht wieder kann. Und du weißt genau, dass er es nicht gerne sieht, wenn du mit dem Hille und mit meinem Vater und mit weiß-ich-wem viel zu tun hast.«

»Ist doch Quatsch, Clärchen«, wehrte Franz ab. »Außerdem gehe ich um, mit wem ich will. Die Kröte muss August Kapphahn schon schlucken, dass sein Sohn zum Singen geht und mit Männern in einer Reihe steht, mit denen er es nicht kann.«

»Wo wir einmal dran sind, Franz«, versuchte Clara das Thema zu wechseln und suchte jetzt ihrerseits seine Hand. »Können wir uns nicht hier oben eine eigene Küche einrichten? Dann wäre manches leichter im Haus.«

Franz setzte sich ruckartig im Bett auf und schaute seine Frau entsetzt an. »Was sagst du da? Eine eigene Küche? Wir hier oben?«

»Genau das sage ich«, bestätigte Clara fest.

»Und wie stellst du dir das vor?« Der Mann war richtig erschrocken bei dem Vorschlag seiner Frau.

»Wir müssen doch im Frühjahr die Scheune umbauen, hast du gesagt. Dann sind wir einmal dran. Dann können wir doch in einem Aufwasch die Getreidestube zu einer Wohnküche umbauen.«

»Die Getreidestube? Bist du ganz gescheit? Was glaubst du, was mein Alter dazu sagt?«

»Das muss ich nicht raten. Das weiß ich schon jetzt. Der wird wieder mit der Faust auf den Tisch schlagen und kräftig dagegen sein.«

»Also ist die Sache schon gestorben«, stellte Franz fest und legte sich auf sein Kissen zurück.

»Sie ist nicht gestorben«, widersprach Clara und drehte sich jetzt ihrem Mann zu. »Die Getreidekammer kommt in die Scheune, hier wird der Raum frei, und dann wird der für uns zum Wohnraum. Ich will das so! Und ich will, dass du ihm das sagst.«

Das war deutlich und energisch ausgesprochen von der Schwiegertochter des Hauses, als dulde es keinen Widerspruch.

Franz dachte eine Weile nach. »Recht hast du ja, Clärchen«, gab er dann zu, »aber das geht nicht ohne Ärger mit den Eltern. Mein Vater wird dem nicht zustimmen.«

»Dann musst du ihn dazu bringen, dass er zustimmt. Ein bisschen mehr Ärger werden wir auch noch ertragen. Aber dann hätten wir unser Eigenes, und wir müssen nicht alles in der gemeinsamen Küche veranstalten«, beharrte Clara.

»Jetzt lass uns mal erst darüber schlafen«, beendete Franz das Gespräch, »ich muss darüber auch noch mehr nachdenken.«

»Nur nicht zu lange, mein Lieber«, warnte Clara, »sonst vergisst du das Handeln. Ich lass dich dann auch lieber in den Verein gehen.«

»Das ist Bestechung«, spielte Franz den Empörten.

»Keine Bestechung. Handel, Geschäft, mein Lieber«, widersprach Clara. »Und jetzt gib mir noch einen Gute-Nacht-Kuss und dann geh am Freitag in Gottes Namen in deinen Gesangverein. Aber komm mir ja nüchtern wieder nach Hause.«

»Versprochen, mein Schatz.« Damit verschloss Franz seiner Frau den Mund, zog dann selbst am Lichtschalter, und der Tag war endgültig beendet.

Am kommenden Freitag ging Franz Kapphahn zum ersten Mal zur Chorprobe des Männergesangvereins »Lyra« in Windenhausen. Und er kam begeistert und absolut nüchtern zu einer noch sehr passablen Zeit nach Hause. Wenn das immer so ging, wollte Clara keine Einwände gegen diesen Zeitvertreib ihres Mannes haben.

Am nächsten Tag wurde es schon vor dem Frühstück sehr laut im Stall. Der alte Kapphahn hatte den jungen nur gehen und später kommen hören und wollte wissen, wo er denn am Vorabend des zweiten Advents noch gewesen sei.

»Was geht dich das eigentlich an, Vater, was ich mache, wenn die Arbeit erledigt ist?«, wollte Franz von ihm wissen, während er den Kühen die Raufen füllte.

Die Antwort kam deutlich: »In unserem Haus bestimme immer noch ich, wer was macht.«

»Meinst du vielleicht. Glaubst du nicht, dass ich mit dreißig allmählich alt genug bin, um selbst zu bestimmen, was ich mache?«, erwiderte Franz.

August Kapphahn wurde laut und heftig, so dass die Tiere im Stall unruhig wurden. »Dazu wirst du nie alt genug, merk dir das! Und ich will einfach nicht, dass du dich mit diesen Heul- und Saufbrüdern abgibst.«

Sein Sohn hielt diesmal deutlicher dagegen als sonst. »Du sagst mir hierzu gar nichts. Ich werde mich gerne mit den Heul- und Saufbrüder zusammentun. Das sind Männer unseres Dorfes, unter denen ich meinen Platz haben will.«

»Ha, da gibt es bessere Plätze als unter denen.« In der Stimme des Vaters lag blanker Hohn.

»Wo denn? Welche denn?«, fragte Franz gereizt zurück. »Du ärgerst dich doch nur, weil dich keiner dabei haben will und du immer noch keinen Platz zwischen den Männern im Dorf hast.«

»Das geht dich nichts an, an welchen Plätzen ich mich bewege und mit wem ich kann und mit wem nicht.« Dabei musste der alte Kapphahn das aufgeregte Gegrunze der Schweine übertönen, mit deren Fütterung er beschäftigt war.

»Interessiert mich auch nicht«, meinte Franz. »Und ich bewege mich auch, wo ich will.«

Vom Lärm im Stall angezogen, kam Emma Kapphahn herein. »Müsst ihr zwei denn am frühen Morgen schon wieder streiten?«, mischte sie sich ein. »Es ist doch einfach furchtbar mit euch.«

»Warum nicht, Mutter, das ist doch bei uns normal. Wir kön nen halt nicht in vernünftigem Ton miteinander reden.«

»Und worum geht's jetzt schon wieder?«, wollte seine Mutter wissen.

»Lappalie, wie immer. Dein Mann freut sich darüber, dass ich jetzt im Heul- und Saufverein meine Stimme einsetze.«

»Ach du Schande!«, entfuhr es Mutter Emma. »Das kann ja noch heiter werden. Du im Gesangverein?«

»Mach dir nichts draus, Mutter«, bemühte sich Franz, sie zu beruhigen. Die Bitterkeit in seiner Stimme war unüberhörbar. »Es wird heiter, Mutter. Ich fange jetzt an zu leben. Raus

aus diesem Käfig, in dem ihr hier versauert, mitten im Dorf und doch weit draußen.«

»Junge, vergiss dich nicht.« Der Satz war eine deutliche Mahnung der Mutter an den Sohn, ganz im Sinne des Vaters gesprochen. »Du wohnst unter unserem Dach, vergiss das nicht!«

»Und unter unserem Dach haben wir immer noch das Sagen!«, ließ sich der Vater von hinten wieder hören. »Merk dir das gut, Franz Kapphahn. Sonst wirst du's einmal bereuen.«

Franz überhörte die versteckte Drohung des Vaters und hinkte aus dem Stall. Die Kühe hatten jetzt zu kauen, und er hatte keine Lust auf weiteren Streit. In der Küche raunte er seiner Clara zu: »Vorsicht beim Frühstück, es herrscht dicke Luft.«

»Das war nicht zu überhören«, bestätigte seine Frau. Sie befürchtete, die Sache würde gleich am Tisch ihre Fortsetzung finden.

»Und die Gelegenheit werde ich nutzen, Clärchen. Lass mich nur machen.«

Clara verstand zwar nicht, worauf Franz hinweisen wollte, aber sie machte sich innerlich schon einmal auf einiges gefasst. Ein Glück, dass Henner und Elisabeth noch schliefen. Was diese kleinen Ohren manchmal schon hören mussten, war sicher nicht gut für ihr junges Leben.

Das gemeinsame Frühstück an diesem Samstagmorgen verlief zunächst in völligem Schweigen. Das Gewitter konnte jeden Moment losbrechen. Aber nichts geschah. Franz schien es sich noch schnell überlegt zu haben, seinen Vorstoß wegen des Umbaus der Scheune und der Einrichtung einer zweiten Küche im Haus doch besser zu verschieben. Dabei war ihm nur eine andere Strategie in den Sinn gekommen, wie er seinen Vater von der Notwendigkeit des einen und der Möglichkeit des anderen überzeugen konnte.

Am Ende des Frühstücks, bei dem dann tatsächlich nur ein paar Worte zum Tagesablauf gewechselt wurden und zur Frage, ob sie am Nachmittag ein adventliches Waffelessen zur Verringerung des Vorrates an Rübenkraut haben wollten, wies Franz seinen Vater lediglich ruhig und sachlich darauf hin, dass er ihm in der Scheune später etwas zeigen müsse.

»Was ist das?«, fragte August Kapphahn schlecht gelaunt zurück.

»Ich muss es dir in der Scheune zeigen, und du musst es dir schon dort angucken«, antwortete Franz.

»Dann gehen wir sofort«, bestimmte der Vater.

»Geht noch nicht. Es ist noch zu dunkel draußen, und das Funzellicht reicht nicht.«

»Reicht die Petroleumlampe zum Sehen?«

»Kannst du vergessen.«

»Also sehe ich mir die Sache vor dem Mittagessen an«, bestimmte der Vater und hakte die Angelegenheit für den Moment ab.

Clara atmete hörbar auf. Es gab einen Aufschub des Gewitters. Sie wunderte sich ein wenig über ihren Mann, dass er nach der Auseinandersetzung im Stall so ruhig und sachlich geworden war. Und der Schwiegervater hatte sich ja gewaltig am Riemen gerissen. Wenn das doch häufiger vorkäme!

Den Vormittag über gingen sich die beiden Männer aus dem Weg. Gegen Mittag trafen sie sich dann in der Scheune.

»Was ist jetzt?«, fragte der Vater knapp.

»Hier, schau dir diesen Ständer an. Der macht's nicht mehr lange, und der auf der anderen Seite auch nicht«, wies Franz auf einige deutlich morsche Stellen in den beiden Hauptständern der vorderen Scheunenwand.

»Die haben hundertfünfzig Jahre gehalten, die halten auch noch länger«, bemerkte August Kapphahn und wollte schon wieder gehen.

»Die haben genau hundertvierundsechzig Jahre gehalten, und die machen es nicht mehr lange«, widersprach Franz mit Nachdruck. »Ich sag dir's. Du darfst auch einmal einem Zimmermann etwas glauben, Vater. Die Balken sind äußerst morsch, fast durchgefault. Die knicken demnächst ab, und dann stürzt dir die Bühne aufs Gerät.«

»Da stürzt noch lange nichts ab«, beharrte der Vater.

Franz blieb bei seiner Warnung: »Da kannst du im nächsten Jahr kein Stroh mehr draufladen. Es ist jetzt schon lebensgefährlich, da oben rumzuturnen. Und vielleicht soll hier ja irgendwann auch mal ein modernes Ackergerät rein. Dann muss die Balkenkonstruktion stabil sein.«

»Kein Stroh mehr drauf? Modernes Ackergerät rein? Was redest du da?« August Kapphahn schien nun wirklich ärgerlich zu werden.

»Ist gut, Vater«, blieb Franz sachlich, »ich hab dich gewarnt. Mach nur dann kein Theater, wenn die Geschichte hier zusammengebrochen ist. Und hoffentlich hält dich die Bühne noch aus, wenn du da oben rumturnst.«

Beim Mittagessen sorgte Henner für Unterhaltung. Sein kleines Plappermaul stand kaum still. Das entspannte die Atmosphäre. Die Erwachsenen standen dem Kleinen Rede und Antwort und vermieden so das Gespräch über den Scheunenbau.

Dafür griff der Vater diesen Punkt aber beim Waffelessen auf. »Doch nicht jetzt«, widersprach Emma Kapphahn sofort und sehr deutlich vom Küchenherd her, wo sie mit den Waffeln beschäftigt war. »Der Nachmittag bleibt ohne Streit, wie das immer war. Reißt euch zusammen, ihr Männer!«

»Wir streiten ja gar nicht, Mutter«, besänftigte August Kapphahn seine Frau. Dabei klang sein Ton sogar einmal fast freundlich.

Clara und Franz schauten sich kurz an, als wollten sie sagen: »Sieh an, der Nachmittag ist ihm tatsächlich heilig.«

In sachlichem Ton fragte der Vater den Sohn dann, wie er sich die Reparatur der beiden Ständer denn vorstelle. Genauso sachlich konnte Franz antworten: »Da ist nichts mehr zu reparieren, Vater. Der ganze Scheunenteil muss weg. Die beiden Balken sind ja nur die schlimmsten. Andere sind auch schon angefressen. Und du kannst nicht neues Holz zwischen das faule Zeug montieren.«

»Da hat der Zimmermann ja wohl ausnahmsweise mal Recht«, musste der Vater zugestehen. Ob ihm das leicht fiel? Clara staunte über den Tonfall des Schwiegervaters. Dann ließ sie sich aber gerne wieder von Henner ablenken, der genießerisch mit seiner Waffel beschäftigt war. Der Sirup reichte schon bis an beide Ohren. Dazwischen forderte Elisabeth lautstark ihr Recht, aus ihrer Wiege auf den Schoß genommen zu werden.

»Du meinst also abreißen?«, fragte der Vater nach.

»Es wird nicht anders gehen. Dann haben wir auch die Möglichkeit, die Bühne anders zu gestalten. Ich schlage vor«, Franz stockte für einen Moment.

Jetzt kommt's, schoss es Clara durch den Kopf, jetzt bringt er die Küche ins Gespräch, und sie hielt für einen Moment die Luft an.

»Was schlägst du vor?«, fragte der Vater nach.

»Ich schlage vor, dass wir die Getreidestube in die Scheune verlegen. Da ist es viel luftiger und trockener als im Haus.«

Als ob der alte Kapphahn eine Vorahnung gehabt hatte, hakte er sofort nach: »Und was soll aus der Stube oben werden?«

»Die Stube möchte ich für Clara und für uns zur Wohnküche umbauen. Ein Anschluss für den Schornstein ist drin, der Raum ist groß genug. Die Kinder brauchen Platz zum Spielen, und vielleicht kommen ja noch welche. Und wir möchten ab und zu auch mal für uns sein können. Ihr wollt sicher auch schon mal unter euch sein. Deshalb können wir ja trotzdem ab und zu zusammen essen. Dann haben wir auch weniger Möglichkeit zu streiten.«

Beinahe hektisch hatte Franz seine Gründe für seinen Anspruch auf die jetzige Getreidestube vorgetragen, als wollte er vermeiden, dass sein Vater ihn unterbrechen konnte. Den letzten Satz hatte er ein wenig leiser angehängt.

Sein Vater machte aber gar keinen Versuch, die Rede zu unterbrechen. Er sah seinen Sohn nur mit großen Augen an und vergaß dabei sogar, seine Waffel weiter zu essen. Das war schon stark, was der Franz da vorschlug. Und sehr mutig.

Jetzt ist es raus, dachte Clara. Sie war gespannt, was jetzt folgen würde. Aber es blieb friedlich am Tisch. Das Gesetz des Samstagnachmittags hielt tatsächlich trotz dieses unerhörten Vorschlags. Ob das am Advent lag und an den beiden brennenden Kerzen am Adventskranz auf dem Tisch?

Emma Kapphahn hatte inzwischen eine Waffel verbrennen lassen, vor lauter Spannung und Erwartung der Antwort ihres Mannes auf dieses eigentlich doch unerhörte Ansinnen des Sohnes. Eine eigene Küche nach oben? Was sollte das denn? Die Schwiegertochter, dieses Luder, stand mit Sicherheit als die Anstifterin hinter diesem Ansinnen.

August Kapphahn griff das Thema wieder auf, nachdem er seine Waffel fertig gegessen hatte. »Wie stellst du dir das vor? Wann soll das gehen? Und wer soll das machen?«

Franz hatte seine Lösung parat. »Abreißen und Aufbauen könnten wir in der Zeit zwischen Kartoffelsetzen, Rübenlegen und Heumachen. Da ist die beste Zeit. Da ist draußen nicht so viel. Die Zimmerarbeiten kann ich im Winter vorbereiten. Und wenn es dann losgeht, finden wir schon Leute, die uns helfen. Ich bin doch jetzt in diesem Heul- und Saufverein, wie du sagst. Da sind welche dabei, die sicher mit anpacken, wenn ich sie frage.«

»Dann hätte deine Singerei wenigstens einen guten Sinn«, damit hatte der Vater offenkundig der ganzen Geschichte schon zugestimmt.

»Mein Vater würde sicher auch helfen«, äußerte Clara vorsichtig.

»Ein Schneider auf dem Bau«, kommentierte August Kapphahn lediglich ein wenig spöttisch. »Das will ich sehen, wie der Nadel und Faden gegen Ziegenfuß und Hammer eintauscht und damit hantiert. Das wird was werden!«

Aber auch dieser Vorschlag schien akzeptiert, hatte Clara das Empfinden. Hoffentlich blieb der Schwiegervater nur bei seiner heute gezeigten Meinung. Das wäre ja zu schön, um wahr zu sein! Sehr schön wäre es auch, wenn dieser Samstag sich häufiger wiederholen würde. Aber das war wohl eine Wunschvorstellung.

Die Advents- und Weihnachtszeit zur Wende in die zweite Hälfte des Jahrhunderts ging vorüber. Der Gesangverein »Lyra« sang zum ersten Mal seit mehr als zehn Jahren wieder im Gottesdienst am Weihnachtstag, sehr schön und gefühlvoll: »Es ist ein Ros entsprungen« und »Stille Nacht, heilige Nacht«. Franz Kapphahn war mitten unter den Männern im Tenor mit Ernst und Freude dabei. Ob er allerdings selbst begriff, was er da mitsang?

Die Windenhausener Gottesdienstbesucher jedenfalls waren ganz gerührt von dem Auftritt. Alte Zeiten kamen zurück. Dabei wurde freilich auch fünf Jahre nach Kriegsende wieder deutlich, wer alles fehlte und wer nach menschlichem Denken eigentlich noch hätte dabei sein müssen. Wenn nur diese vermaledeite NS-Zeit und der Krieg nicht gewesen wären. Aber dass die beiden letzten als vermisst Gemeldeten des Dorfes zum ersten Mal wieder in Freiheit und zu Hause hören konnten: »Auch euch ist heute der Heiland geboren!«, war das schönste Weihnachtsgeschenk für den ganzen Ort.

Der Winter hatte das Upland auch diesmal fest in seinem Griff, mit viel Frost, Eis und Schnee. Da war draußen nichts zu arbeiten, außer immer wieder die Straßen und Wege des Dorfes freizuschaufeln. Drinnen ging es für die Männer um notwendige Reparaturen an Zaumzeug, Werkzeug und Gerät. Die

Frauen waren allein und gemeinsam fleißig beim Spinnen, Stricken und anderen Handarbeiten. Wer wollte, konnte sich einmal in der Woche im Schulhaus bei Ilse Leyener zum gemeinsamen Handarbeiten einfinden.

Gerne hätte auch Clara an diesen Treffen teilgenommen, aber die Schwiegermutter ließ sie nicht gehen.

Kleinere Kinder mussten zwangsläufig im Haus bleiben. Gelegentlich wurden sie dick vermummt durchs Dorf getragen oder auf Schlitten gezogen, damit sie etwas frische Luft und, wenn vorhanden, Sonne mitbekamen. Die Schar der größeren Kinder traf sich nach der Schule immer wieder zum Spielen, meist unterhalb der Himecke. Wie das Spaß machte, auf Brettern mit Seil- und Riemenbindung den Berg hinunterzurutschen und auf den Kufen selbst gebauter Schlitten ins Tal zu sausen!

Dorfidylle, die sich in jedem Jahr fast unverändert wiederholte. Dafür änderte sich etwas anderes für das kleine Dorf im ausgehenden Winter: Hilles Grete, die Frau von Viehhändler Gustav Hille, eröffnete neben der alten Schule für einige Stunden des Tages einen kleinen Laden, in dem sich die Leute mit allem versorgen konnten, was ihre eigenen Wirtschaften nicht hergaben und was sie bisher immer im Nachbardorf hatten kaufen müssen. Für die Windenhausener Frauen entstand dadurch ein neuer Ort der Begegnung, den sie auch gerne nutzten. Grete Hille hatte schon immer ein Ohr für Neuigkeiten gehabt. Jetzt konnte sie sie konzentriert sammeln und weitergeben.

Die Versorgung der Bevölkerung hatte sich in letzter Zeit wesentlich verbessert. Die Einführung der D-Mark vor anderthalb Jahren war zum Segen für das Land geworden. Die Regierung im fernen Bonn am Rhein tat offenbar eine gute Arbeit. Und die eigene Landesregierung im ebenso fernen Wiesbaden wohl auch. Dass die Besatzungsmächte ihre Hand aus vielem längst herausgezogen hatten, wurde auch auf dem Land mit großer Zufriedenheit wahrgenommen. Es gab sehr schnell in allem spürbare Verbesserungen.

Auf dem kapphahnschen Hof ging es mit der Zeit natürlich auch vorwärts, mit den Beziehungen der Bewohner allerdings nicht. Die Grundspannung im Haus blieb, die beiden Alten behielten das Sagen in ihren jeweiligen Bereichen. Franz litt weiter unter der Enge und Strenge seines Vaters, Clara unter der eher stillen, aber eisernen Herrschaft ihrer Schwiegermutter. Henner stand verstärkt unter dem Einfluss seiner Großeltern, die für Elisabeth wesentlich weniger Interesse zeigten als für ihren größeren Bruder. Vielleicht, weil sie ruhiger und meistens zufrieden war und sich auf engem Raum viel mehr selbst beschäftigte als ihr größerer Bruder. Und dann war Henner ja der »Stammhalter« und Elisabeth »nur« ein Mädchen! Die räumlichen Bedingungen blieben eine Belastung, deren Gewicht sogar zunahm. Hoffentlich änderte sich das in diesem Jahr.

Im Mai wurde die alte Scheune abgerissen. Das gelang mit der Hilfe einiger Sangesbrüder von Franz verhältnismäßig schnell. Dann ging es an den Wiederaufbau, den der junge Zimmermann ja während der Wintermonate, was das Holz betraf, schon vorbereitet hatte. Auch bei diesen Arbeiten gab es Hilfe aus dem Dorf. Franz sah es gern, August musste sich daran gewöhnen, dass die Mannschaft immer wieder wechselte und dass es da manchmal laut und lustig zuging.

Wenn der Bauer doch nur ein wenig offener für seine dörflichen Mitbewohner gewesen wäre! Irgendwie hatte er die Vergangenheit anscheinend immer noch nicht bewältigt. Und obwohl es ihn selbst gar nicht betraf, mit den »Egerländern« hatte er auch so seine Probleme. Warum mussten die ausgerechnet in Windenhausen einquartiert werden und dadurch ständig an den verlorenen Krieg erinnern? Dabei waren viele von ihnen schon wieder weggezogen. Und die, denen es im Dorf gefiel, so dass sie zu bleiben gedachten, verstanden es zu arbeiten. Sie waren niemandem zum Schaden. Im Gegenteil, das Dorf profitierte von ihnen.

Auch August Kapphahn, denn einen besseren Maurer als den Richter Josef konnte er gar nicht für seinen Bau bekommen. Es dauerte eine Weile, bis der Einheimische den Fremden wirklich akzeptiert hatte. Der war nämlich im evangelischen Windenhausen auch noch katholisch und konnte es trotzdem gut mit dem Pfarrer. Er besuchte sogar mangels einer entsprechenden Gemeinde im näheren Umkreis regelmäßig die Gottesdienste und Bibelstunden von Pfarrer Alemann. Ein komischer Mensch, fand der alte Kapphahn.

Als die neue Scheune mit der neuen Getreidekammer fertig gestellt und die alte Getreidestube umgebaut war, gab es bei den Kapphahns den nächsten großen Krach. Die Alten verweigerten den Jungen den eigenen Herd in der neuen Stube. Einen Ofen durften sie aufstellen, aber eine Kochgelegenheit kam nicht in Frage. Die Kocherei blieb auch in Zukunft Emmas Aufgabe, und die Mahlzeiten konnten gemeinsam eingenommen werden. Da half kein zorniges Widersprechen und wütendes Schimpfen, auch kein demütiges Bitten und Betteln. Der Beschluss stand und blieb stehen: Die Küche blieb gemeinsam und sie blieb unten.

Franz und Clara mussten sich fügen. Die beiden Kleinen verstanden noch nicht viel vom Anliegen ihrer Eltern und dem Streit darum. Henner war ja sowieso meistens unten. Nun ja, wenigstens der Rückzug in ein eigenes Wohnzimmer war nun möglich. Das war wenigsten etwas. Aber dass Clara auch künftig nicht selbst kochen konnte, nagte doch sehr an ihr.

Auch in Franz rumorte die Sache immer wieder sehr heftig. Am Freitag nach der verlorenen Auseinandersetzung um die Kochstelle ersäufte er zum ersten Mal seinen Ärger und Kummer im Alkohol. Stockbesoffen kam er nachts nach Hause. Die Leidtragende war seine Clara. Als sie ihr Erschrecken und Entsetzen deutlich machte, verlor Franz die Beherrschung und wurde grob. Am Morgen danach quälten ihn sein dicker Kopf und sein schlechtes Gewissen. Er sah aus wie die leibhaftige schlechte Laune, schlich herum wie ein begossener Pudel und wusste offenbar nicht, wie er sich nach den Dingen der Nacht Clara gegenüber verhalten sollte.

Kurz vor Weihnachten kam Anton zur Welt. Elisabeth machte gerade ihre ersten Schrittchen. Der Junge war lange nicht der letzte kleine Kapphahn. 1953 kam Gernot, 1957 wurde Sigrid geboren und 1959 gesellte sich Dorothea zur Familie.

Als 1962 Michel schließlich als Letzter dazukam, war sein ältester Bruder bereits fünfzehn und hatte sich zu einem schier unausstehlichen Raubein entwickelt. Er riskierte gegen jedermann einschließlich seiner Eltern eine große, freche Lippe, und die Faust saß ihm recht locker. Seine Mitschüler und sein Lehrer wussten ein Lied davon zu singen. Dass jetzt sein Lehrherr, ein Bauunternehmer ein paar Dörfer weiter, ihm noch nicht die Maurerkelle aus der Hand genommen und ihn entlassen hatte, war schon bemerkenswert. Das lag wohl daran, dass Henner ein starker Kerl war und für zwei arbeiten konnte, wenn er wollte. Aber dass er die Firma würde verlassen müssen, war wohl nur eine Frage der Zeit.

Auf dem kapphahnschen Hof und im Haus ging es in den nächsten Jahren zunehmend bunt und turbulent zu. Der Geräuschpegel stieg und der Platz wurde enger. Der Tisch in der Küche der alten Kapphahns wurde zu klein und musste durch einen Ausziehtisch ersetzt werden. Auch ein paar neue Stühle mussten angeschafft werden.

Aber auch bei dieser Familiengröße ließ die Großmutter ihre Schwiegertochter nicht an den Herd. Was wie auf den Tisch kam, bestimmte sie allein. Und Henner bestimmte mit. Er war und blieb der absolute Liebling seiner Großeltern. In seinen Flegeljahren konnte er anstellen, was er wollte, es wurde für gut und richtig befunden. Henner mischte sich immer ein und ließ seinerseits keinen Widerspruch zu. Gehorchen und sich fügen war nicht seine Stärke. Er fügte sich in all den Jahren, wenn überhaupt, nur den Großeltern. Franz und Clara hatten als Eltern zu diesem Jungen keinen Zugang. Das erzieherische Verfügungsrecht war ihnen schlicht und einfach von Anfang an von den beiden Großeltern aus der Hand genommen worden.

Zugegeben, Clara vermisste die Küche nicht mehr so sehr wie in den Anfangsjahren auf dem Hof. Bei der stetig wachsenden Familie hatte sie immer mehr mit den Kindern zu tun. Der Waschkessel wurde kaum kalt. Gut, dass sie nach einigen Jahren eine Waschmaschine bekam. Dazu gab es stets etwas zu nähen oder zu flicken, zu häkeln oder zu stricken. Die Hilfe ihrer eigenen Mutter war ihr dabei immer sehr willkommen, aber nur ein kleiner Beitrag zur Entlastung. In solchen Stunden genoss es Clara, ihre Kinder um sich zu haben. Sie beschäftigten sich auf dem Stubenboden oder am Tisch mit ihren Püppchen und Tieren, Bauklötzen und kleinen Autos, oder sie schauten sich Bilderbücher an. Die Schulkinder mussten natürlich auch ihre Hausaufgaben erledigen. Das ging meistens alles sehr friedlich vor sich. Elisabeth konnte schon früh sehr geschickt mit der Häkelnadel umgehen, und Anton mit der Strickliesel. Die beiden Kinder freuten sich wie Schneekönige, wenn sie der Mutter ihre Arbeiten zeigen konnten.

Für Clara gab es aber allmählich mehr Arbeit im Stall. Denn der Schwiegermutter fiel es zunehmend schwerer, sich zum Melken unter die Kühe zu setzen. Bis die Melkmaschine kam, dauerte es noch ein paar Jahre. Dafür musste erst ein regelrechter Überzeugungskampf gegen die alten Bauersleute geführt werden. Aber sie kam dann schließlich doch und wurde eine gute Entlastung für Clara.

Für die Arbeit draußen änderte sich in den fünfziger Jahren ebenfalls einiges. Die Pferde wurden nicht mehr gebraucht, weil ein Traktor mit dem zugehörigen Gerät praktischer war für die Feldbestellung, die Arbeit auf den Wiesen und das Einbringen der Ernte. Das erleichterte natürlich erheblich und machte auch die Wege zu den zum Teil weit auseinander liegenden Feldern kürzer. Man war bequemer und schneller dort und auch wieder zu Hause. Die beiden Kaltblüter waren ohnehin inzwischen alt geworden.

Den Traktor zu fahren hatte sogar Clara lernen dürfen. Und Henner bewegte das Gerät, als wäre er ein Naturtalent in der Handhabung solcher Technik. Nur tat er das meistens, wann er wollte, und nicht, wann er sollte. Aufträge seines Vaters führte er grundsätzlich nicht aus. Die musste ihm der Großvater geben, der sich freilich allmählich aus der Arbeit zurückzog. Die alten Kapphahns hatten inzwischen beide die siebzig erreicht.

## *Der Unfall*

Für Franz, der inzwischen wie seine Clara Anfang vierzig war, bedeutete der Umgang mit seinem Ältesten eine Schwierigkeit mehr, die er immer wieder ersäufen musste, um überhaupt zurechtzukommen. Die häufigen Auseinandersetzungen mit den Alten und das ständige Gegeneinander mit dem Sohn zerrten an seinen Nerven und kosteten Kräfte. Dass er seine Clara unter den Bedingungen immer wieder leiden sah und zusehen musste, wie sie sich bis in die Nächte abrackerte mit der Versorgung und Ausstattung der Kinder, mit der Wäsche für immer mehr Personen, mit ihrer Arbeit im Stall und draußen, ohne dass er etwas gegen die Verhältnisse tun konnte, belastete ihn zusätzlich. Franz fühlte sich immer mehr als Schwächling und Versager, der seinen Eltern und seinem Ältesten hörig war und seiner Frau nicht wie erforderlich zur Seite stand.

Was sollte er nur machen? Der Freitagabend war der Abend, an dem der Mann sich aus dem ganzen Elend seines Hauses für einige Stunden lösen konnte. Unter den Männern vom Gesangverein fühlte er sich frei und wohl. Da konnte er seinen ganzen Jammer für drei Stunden oder mehr vergessen. Das Singen machte ihm Freude und das anschließende Zusammensein auch. Da konnte es auch einmal laut und heftig zugehen. Franz war gerne dabei.

Wenn er nur nicht immer so lange ausgehalten hätte! Alles Schimpfen, Drohen, Bitten seiner Frau, doch früher nach Hause zu kommen und sich mit dem Trinken zu mäßigen, besser aufzuhören, solange der Kopf noch klar war, halfen nicht. Franz brauchte den Freitagabend, um das, was sich während der anderen Tage angestaut hatte, gründlich hinunterzuspülen. Danach konnte er über die Woche auch wieder einiges einstecken.

Am nächsten Morgen im nüchternen Zustand packte ihn dann aber der große Jammer über sein erneutes Versagen und über sein boshaftes und unbeherrschtes Verhalten gegenüber Clara, die er immer noch liebte, und den Kindern, denen er doch eigentlich ein guter Vater sein wollte. Sicher war er ihnen kein positives Vorbild. Was die Eltern von ihm dachten, interessierte ihn wenig. Ihre zornigen Maßregelungen ließ er über sich ergehen. Ihnen gegenüber hatte er bald keine positiven Empfindungen mehr, nur noch Verachtung und Hass.

Manchmal schämte Franz sich auch gegenüber Gott, den er doch aus seinem Leben inzwischen völlig ausgeladen hatte. Gott? Wer war das eigentlich? Fragte der überhaupt noch nach ihm? Er, Franz, hatte schon lange nicht mehr nach Gott gefragt. Aber er kam in seinen Gedanken wieder vor, wenn die längst nicht mehr klar waren. Es war schon merkwürdig: Wenn sein Gehirn so richtig umnebelt war, erinnerte sich Franz tatsächlich manchmal an Gott und fragte sich, wie der wohl über ihn dachte.

In die Kirche ging er nur, wenn der Gesangverein dort sang. Dafür gab es einige feste Termine im Jahr wie Ostern, Pfingsten und Weihnachten, dazu das Erntedankfest und der Totensonntag oder auch das Fest eines der dörflichen Vereine, von denen es inzwischen wieder eine ganze Reihe gab, auch einige neue wie den Sportverein und den Fußballclub. Was Pfarrer Alemann dann predigte, hörte Franz sich zwar an, aber es interessierte ihn wenig.

Natürlich war er auch zu den Taufen seiner Kinder mit in der Kirche gewesen. Welche Taufsprüche sie jeweils erhalten hatten, das hatte der Vater nach den anschließenden Festmahlen bereits wieder vergessen. Seinen Trauspruch, dieses Wort von der gelebten Liebe, kannte Franz wohl auch nicht mehr. Dass der immer noch im Schlafzimmer an der Wand hing, war ihm gar nicht bewusst. Die Trau-Bibel war längst vom Regal in irgendeinen Schrankwinkel verschwunden.

Seine Clara dachte hierzu ein wenig anders. Sie vermisste die Bibel zwar auch nicht, hatte wohl auch die Ermahnungen und Ermunterungen aus dem Trautext vergessen, wäre aber schon gern ab und zu in den Gottesdienst gegangen. Sie mochte diese Atmosphäre, in der sie den Jammer ihres Alltags für eine Stunde hinter sich lassen konnte, und sie liebte die schönen alten Lieder. Sie konnte wegen der Kinder allerdings meist nicht gehen. Die Schwiegermutter war nicht dazu bereit, die Kinder zur entsprechenden Zeit einmal zu beaufsichtigen. Ihre eigenen Eltern konnte sie für solche Aufgaben auch nicht einspannen, weil das Verhältnis zu den alten Kapphahns einfach kein gutes war.

So kam Clara lediglich an den besonderen Feiertagen unter die Predigt des Pfarrers, wenn es die Tradition erforderte, dass die kapphahnsche Familie ihre Bank füllte. Clara schätzte Pfarrer Alemann immer noch sehr. Schon mehrmals hatte sie ihn aufgesucht, um sich in ihrer Not auszusprechen und Rat zu holen. Die Besuche bei dem einfühlsamen und verständnisvollen Mann hatten der Frau gut getan, ihre Schwierigkeiten hatten sie aber nicht lösen können.

Pfarrer Alemann, der natürlich auch älter geworden war und inzwischen auf seine Pensionierung zuging, war seitdem allerdings dem Franz auf den Fersen. Der hatte den Schlüssel zur Veränderung. Er sprach ihn immer wieder einmal an, wenn er ihm begegnete, und erinnerte ihn an seine Verantwortung für seine Frau und seine Kinder und an seine Verantwortung gegenüber Gott. Er kam auch schon mal ins Haus, wenn er Besuche im Dorf machte. Franz gab sich dabei immer verschlossen und eher abweisend.

Einmal begegneten sich die beiden Männer auf dem Fahrweg zwischen Sägewerk und Dorf. Sie befanden sich beide mit ihren Fahrrädern auf dem Heimweg, hatten es aber wohl nicht eilig. Jedenfalls ließ Franz sich von Pfarrer Alemann aufhalten und ansprechen. Beide Männer stiegen von ihren Rädern.

»Ich mag Ihr frommes Gerede nicht hören, Herr Pfarrer«, machte Franz dem Gemeindehirten deutlich, nachdem ihn dieser wieder auf seine Situation und sein Verhalten angesprochen und ihm seine Hilfe angeboten hatte, »ich muss alleine sehen, wie ich mit meinem Leben klarkomme. Sie ahnen ja nicht einmal, was bei den Kapphahns los ist.«

»Ich weiß mehr, als du denkst, Franz«, widersprach der Pfarrer seinem Gemeindeglied. »Ich kenne die alten Kapphahns inzwischen seit bald zwanzig Jahren. Das sind raue Menschen mit wenig Herz, ich weiß. Und leider sehr herrschsüchtig, beide. Ich glaube aber auch, dass ich auch die jungen Kapphahns ein wenig kenne. Ich habe Augen und Ohren und ein Empfinden dafür, ob ein Mensch glücklich ist und zufrieden oder innerlich leer und verzweifelt.«

»Ach, hören Sie doch auf, Herr Pfarrer«, wehrte Franz ab, »Sie gucken einem doch auch nur vor den Kopf. Was sich da drinnen abspielt«, dabei tippte er sich mit dem Finger auf die Brust, »das wissen Sie auch nicht.«

»Da magst du Recht haben, Franz«, gestand Paul Alemann zu, »ich weiß vielleicht zu wenig, aber ich ahne vieles. Und hier gilt auch das biblische Wort: ›An ihren Früchten sollt ihr sie erkennen.‹« Er zögerte einen Moment. »Oder auch das andere: ›Was der Mensch sät, das wird er ernten.‹«

»Da gebe ich Ihnen allerdings Recht, Herr Pfarrer.« Franz sagte es bitter. »Das sollten Sie mal meinen Eltern sagen. Die säen schon länger. Die sollten Sie sich mal vornehmen und bekehren. Die haben's nötiger als ich. Vielleicht kann ich mich ändern, wenn die sich geändert haben.«

»Mag auch richtig sein und ist trotzdem falsch«, wandte der Pfarrer ein. »Du darfst dich nicht mit deinen Eltern entschuldigen und mit dem, was die im Leben verbockt haben. Du bist ein eigener Mensch, Franz. Du bist du! Und du bist selbst verantwortlich für das, was du tust oder nicht tust. Denk mal an Clara und die Kinder. Was müssen die mitmachen, wenn du deinen Ärger und deine Verzweiflung und deine innere Leere wieder einmal ersäuft hast und nachher nicht mehr weißt, was du tust. Rührt dich das nicht?«

»Das geht Sie gar nichts an, Herr Pfarrer!«, reagierte Franz verstimmt. »Kümmern Sie sich doch um die Schafe in Ihrem Stall, die das so haben wollen, und lassen Sie mich in Ruhe!«

»Ich kümmere mich gerne, Franz, das weißt du. Aber du gehörst auch zu den Schafen in meinem Stall. Du stehst mal noch auf meiner Kirchenliste. Und ich nehme mir immer wieder die Freiheit, dich zu suchen. Nicht wegen mir, Franz, wegen dir. Und weil Gott dich sucht, dem du seit Jahren davonläufst.«

»Jetzt reicht's mir wirklich, Pfarrer!«, brach Franz das Gespräch ärgerlich ab und schwang sein lahmes Bein über die Stange seines Drahtesels, um weiterzufahren. »Lassen Sie mich doch einfach in Ruhe. Ich tue, was ich für richtig halte. Klar?«

»Klar, mein Lieber, das muss ich akzeptieren. Ich zwinge niemandem meine Hilfe auf. Nur an einem kannst du mich nicht hindern.«

Franz drehte sich noch einmal um. Das wollte er dann doch noch wissen, was der Pfarrer damit meinte. »Ich werde weiter für dich beten, Franz, und für Clara und für deine Familie. Mach's gut.«

»Dann tun Sie's, wenn Sie's nicht lassen können«, rief Franz ihm über die Schulter zu und ließ ihn wirklich stehen.

Gott wird dich einholen, Franz Kapphahn, und Clara auch, ging es dem Pfarrer durch den Kopf, während er dem Mann noch eine Weile nachblickte.

Dass dazu erst ein tragisches Ereignis mit ebenso tragischen Folgen nötig war, konnte er in diesem Augenblick natürlich nicht wissen.

Das Unglück geschah an einem Frühsommertag 1963. Franz war mit dem Traktor und dem angehängten Gabelwender auf die Wiesen »Am Hagen« hinausgefahren, um das am Vortag gemähte Heu zu wenden. Mit auf dem Traktor saßen der knapp zehnjährige Gernot und die dreijährige Dorothea. Franz hatte die beiden schon häufiger mitgenommen, wenn er irgendwohin fuhr. Da hatte er meistens eins oder zwei der Kinder auf den Behelfssitzen dabei. Die Kleinen hatten ihren Spaß daran, und Clara war für eine Weile ein wenig entlastet, wenn nicht alle Kinder auf dem Hof waren. Auch heute hatte ihm die Mutter die beiden Kinder gerne mitgegeben. »Haltet euch gut fest«, hatte sie den beiden bei der Abfahrt noch zugerufen, ihren Jüngsten auf dem Arm, »und seid brav und tut, was der Vater euch sagt.« Dann hatte sie ihnen hinterhergewinkt, wie sie das immer tat, wenn sie gerade draußen war.

Am Rand der Heuwiese setzte Franz seine beiden Kinder ab und drückte Gernot einen Holzrechen in die Hände. Er sollte das gewendete Heu an den Rändern ein wenig zusammenrechen, damit das dort nicht so zerfranst aussah. Für den Jungen war diese Arbeit keine Mühe. Er hatte das schon öfters gemacht. Klein-Dorothea sollte derweil nicht im Heu herumlaufen, sondern sich auf dem Fahrweg aufhalten und beschäftigen. Das war ungefährlich, denn hier draußen gab es keinen

Verkehr, und das Mädchen konnte auch mit einfachen Dingen spielen, die es fand.

Es wäre sicher auch alles gut gegangen, wenn das Kind auf dem Weg bei seinem Spiel geblieben wäre. Aber irgendetwas hatte Dorothea gefunden, was sie unbedingt ihrem Vater zeigen musste, den sie aber nur quer über die Wiese erreichen konnte.

Wie das Unglück dann eigentlich genau passiert war, konnte später weder der Vater noch der Sohn sagen. Dorothea hatte sich dem Traktor genähert, ohne dass Franz Kapphahn es bemerkt hatte. Der Blick des Vaters war nach der anderen Seite gerichtet, und er hatte das Kind nicht kommen sehen. Wenn das Mädchen ihn gerufen hatte, dann hatte das Motorengeräusch die Stimme übertönt. Dann war Dorothea offenbar im Heu so unglücklich gestolpert, dass ihr kleiner Körper vor das große rechte Hinterrad des Traktors geriet. Ehe der Vater ihren spitzen Schrei gehört hatte und abbremsen konnte, hatte er sie bereits überfahren.

Franz sprang vom Sitz, so schnell er das mit seinen ungleichen Beinen konnte, um seinem Kind zu Hilfe zu kommen. Aber da war wohl keine Hilfe mehr möglich. Mit einem hässlich deformierten Kopf, der aus Mund, Nase und Ohren blutete und aus dem zwei vor Entsetzen aufgerissene kleine Augen hervorquollen und den Mann anstarrten, lag Dorothea vor dem Laufrad des Gabelwenders.

Franz beugte sich hinunter und tat einen lauten Schrei. »Doro, Kind, nein! Gott, was hab ich gemacht? Was ist mit dir? So komm doch zu dir! Doro, Mädchen, das darfst du nicht! Du darfst nicht sterben, Doro, mein Mädchen, nein, nein, nein …«

Franz' Stimme wurde immer leiser und stockender und verlor sich schließlich in lautem Weinen und Schluchzen. Der Vater schaute sich hilflos um, ob irgendwoher Hilfe käme. Aber am Hagen war sonst kein Mensch. Dann hob er sein Kind hoch und nahm es auf die Arme. Da war keine Reaktion.

Da war nur ein lebloser kleiner Körper, an dem Kopf und Glieder kraftlos herunterhingen, die rechte Hand zur Faust geformt, als hielte sie etwas fest. Franz schloss die Augen und fragte wie in sich hinein: »Was hast du gemacht, Franz Kapphahn? Was hast du nur gemacht? Fährst dein eigenes Kind tot. Mein Gott, was habe ich gemacht?« Das Letzte war wieder ein Schrei.

Gernot war schon auf den ersten Schrei des Vaters hin herbeigelaufen und stand neben ihm, erschrocken seine kleine Schwester anstarrend. »Was ist mit Doro, Vater? Wieso hängt die denn so komisch da?«, fragte er, als sähe er nicht, was mit ihr passiert war.

»Sie ist tot, Junge«, konnte der Vater nur schluchzend antworten. »Sie ist tot!« Dann holte er tief Luft: »Lauf ins Dorf und hol Hilfe! Jemand muss sofort kommen! Lauf schnell, so schnell du kannst!«

Gernot löste sich aus seinem Schrecken und lief los. So schnell ihn seine zehnjährigen Füße tragen konnten, lief er den Weg entlang dem Dorf zu. Ob er überhaupt verstanden hatte, was er im Dorf ausrichten sollte und weshalb das schnell gehen musste?

Franz hockte mit seinem Kind weiter auf der Wiese, als müsse es sich augenblicklich wieder bewegen und ihn anlachen. »Dabei braucht sie doch gar keine Hilfe mehr«, murmelte der geschlagene Mann vor sich hin und legte den leblosen Körper vorsichtig ins Heu. Dann erhob er sich schwer, um den Motor des Traktors abzustellen, der immer noch vor sich hin tuckerte. Die Stille, die dadurch eintrat, erschien dem Mann schier unheimlich. Eine solche Stille hatte Franz Kapphahn noch nie erlebt. Totenstille. Sie tat ihm richtig weh. Er hinkte zurück zu seinem Kind und beugte sich zu dem kleinen Körper hinunter. Er suchte an Dorotheas Handgelenk nach dem Puls. Fand natürlich keinen mehr. Er suchte an ihrem Hals. Auch dort fand er keinen mehr. Er legte sein Ohr auf die kleine Brust. Aber er konnte keine Herztöne mehr hören. Es waren einfach keine mehr da. Das Kind war tot, unwiederbringlich tot.

Franz brach wieder in lautes Schluchzen aus. Die Tränen liefen ihm in Strömen über das Gesicht und tropften dem Kind auf sein Kleidchen. »Was hast du gemacht, Franz? Was hast du nur gemacht?«, schluchzte er immer wieder vor sich hin und streichelte dabei das kleine Gesicht, aus dem inzwischen jede Farbe gewichen war. Nur die Augen standen wie in großer Klage immer noch offen. Der Vater drückte sie vorsichtig zu. Sie sollten doch nicht so ins Leere blicken. Dabei schnürte es ihm den Hals zu, als wollte er ersticken.

Wie lange er so gesessen hatte, vermochte Franz nicht zu empfinden. Warum kam niemand zu Hilfe? Konnte Gernot überhaupt schon zu Hause sein? Und wenn, konnte dann schon jemand hier sein? Und wer sollte überhaupt kommen? Die Eltern? Die schafften das nicht mehr zu Fuß bis hierher. Clara? Die hatte doch die anderen Kinder zu Hause und Michel, der kaum auf seinen kleinen Füßen stand. Die Schwiegereltern? Da müsste Gernot ja noch ein paar Häuser weiter laufen. Würde überhaupt jemand kommen? Krankenwagen? Polizei? Der Pfarrer? Der Bürgermeister?

In Franz Kapphahns Kopf jagten sich die Gedanken, und dann war der Kopf wieder wie leer. Was sollte er tun? Mit dem toten Kind hier warten, bis jemand kam? Das tote Kind nach Hause fahren? Das ging ja gar nicht. Aber es nach Hause tragen, das ging. Warum also nicht?

Franz rappelte sich hoch, nahm den Körper seines Kindes auf die Arme und hinkte quer über die Wiese auf den Weg und auf ihm dann Richtung Dorf und nach Hause. Der Hagen lag weit draußen, der Weg zum Dorf zog sich lang am Hang hin. Unten im Grund der Bicke waren andere Dörfler mit ihrem Heu beschäftigt. Sie bemerkten den Mann mit seiner traurigen Last nicht. Franz mochte auch nicht rufen. Er hätte es wohl auch gar nicht gekonnt. Da wäre keine Stimme gewesen, die hätte rufen können. Er hinkte nur mechanisch Schritt für Schritt seinen Weg, auf dem sonst niemand unterwegs war, um sein totes Kind nach Hause zu tragen. Dabei liefen die Tränen unaufhörlich und nässten dem Kind Gesicht und Kleid.

Der arme Mann war wohl eine Viertelstunde gegangen, als er von vorne Motorengeräusch wahrnahm. Dann tauchte ein Personenwagen um die Biegung auf und blieb vor ihm stehen. Es war Gustav Hille, der sich sofort aufgemacht hatte, um zu sehen, was passiert war. Aus Gernot war keiner recht schlau geworden.

Angesichts des Bildes vor ihm sprang der Viehhändler zutiefst erschrocken aus seinem Opel, um Franz den kleinen Körper aus den Armen zu nehmen. Der ließ es nicht zu. Erst jetzt sah Gustav Hille, welche Last der Mann da auf den Armen hatte nach Hause tragen wollen, und er erschrak ein zweites Mal. »Mein Gott, Franz«, brachte er nur heraus. Vorsichtig half er dem Vater mit seinem Kind ins Fahrzeug. Dann stieg er selbst ein, fuhr den Wagen ein Stück weiter bis zu einer Wendemöglichkeit, drehte um und fuhr langsam zum Dorf. Die beiden Männer sprachen kein Wort. Der eine konnte nicht reden, der andere wusste wohl nicht, was er hätte sagen sollen.

Nach wenigen Minuten bog der Wagen auf den Hof. Schweigend, wie er eingestiegen und gefahren war, stieg Franz wieder aus und trug sein Kind ins Haus, vorbei an den entsetzt starrenden Eltern, vorbei an Michel, der mit Eimerchen und Schäufelchen in einem Sandhaufen spielte, vorbei an Clara, die für den Moment nicht begriff, was hier vorging, und vorbei an den größeren Kindern, die sich wie ängstlich an die Mutter hängten. Nur Henner war nicht auf dem Hof.

Gernot hatte nur berichtet, dass Dorothea schlimm gefallen sei und nicht mehr laufen könne und der Vater Hilfe brauche. Dass seine Schwester tot sei, hatte er wohl nicht verstanden. Deshalb war Clara zu Gustav Hille hinübergelaufen und hatte ihn gebeten, mit seinem Auto an den Hagen zu fahren und zu sehen, was los war. Aber was war denn nun eigentlich passiert? Was war denn nun mit Dorothea? Das musste sie doch wissen. Warum sagte Franz nichts? Clara geriet in Panik, riss sich von den Kindern los und folgte ihrem Mann dichtauf.

Der hinkte mit schweren Beinen die Treppe hinauf, öffnete mit dem Ellenbogen die Stubentür, betrat das Zimmer und legte seine schwere Last vorsichtig auf den Tisch, als wollte er den kleinen Körper seines toten Kindes dort aufbahren. Dann ließ er sich schwer auf einen Stuhl fallen und vergrub sein Gesicht in den Händen. Er konnte einfach nicht mehr. Dass Gustav Hille noch gesagt hatte, dass er den Arzt und die Polizei informieren müsse, hatte er nicht mehr wahrgenommen.

Clara schon, aber sie hatte das nicht einordnen können. Erst jetzt, wo sie das Kind auf dem Tisch liegen sah, begriff sie, dass hier das Furchtbarste passiert war. Ihr spitzer Aufschrei war bis nach draußen zu hören. Dann brach sie laut schluchzend über ihrem toten Kind zusammen. »Mein Kind, mein Kind! Was ist mit dir? Komm zurück! Du musst leben! Dorolein, mein Kind! Tot, einfach tot. Warum? Warum?«

Franz musste Clara daran hindern, den Leichnam auf die Arme zu nehmen. »Lass sie liegen. Da muss erst ein Arzt kommen und die Polizei«, vermochte er mit heiserer Stimme nur zu sagen, »das muss sein.« Die weinende und schluchzende Mutter fügte sich nur widerstrebend und sank kraftlos auf einen Stuhl. Dabei hielt sie Dorotheas kleine Hand fest in der ihren und weinte weiter still in sich hinein.

Von unten herauf war lautes Reden zu hören. Henner war wohl gekommen und wollte von den Großeltern wissen, was los sei. Die wussten es selbst noch nicht so richtig, ahnten nur Schlimmstes, beauftragten den Enkel aber, an den Hagen zu laufen und den Traktor zu holen. Der musste ja wohl noch auf der Wiese stehen, sollte dort aber nicht stehen bleiben. Vielleicht wollten sie auch nur Henner daran hindern, einen Aufstand gegen seinen Vater zu veranstalten.

In den nächsten Augenblicken füllte sich dann die Stube. Voller Entsetzen, wie gelähmt saßen und standen sie alle um den Tisch mit dem toten Kind, Eltern, Großeltern, Geschwister, und begriffen nicht, was sich da ereignet hatte. Der kapphahnsche Hof hatte den Tod seit zwanzig Jahren nicht erlebt, und jetzt hatte der in äußerst brutaler Weise zugeschlagen und sich sein Opfer geholt, ein unschuldiges kleines Mädchen. Dann fing ein lautes und furchtbares Weinen und Klagen an. Warum Dorothea? Warum auf diese Weise? Warum?

Irgendwie, wahrscheinlich durch Gustav Hille, hatten Claras Eltern Nachricht bekommen. Die beiden nun auch schon alten Menschen kamen, so schnell sie konnten, um sich des Undenkbaren zu vergewissern. Auch sie stimmten in das laute Wehklagen ein.

Eine große Schar Leute aus dem Dorf versammelte sich bald vor dem Haus. Was hatte sie hergetrieben? Neugier? Stumme Anteilnahme? Die Nachricht von dem schlimmen Ereignis hatte sich wie ein Lauffeuer herumgesprochen. Auch Gustav Hille war wieder dabei. Er wartete auf den Arzt und die Polizei, die er inzwischen telefonisch informiert hatte.

Dr. Wiesemann hatte einen weiten Weg und kam doch recht schnell. Es war eine fast gespenstische Szenerie, die er draußen und drinnen vorfand, als er eintraf, um Dorotheas Tod auch ärztlich festzustellen und amtlich zu bescheinigen. Er war tief bewegt und erregt. Natürlich stellte er mit dem ersten Blick fest, dass hier nichts mehr zu helfen war. Nach kurzer Ansicht des kleinen, leblosen Körpers und Untersuchung vor allem des Kopfes notierte er: »Schädelbasisbruch mit sofortiger Todesfolge.« Die Symptome waren eindeutig. Stumm drückte er den Eltern nacheinander die Hände. »Das Kind hat nicht leiden müssen. Sie war«, der Mann musste schlucken, »sie war sofort tot.« Ob diese Aussage zu trösten vermochte? Vielleicht den Vater, der sich nicht vorzuwerfen brauchte, er hätte für das Kind nicht alles getan, was er hätte tun können.

Eine Weile nach dem Arzt rollte die Polizei auf den Hof. Zwei Beamte in Uniform kamen nach oben. Nach einigen Augenblicken des stillen Mitleidens baten die beiden Männer darum, dass doch alle am Unfall Unbeteiligten das Zimmer verlassen mögen. Nur die Eltern sollten bleiben und Dr. Wiesemann. Gernot sollte in der Nähe bleiben, da er auch noch befragt werden müsse.

Es fiel Franz Kapphahn unendlich schwer zu beschreiben, wie es zu dem entsetzlichen Ereignis gekommen war. Er wusste es doch selbst nicht so richtig. Clara konnte gar nichts dazu sagen, sie war ja nicht mit auf der Wiese gewesen. Irgendwelche Zeugen gab es offenbar nicht, und auch Gernot wusste nichts Brauchbares zur Sache zu berichten. Er war ja mit dem Heu beschäftigt gewesen und war erst durch den Aufschrei des Vaters darauf aufmerksam geworden, dass beim Traktor etwas passiert war.

Erst jetzt fiel dem Arzt die verkrampfte rechte Hand des Mädchens auf. Er öffnete sie und fand darin – ein winziges rotes Marienkäferchen. Das war's wohl, was Dorothea ihrem Vater hatte zeigen wollen. Deshalb war sie wohl quer über die Wiese zu ihm hingelaufen und war dann so unglücklich im Heu hingefallen.

Die Beamten gaben sich mit den erhaltenen Auskünften zufrieden. Dennoch mussten sie darauf bestehen, dass der kleine Leichnam in die Gerichtsmedizin zur Untersuchung überführt würde, er würde noch vor dem Abend abgeholt. Das sei nun leider Vorschrift und nicht vermeidbar. Die Beerdigung könne erst angesetzt werden, wenn der Leichnam freigegeben sei. Sie bäten vielmals um Verständnis.

Schweren Herzens mussten die Eltern dem zustimmen. Auch dem, dass der Vater sich zur Verfügung halten müsse, falls noch weitere Fragen aufträten. Es kämen sicher noch Beamte der Kripo vorbei. In den nächsten Tagen müsse wohl auch ein Ortstermin auf der Heuwiese angesetzt werden, zur Klärung letzter Fragen. Heute wolle man davon absehen. Das Protokoll der ersten Vernehmung und Untersuchung würde dann in den nächsten Tagen zur Unterschrift vorgelegt.

Diese Prozedur, so verständlich und notwendig sie war, machte die Situation noch schlimmer. Der Verdacht der Mitschuld des Vaters am Tod seiner Tochter oder gar seiner Schuld an dem tragischen Ereignis stand plötzlich im Raum, verbreitete sich vor dem Haus und im Dorf und nistete sich in den Köpfen der Leute ein. Und was da einmal drin saß, das war so bald nicht wieder herauszureißen …

Schlimm für Franz Kapphahn, schlimm für seine Clara, schlimm für die Kinder, für die Alten, für das ganze Dorf.

Eine böse Zeit kam jetzt auf die Kapphahns zu, am meisten auf Franz. Verschlimmert wurde sie dadurch, dass seine Clara den unausgesprochenen Verdacht teilte, ihn treffe die Schuld an Dorotheas Tod. Der arme Mann konnte dazu sagen, was er wollte, konnte seiner Frau gegenüber noch so oft beteuern, dass er den Unfall nie und nimmer hätte vermeiden können – Clara hörte ihm überhaupt nicht zu. Für sie war er allein schuld. Diese Meinung hatte sich in ihr festgesetzt. Auch die polizeiliche Untersuchung am Ort des Geschehens, die bereits am nächsten Tag durchgeführt wurde und die aufgrund der in der Wiese auffindbaren Spuren die Schilderung des Vaters im Grunde bestätigte und seine Unschuld feststellte, konnte Clara darin nicht umstimmen. Zumindest jetzt nicht.

Der Bericht der Gerichtsmedizin einen Tag später bestätigte den doppelten Schädelbasisbruch mit sofortiger Todesfolge aus dem vorläufigen Befund von Dr. Wiesemann. Dadurch wurde auch der leise Vorwurf der möglichen unterlassenen Hilfeleistung gegenstandslos und ausdrücklich zurückgenommen. Die Unschuld des Vaters am Tod seiner Tochter galt jetzt als erwiesen. Aber auch das vermochte die tief getroffene Mutter nicht zu bewegen, auf ihren Mann zuzugehen.

Wenn die Leute des Dorfes die Erkenntnis von der Unschuld

des Mannes nur ebenso schnell glauben würden, wie sie den Verdacht auf Mitschuld übernommen hatten! Wenn doch Clara ihre Vorwürfe zurücknehmen oder wenigstens abschwächen würde! Im Augenblick aber saßen die so fest in ihr, dass sie durch nichts und durch keinen Zuspruch zu erschüttern waren.

Auch Pfarrer Alemann gelang es bei seinem Besuch noch am Abend des Unfalltages nicht, Claras starre Haltung aufzuweichen. Seine Hinweise auf die Ergebnisse der ärztlichen Untersuchung und die bisherigen polizeilichen Vermutungen halfen nicht. Auch seine Appelle an ihr Mitgefühl für ihren Mann, doch nicht dessen Selbstvorwürfe noch zu stützen, sondern ihn liebevoll zu entlasten, richteten nichts aus. Hier war die Seele einer Mutter durch den Tod ihres Kindes zutiefst getroffen. Und hier hatte eine Ehe durch ein tragisches Ereignis einen Riss bekommen, der vorläufig wohl nicht zu heilen war. O Gott, erbarme dich!, betete der Pfarrer im Stillen und suchte dann nach einem geistlichen Trost, den er ihnen geben könnte. Aber er spürte, dass er heute hier gar nichts ausrichten konnte. So blieb er einfach noch eine Weile schweigend bei den leidenden Eltern sitzen, um sich dann mit einen schlichten: »Gott sei mit euch und segne euch!«, zu verabschieden. »Ich komme morgen wieder«, versprach er beim Hinausgehen.

Er kam jeden Tag wieder, aber er stieß mit seinem Bemühen, zu trösten und zu helfen, auf entschiedenen Widerstand. Im kapphahnschen Haus herrschte nur stumme und kalte Trauer. Jeder tat nur das Nötigste an Arbeit für Mensch und Vieh. Die Arbeit auf den Feldern und Wiesen blieb ganz liegen. Clara ging ihrem Mann aus dem Weg. Die Kinder trauerten ihrem Alter gemäß jedes auf seine Weise und hielten sich eher zur Mutter als zum Vater. Die Alten ließen immer wieder einmal leise Vorwürfe ertönen, und Henner stimmte laut in dieses Lied ein. Sein Vater war für ihn ein Verbrecher, der ins Gefängnis gehörte. So einfach war das für ihn.

Schlimm war das alles und dauerte, bis der weiße Sarg ins Haus gebracht und wegen des Treppenhauses in der Stube der Großeltern aufgestellt wurde. Zugleich wurden das Protokoll der ersten Vernehmung und der Abschlussbericht der Untersuchung zur Unterschrift vorgelegt. Der Beamte legte Wert darauf, dass die Familienmitglieder, soweit sie die Sache verstehen konnten, auch zusammen waren und die Untersuchungsergebnisse hörten. Pfarrer Alemann, der gerade im Haus war, durfte als Seelsorger ebenso im Raum bleiben.

So erfuhr jeder die amtliche Feststellung, dass als Ursache des bedauerlichen Unfalls nur ein unglücklicher Zufall oder auch höhere Gewalt angenommen werden konnte und den Vater keinerlei Schuld traf. Von daher würde auch kein weiteres Verfahren folgen. Für die Polizei sei die Angelegenheit damit erledigt.

Franz, der nun zumindest familienöffentlich völlig rehabilitiert war, unterschrieb das Protokoll und bedankte sich bei dem Beamten. »Und jetzt wieder Kopf hoch, Herr Kapphahn«, versuchte der ein ermunterndes Wort, »ich werde dafür sorgen, dass die Leute im Dorf das Ergebnis erfahren. Dann wird es ein bisschen leichter für Sie.«

»Hoffentlich«, vermochte Franz nur zu antworten. Damit verließ der Beamte das Haus und ließ die trauernde Familie mit dem Kindersarg in der Mitte der Stube allein.

Pfarrer Alemann brach schließlich das Schweigen. Er wies noch einmal deutlich auf die festgestellte Unschuld des Vaters hin und bat darum, doch wieder aufeinander zuzugehen und miteinander umzugehen, wie das erwachsene Menschen tun sollten, besonders wenn sie in der Familie zusammengehörten. Gerade im Leid müsse man doch eng zusammenstehen. Er sprach auch von Verzeihen und Vergeben, von Neuanfang im veränderten Alltag und davon, dass Gott und sein auferstandener Christus Herr über Leben und Tod sei. Warum Gott dieses tragische Ereignis zugelassen habe, das wisse auch er nicht. Gottes Wege seien immer heilig, aber eben häufig unerforschlich. Aber sie seien sicher nicht dazu da, dass die betroffenen Menschen künftig in gegenseitigen Schuldzuweisungen und Unversöhnlichkeit lebten, sondern doch wohl eher dazu, dass die Menschen in ihrem Leid Hilfe und Trost bei ihm, bei Gott, suchten.

Pfarrer Alemann las dann noch die Psalmen 23 und 90, wie er das immer in Trauerhäusern tat, sprach ein Gebet und endete mit dem frei formulierten Segenswunsch aus 2. Thessalonicher 2,16:

»Unser Herr Jesus Christus und Gott, unser Vater, der uns geliebt hat und uns einen ewigen Trost gegeben hat und eine gute Hoffnung durch Gnade, der ermahne, das heißt auch, der tröste eure Herzen und stärke euch in allem guten Werk und Wort, das heißt in allem, was ihr tut und was ihr sagt.«

Ob das wohl in die zurzeit sehr harten Köpfe und Herzen hineinging?, fragte sich der Pfarrer dabei im Stillen und bat dann darum, über die Beerdigung sprechen zu dürfen. Das wollte er allerdings nur mit den Eltern tun.

Nachdem er wenig später mit Clara und Franz die notwendigen Dinge beredet und vereinbart hatte, beendete der Seelsorger seinen Besuch mit einem eindringlichen Appell an die beiden, doch unbedingt wieder aufeinander zuzugehen und die Trauerarbeit miteinander und nicht gegeneinander zu tun. »Geteiltes Leid ist halbes Leid, ihr beiden Lieben. Ihr habt es doch einmal versprochen, in Freud und Leid zusammenzustehen. Also macht es euch nicht noch schwerer, als ihr es ohnehin habt. Ich bitte euch um Gottes willen herzlich darum.« Mehr konnte der Pfarrer jetzt nicht tun. Er konnte nur hoffen und beten, dass die beiden seinen Appell beachten würden.

## *Lebenswende*

Der Tod von Dorothea war das wohl einschneidendste Ereignis auf dem Drei-Generationen-Hof Kapphahn. Es führte die trauernden und leidenden Menschen nicht zusammen, wie man das vielleicht hätte erhoffen können. Am Tage der Beerdigung – der kleine Windenhausener Friedhof war schwarz von Menschen – mochte das für ein paar Stunden so ausgesehen haben, aber der folgende Alltag offenbarte etwas anderes. Die Trauerarbeit jedes Einzelnen sah sehr unterschiedlich aus und war eher gegeneinander gerichtet als gegenseitig hilfreich.

Die beiden Alten unten im Haus waren zwar auch sehr betroffen, kehrten aber verhältnismäßig bald zum üblichen Tagesablauf zurück. Es hatte ja nicht Henner getroffen. Sie nahmen wenig Rücksicht darauf, dass den Eltern die Sache sehr zu schaffen machte und die Beziehung zwischen Clara und Franz nachhaltig gestört war.

Der raubeinige Henner hielt sich wie anerzogen auf der Seite seiner Großeltern. Ob er wegen des Trauerfalls oder aus sonstigen Gründen die Maurerkelle aus der Hand legte und seine Ausbildung abbrach, blieb allen im Haus zunächst unerfindlich. Erst später kam heraus, dass sein Lehrherr ihn wegen seines unerträglichen Verhaltens und auch wegen seiner offenen und boshaften Stimmungsmache gegen seinen Vater entlassen hatte.

Die stille Elisabeth litt sehr unter dem Verlust ihrer kleinsten Schwester. Sie hielt sich wie bisher zur Mutter und bemühte sich, ihr zu helfen, wo immer sie das mit ihren inzwischen vierzehn Jahren tun konnte. Dabei versuchte sie, den jetzt dreizehnjährigen Anton aus dem schlechten Einfluss seines älteren Bruders herauszuhalten. Anton war leicht zu beeinflussen. So wie Henner musste der nicht werden.

Gernot war zu jung, um sich lange mit der Sache zu beschäftigen. Er hatte das Erlebnis auf der Wiese am Hagen am schnellsten von den älteren Kindern verarbeitet.

Die sechsjährige Sigrid vermisste zwar ihre Schwester, glich aber den Verlust dadurch aus, dass sie jetzt viel mit Michel spielte, der von allem natürlich am wenigsten mitbekam. Außerdem war sie überaus damit beschäftigt, sich als gute Schulanfängerin zu beweisen.

Clara Kapphahn wurde mit der Situation gar nicht fertig. Sie war in den tiefsten Tiefen ihrer Seele verletzt und todunglücklich. Dass ihr kleiner Liebling nicht mehr da war, lastete sie nach wie vor ihrem Mann an. Warum um Gottes willen hatte der nicht aufgepasst? Dieses Gewicht, das der Himmel ihr auferlegt hatte, konnte sie zu all dem anderen, was in Haus und Hof ohnehin auf ihr lastete, nicht tragen. Clara tat das, was Franz ihr vor etlichen Jahren vorgemacht hatte und seitdem mit großer Regelmäßigkeit immer freitags demonstrierte, manchmal auch an anderen Tagen: Sie griff zur Flasche. Zunächst nur heimlich, versteht sich. Grete Hille hatte genug Seelentröster im Laden, und sie verkaufte gerne.

Clara besuchte fast täglich das Grab ihrer Tochter. Sie fand immer ein paar freie Minuten. Zum Friedhof war es ja nicht weit. Aber sie musste sich vorher immer erst Mut antrinken, damit sie den Gang wagen konnte und das Elend ertrug, das sie dort ganz massiv überfiel.

Zunächst fiel das niemandem auf. Sie hatte schon immer gerne Pfefferminzbonbons gegessen. Auch ihr Mann merkte zunächst nichts. Der ging ja morgens aus dem Haus, kam erst am frühen Nachmittag aus dem Sägewerk zurück und hatte danach gleich alle Hände voll zu tun, damit die Arbeit in der Landwirtschaft getan wurde. Die lag ja inzwischen fast nur noch auf seinen Schultern. Die Alten konnten nicht mehr, und Henner wollte nicht. Franz stürzte sich auch förmlich in die Arbeit, nur um nicht an den Unfall und seine Folgen denken zu müssen. Elisabeth half der Mutter gleich kräftig bei der Hausarbeit, wenn sie mittags von der Schule kam. Anton war ein kleiner Träumer in seiner eigenen Phantasiewelt. Von ihm kam keine Entlastung für den Zimmermann und Halbtagsbauern. So hatte Franz kaum Gelegenheit, die Veränderung seiner Frau richtig wahrzunehmen. Clara ließ ihn auch nicht an sich heran.

Elisabeth war die Erste, die die Mutter darauf ansprach, weshalb sie manchmal wie angetrunken wirkte. Clara erschrak zwar heftig bei der Frage ihrer Großen, stritt aber jeden Alkoholkonsum ab. »Das bildest du dir ein, Kind. Ich mach es doch nicht wie dein Vater, der sich einmal in der Woche voll laufen lässt.«

»Ich glaub dir nicht, Mutter«, widersprach die Älteste mutig und bestimmt, »wenn du vom Friedhof kommst, bist du oft so komisch und kannst dann auch manchmal nicht richtig sprechen, wie wenn deine Zunge schwer wär.«

»Mach dir mal keine Sorgen um mich, Lieschen«, versuchte die Mutter zu beruhigen. »Ich komme schon klar.«

Ob sie sich dabei selbst etwas vormachte, blieb offen. Elisabeth war sich jedenfalls nicht sicher, ob die Mutter ihr da die Wahrheit sagte. Sie würde auf jeden Fall aufpassen, nahm sie sich fest vor. Auch fing sie an, sich mehr um ihren kleinsten Bruder zu kümmern, mit ihm zu spielen und die ersten Schrittchen zu üben.

Clara kam nicht klar. Sie griff immer häufiger und immer offener zur Flasche. Es kam zu ersten Fällen, dass sie nicht mehr in der Lage war, ihren Haushalt zu erledigen und für die Kinder zu sorgen. Jetzt war das Bitten, Mahnen und Drängen, das Trinken zu unterlassen, auf der Seite des Mannes, der es ihr freilich vorgemacht hatte.

Die Situation im kapphahnschen Haus wurde allmählich dramatisch. Franz hatte seine Probleme immer nur samstags gehabt, Clara hatte sie bald täglich. Die Reaktionen von Seiten der beiden Alten waren entsprechend scharf und abweisend. Henner tutete ins gleiche Horn und sah in seiner Mutter bald nur noch die »verlotterte und versoffene Schlampe«, die mit nichts mehr zurechtkam und eigentlich vor die Tür gesetzt gehörte.

Bei Franz bewirkte das Ereignis um Dorothea zunächst eine Veränderung in ganz anderer Richtung. Er wurde nach außen sehr still. In der ersten Zeit mied er beinahe jede Begegnung, die er eben vermeiden konnte. Er wollte sich von niemandem auf den Unfall ansprechen lassen, wusste er doch nicht, wie die Leute inzwischen dachten. Auch auf das Singen verzichtete er und damit auf den Umgang mit den Männern des Dorfes. Es reichte ihm, seine Arbeitskollegen zu ertragen, auch wenn die meisten von ihnen zu ihm standen. Seine Schuldgefühle, von denen er genau wusste, dass er sie doch gar nicht zu haben brauchte, quälten ihn. Jedes kleine Mädchen, das ihm irgendwo über den Weg lief, riss die Wunde neu auf. Da war niemand, mit dem er über seine Empfindungen reden konnte. Im Haus nicht, denn Clara entzog sich ihm, und draußen auch nicht, weil da keiner war, den er wirklich Freund nennen konnte. Hier rächte sich die Art der alten Kapphahns, mit den Leuten nur auf Abstand umzugehen, die er als junger Mensch schon hatte übernehmen müssen.

Vielleicht konnte der Pfarrer ihm helfen? Aber den wollte er nicht aufsuchen. Den hatte er bisher immer stehen gelassen. Und auch nach der Beerdigung war er nicht sehr freundlich mit dem Mann umgegangen. Warum sollte der sich jetzt seiner annehmen?

Franz war auf eine ganz andere Weise unglücklich und innerlich leer, als seine Frau das zu sein schien. Aber womit diese Leere füllen? Wo war der Sinn zu finden für das Leben, in dem der Tod so grausam herrschte? Wohin mit den Schuldgefühlen, die auf der Seele lasteten? Wo war Licht in der Dunkelheit der Trauer um sein Kind? Woher etwas nehmen, damit das Herz wieder Freude gewann? Warum dies grausame

Schicksal? Weshalb musste ein dreijähriges Mädchen sterben, und andere wurden alt und drangsalierten ihre eigenen Leute? Wozu konnte so etwas gut sein? Und wo war das Kind jetzt? Wo waren überhaupt die Toten?

Solche und ähnliche Fragen trieben Franz um, und er wäre froh gewesen, irgendjemand hätte ihm wenigstens die Andeutung einer Antwort gegeben.

Einige Wochen waren seit Dorotheas Beerdigung vergangen. Antwort auf seine quälenden Fragen hatte Franz Kapphahn bisher nicht bekommen. Zugegeben, die Qual ließ etwas nach, als die Zeit verging. Aber zu Hause hatte sich atmosphärisch nichts zum Besseren geändert. Das Miteinander der Hausbewohner war wie zuvor sehr schwierig und belastet. Aber jetzt war auch noch der Rest der Familienharmonie zerstört. Clara hatte ihren Standpunkt nicht geändert. Sie war abweisend. Zuweilen schien sie sogar abwesend und irgendwie komisch geworden zu sein. Die Ursache für diese Veränderung lag auf der Hand. Sie war ihrem Mann auch nicht mehr verborgen geblieben, nachdem Elisabeth ihn darauf angesprochen und er ein wenig genauer hingeschaut hatte. Clara war in kürzester Zeit offenbar zur Alkoholikerin geworden.

Aber was sollte Franz dagegen tun? Zu kämpfen war er zu müde. Claras Zustand beunruhigte ihn zwar sehr, aber so schlimm konnte es wohl doch wieder nicht sein, weil der Haushalt immer noch einigermaßen in Ordnung war und seine Frau auch ihre andere Arbeit bisher nicht spürbar vernachlässigte. Nur änderte sich das mit großen Schritten. Bald ging gar nichts mehr in vernünftigen Bahnen. Wenn Elisabeth nicht so vernünftig wäre und wenn sie sich nicht um die kleineren Geschwister kümmerte …

Franz Kapphahn wählte den Weg des geringsten Widerstandes. Er schickte sich in die traurige Situation und ließ sich dann doch wieder auf den Gesangverein ansprechen. Zum

Totensonntag, den Pfarrer Alemann lieber Ewigkeitssonntag nannte, würde er unbedingt gebraucht, wurde ihm mitgeteilt. Das »Sanctus« aus Schuberts »Deutscher Messe« solle beim Gottesdienst auf dem Friedhof gesungen werden und die Flemmingsche Fassung von »Über den Sternen« nach dem Text von Klopstock. Da dürfe er nicht fehlen. Außerdem ginge das Leben doch weiter, auch nach solch einem tragischen Ereignis.

Franz ließ sich überreden. Er musste ab und zu wieder raus aus dem Elend des Hauses. Ab Anfang November war der Freitagabend also wieder auf dem Wochenplan und mit ihm die jeweilige Runde bei Mahle mit ihren bekannten Begleiterscheinungen. Franz fiel zurück in sein altes Verhalten.

Der Ewigkeitssonntag kam und mit diesem allgemeinen dörflichen Trauertag der Gottesdienst auf dem Dorffriedhof. Das Ganze bei unangenehmem Schmuddelwetter, wie es sich für den Anlass wohl auch gehörte. Der Gesangverein »Lyra« stand immer noch unter der Leitung von Albert Leyener, vielleicht zum letzten Mal bei diesem Anlass, denn der Lehrer würde im kommenden Jahr mit der Reform des hessischen Schulwesens Windenhausen verlassen.

Wunderbar klangen der vierstimmige Schubert-Satz und das Lied von Flemming über die versammelte Gemeinde. Die Besucher waren sehr ergriffen von der Musik, auch die vollzählig anwesenden Kapphahns, denn sogar Michel war auf dem Arm von Elisabeth dabei. Selbst Henner hatte sich dem Anlass nicht entzogen, blieb aber am Rande der allesamt schwarz gekleideten Menschen stehen.

Jetzt wurde gerade an diesem Ort jedem Einzelnen wieder bewusst, wer aus den Familien vor langem oder kurzem gestorben war und hier oder anderswo beerdigt lag. Die Namen der Verstorbenen aus dem letzten Jahr wurden wie immer laut vorgelesen. Bei dem Namen »Dorothea Kapphahn« tat Clara einen leisen Aufschrei. Ihr rannen die Tränen nur so über das Gesicht.

Hier zwischen den Gräbern standen ihr das Bild von Dorothea und ihr eigener Jammer ganz besonders vor Augen. Die Wunde brach wieder auf und begann von neuem zu bluten. Anton stand neben ihr und drückte ihr zum Trost die Hand, und Sigrid reichte der Mutter ein Taschentuch, das sie eigentlich selbst gebraucht hätte, denn auch ihr rannen die Tränen.

Auch Franz ging es wie ein Stich durchs Herz, als er den Namen seiner Tochter ausgesprochen hörte, und für einen Moment war ihm, als lege sich eine Schlinge um seinen Hals und drücke ihm die Luft ab. Wie gerne hätte er jetzt seine Clara im Arm gehalten, aber die hatte darauf bestanden, dass er beim Chor stehen sollte und nicht bei ihr und den Kindern. Sie war immer noch nicht so weit, ihrem Mann den Unfall zu verzeihen.

Tränen flossen auch bei vielen anderen Besuchern dieses Gottesdienstes. Lag das nur an der Situation und dem Ort, an dem sich die Leute befanden? Oder lag es auch an der Botschaft, die der Pfarrer aus der Offenbarung des Johannes verkündigte, und an der Sehnsucht der Leute, dass es doch wirklich einmal so sein werde?

»Und Gott wird abwischen alle Tränen von ihren Augen, und der Tod wird nicht mehr sein, noch Leid noch Geschrei noch Schmerz wird mehr sein; denn das Erste ist vergangen. Und der auf dem Stuhl saß, sprach: Siehe, ich mache alles neu!«

Oder hatten auch die Liedtexte des Gesangvereins die Leute angesprochen? Zumindest einer war sehr von ihnen beeindruckt, die er hier selbst gesungen hatte: Franz Kapphahn war sogar zutiefst betroffen. Dass er an diesem Tag diese Lieder überhaupt hatte singen können! Bei den Proben hatte ihm das noch nichts ausgemacht. Aber heute am Totensonntag? Heute ging ihm das alles wahrhaft unter die Haut:

»Heilig ist der Herr, heilig ist nur er.
Er, der nie begonnen, er, der immer war,
ewig ist und waltet, sein wird immerdar!

Ewig quillt sein Wort, weise wirkt es fort.
Seiner Weisheit Quelle strömet reich und klar,
lenkt den Lauf der Welten fest und wunderbar.«

Und das andere:

»Über den Sternen wohnet Gottes Friede,
und Siegespalmen winken dem Gerechten.
Chöre der Sel'gen singen des Empfangens
heilige Hymnen.

Uns bleibt die Trauer hier an deinem Grabe.
Wir preisen selig dich in dunkler Kammer.
Deiner, o Sel'ger, denken wir in Segen,
schlummre in Frieden!

Himmlische Wonnen lohnen edle Taten,
sie harren deiner in dem Reich der Sphären.
Schlummre in Frieden! Und dein Engel spreche
seliges Amen!«

Die Heiligkeit Gottes stand plötzlich als bedrängende Frage vor Franz, und die, wo denn die Toten eigentlich waren und wo seine Dorothea jetzt wohl war und Richard und Henner, seine Brüder. Und wo würde er sein, wenn man eines Tages seinen Namen hier verlas? An diesem Ort, von dem der Pfarrer geredet hatte, der Himmel hieß? Oder an einem ganz anderen, den man die Hölle nannte?

Von seinem Platz aus konnte Franz sehen, wie die Eltern und Henner nach dem Amen am Schluss des Segens fluchtartig den Platz verließen. Sie wollten wohl weg sein, wenn der Pfarrer sich am Tor einfand, um jeden Besucher einzeln mit Handschlag zu verabschieden, wie er das immer am Ende eines Gottesdienstes tat. Die weitaus meisten Leute begaben sich zunächst ja noch an die Gräber ihrer Angehörigen. Die alten Kapphahns betraten den Friedhof nur dann, wenn es sich gar nicht vermeiden ließ. Um die Gräber konnten sich die jungen Leute kümmern. Seit Clara mit auf dem Hof war, war die Grabpflege schon immer ihre Angelegenheit gewesen.

Clara! Franz konnte auch sehen, wie seine Frau mit den Kindern an der Hand schweren Schrittes den Friedhof verließ, nachdem sie eine Weile an Dorotheas Grab gestanden hatte. Es tat ihm wieder weh, jetzt nicht in ihrer Nähe zu sein und zu hören, wie Pfarrer Alemann auch ihr ein persönliches tröstliches Wort mit auf den Weg gab. Suchte er nicht mit seinen Augen den Mann dieser leidenden Frau? Warum nur wollte die ihn nicht in ihrer Nähe haben?

Franz Kapphahn verließ als einer der Letzten den Friedhof und ließ sich von Pfarrer Alemann die Hand reichen. Seinen Gruß erwiderte er nicht mit dem üblichen schlichten: »Danke, Herr Pfarrer«, sondern mit der leisen Bemerkung: »Ich muss mit Ihnen reden, Herr Pfarrer.«

»Gerne, Franz«, freute sich der alte Herr im schwarzen Talar, »komm vorbei, ich hab Zeit für dich. Warte nur nicht zu lange.«

Leider wartete Franz doch zu lange, und dann verließ ihn wieder völlig der Mut. Dafür kam der Pfarrer mehrmals zu ihm, um ihn an seinen angekündigten Besuch zu erinnern. Leider immer zur unpassenden Zeit. Aber Pfarrer Alemann ließ Franz Kapphahn nicht mehr aus den Augen, um ihn endlich zum Gespräch vor sich zu haben. Er ahnte, was in diesem Mann arbeitete und welche Fragen gelöst werden mussten. Wenn die gelöst waren, dann konnte manches anders und neu werden auf dem kapphahnschen Hof. Davon war der Pfarrer zutiefst überzeugt. Wenn Gott ihm diese Erfahrung vor seiner Pensionierung noch schenkte, wäre das ein beglückendes Abschiedsgeschenk für den Seelsorger.

Es dauerte bis nach Weihnachten, bis die beiden Männer sich endlich gegenübersaßen und der jüngere dem älteren gründlichst sein Herz ausschüttete, zunächst stockend und in Bruchstücken und dann immer fließender. Zuletzt sprudelten die Worte nur so aus ihm heraus. Dabei flossen dann auch Tränen über eigene und fremde Schuld, über fremdes und eigenes Leid und über seine eigene Unfähigkeit und die offenbare Unfähigkeit aller Beteiligten, damit umzugehen und fertig zu werden.

Wie ein Häufchen Elend saß Franz Kapphahn auf seinem Stuhl im Studierzimmer des Pfarrers und musste sich immer wieder schnäuzen und neue Tränen abwischen. Er sank beim Reden immer mehr in sich zusammen, bis er offenbar alles gesagt hatte und schwieg, den Blick auf den Boden geheftet.

Er wartete wohl auf eine Antwort seines Beichtvaters. Aber was sollte der jetzt sagen und raten? Der hatte sicher auch keine Lösung für die Menge der Fragen, die Franz gestellt und sich von der Seele geredet hatte. Schließlich blickte er auf und schaute den Pfarrer an.

Nein, schnelle Lösungen hatte Pfarrer Alemann nicht, aber eine Wegbeschreibung in die Freiheit der gebundenen und geschundenen Seele. Er griff zu seinem Gesangbuch und las langsam und mit großem Nachdruck die erste Strophe eines Psalmliedes aus dem sechzehnten Jahrhundert vor:

»Nun lob, mein Seel, den Herren,
was in mir ist, den Namen sein.
Sein Wohltat tut er mehren,
vergiss es nicht, o Herze mein.
Hat dir dein Sünd vergeben

und heilt dein Schwachheit groß,
errett' dein armes Leben,
nimmt dich in seinen Schoß,
mit reichem Trost beschüttet,
verjüngt, dem Adler gleich;
der Herr schafft Recht, behütet,
die leidn in seinem Reich.«

Franz Kapphahn streckte seinen Körper. Jetzt drückte sein Blick Erstaunen aus. Er hatte etwas ganz anderes erwartet. Er wusste zwar auch nicht was, aber doch nicht einen schlichten Liedvers, der ihm dazu sogar bekannt vorkam. Ob der früher einmal im Konfirmandenunterricht vorgekommen war? Oder hatte er den schon einmal in einem Gottesdienst gesungen? Franz fiel das jetzt nicht ein. Er wartete darauf, dass sein Pfarrer irgendetwas sagte.

Das tat der dann auch in Gestalt einer Hausaufgabe, wie Paul Alemann das nannte. »Dreierlei: Wenn du nachher nach Hause kommst, spätestens aber wenn du deine Arbeit beendet hast, suchst du die Bibel, die du mit deiner Clara bei der Hochzeit von mir bekommen hast. Wenn du sie nicht findest, haben deine Großen Konfirmandenbibeln. Aber irgendwo wird deine ja sicher sein. Dann bläst du den Staub ab, der sich in den letzten Jahren angesammelt hat, und schlägst ungefähr in der Mitte des Buches den 103. Psalm auf. Den liest du sehr genau, am besten mehrmals. Danach beantwortest du die Fragen, die auf dem Blatt Papier stehen, das ich dir noch gebe. Und dann versuchst du, mit diesen Erkenntnissen zu leben und Gott dafür zu loben, dass du das alles für dich in Anspruch nehmen kannst, was der alte David da vor Urzeiten schon gesungen und gebetet hat.«

»Und was ist das andere?«, fragte Franz in einer Mischung aus Erschrecken und Erstaunen.

»Das andere ist: Du solltest die Gottesdienste besuchen,

wenn ich bei euch im Dorf bin. Gib dir einen Ruck und lass dich von nichts und von niemandem abhalten. Du brauchst den Dienst, den Gott auch für dich tut, und du brauchst die Gemeinde, die sich von Gott dienen lässt.«

Franz verstand zwar nicht ganz, was der Pfarrer wollte, aber er fragte weiter: »Und das Dritte?«

»Demnächst beginnt die Passionszeit. Jeden Donnerstag gibt es abends um acht, in diesem Jahr übrigens bei euch in Windenhausen, eine besondere Passionsandacht, in der es um das Leiden und Sterben unseres Herrn Jesus Christus geht. Dabei geht es dann auch immer um dich und um mich und um unser Leben und um unser Sterben, Franz.«

Franz Kapphahn schnappte nach Luft. »Und was ist mit meiner Sauferei?« Zu dem Stichwort hatte er eigentlich eine zurechtweisende Antwort erwartet.

»Die solltest du natürlich lassen, Franz. Aber das musst du selbst wissen, wie du in Zukunft mit Schnaps und Bier umgehst.«

»Und der Verein?«

»Der ist an sich kein schlechter Ort. Er ist nur dann ein schlechter Ort, wenn er dich zu schlechtem Handeln verführt.«

»Und meine Alten, Entschuldigung, ich meine meine Eltern?«

»Das wird vielleicht ein größeres Problem.«

»Wie meinen Sie das, Herr Pfarrer?«

»Nun ja, deine Eltern haben es dir und euch nie leicht gemacht, das weiß ich wohl. Wie das umgekehrt war, weißt du besser als ich. Dennoch musst du anfangen, sie zu lieben.«

Franz wehrte entschieden ab: »Nein, Herr Pfarrer, das kann ich nicht. Da verlangen Sie Unmögliches von mir.«

»Nichts ist unmöglich, Franz. Liebe kann man lernen von dem, der die Liebe selber ist.«

»Frommer Spruch!«, erregte sich Franz.

»Ja, mag sein, ein frommer Spruch«, gab Pfarrer Alemann

seinem jetzt ein wenig unruhigen Gegenüber ruhig zurück, »aber einer, den man ausprobieren muss. Dann erlebt man, dass er funktioniert.«

»Und was ist mit Henner?«, nannte Franz ein weiteres Stichwort aus seiner Lebensbeichte.

»Für den gilt das Gleiche wie für deine Eltern und für alle anderen, die dir quer liegen, mein Lieber.«

»Unmöglich, Pfarrer, das ist unmöglich! Bei dem, was dieses Aas Clara und mir angetan hat und immer noch antut.«

Der Seelsorger wollte diesen scharfen Einspruch nicht gelten lassen: »Mein lieber Franz, ich wiederhole mich: Nichts ist unmöglich dem, der sich darauf verlässt, dass Gott ihm in allen Schwierigkeiten beisteht und hilft.«

»Ihr Wort in sein Ohr, Herr Pfarrer«, bemerkte Franz mit deutlichem Sarkasmus in der Stimme.

»Das hätte ich dir eigentlich als Viertes sagen sollen«, gab der alte Herr darauf zurück.

»Und was wäre das gewesen?«, verstand Franz nicht gleich.

»Na, der Psalm, den du bitte lesen sollst, ist ein Gebet. Gott will angeredet sein in Lob und Dank und Bitte. Du musst es ausprobieren, Franz. Wenn sich bei dir und bei euch was ändern soll, musst du es ausprobieren. Schwimmen lernt man nur im Wasser, nicht auf dem Trockenen!« Das war mit großem Nachdruck gesprochen.

»Und jetzt sagen Sie mir noch, wie ich mit Clara umgehen soll, Herr Pfarrer«, bat Franz, »und dann muss ich gehen. Der Stall ruft.«

»Und Clara ruft, Franz«, griff Pfarrer Alemann die letzte Formulierung auf.

»Wie meinen Sie das?«

»Das sage ich dir gerne, Franz.«

Der schaute sein Gegenüber an. Was kam wohl jetzt?

»Claras Verhalten ist ein einziger lauter Schrei nach Liebe.

Nach der Liebe ihres Mannes, nach der Liebe ihrer Kinder und nach der Liebe ihres Gottes. Dem war sie einmal näher als du.«

»Wenn nicht dieser schreckliche Unfall gewesen wäre.«

»Der war nur der Tropfen, der das Fass zum Überlaufen gebracht hat, Franz. Clara hat schon vorher geschrien, nur hat es keiner gehört. Du auch nicht.«

»Jetzt machen Sie mir am Ende ja doch noch Vorwürfe«, empörte sich der Jüngere.

»Nein, Franz«, wehrte der Ältere ab, »das will ich nicht. Ich will nicht zurückschauen in Zeiten, wo vieles falsch und unglücklich gelaufen ist. Die Zeiten sollten vorbei sein. Mit Gott und bei Gott können die völlig bereinigt werden. Ich will mit dir nach vorne schauen.«

»Und was heißt das für mich?«

»Das heißt, dass du deine Clara im Augenblick so nehmen musst, wie sie ist: Ein tief verletzter und vielleicht schon alkoholkranker Mensch. Und so, wie sie ist, musst du sie lieben. Du musst sie herauslieben aus ihrem Loch der Trauer und Not und Verzweiflung. Glaub mir, Franz, es kann alles neu werden, wenn du neu wirst.« Er zögerte und fügte an: »Bring dein Leben mit Gott in Ordnung, Franz. Gib es Christus in die Hände und mach die Erfahrung: Alles wird neu.« Und wieder, nach einem kurzen Zögern: »Erlaube mir, dass ich noch für euch beide bete, und dann entlasse ich dich zu deiner Clara und in deinen Stall und zu deinen Aufgaben und zu deinen Lieben.«

Franz atmete tief ein, vor allem wohl wegen der letzten Bemerkung. Dann stimmte er mit einem »Bitte« zu und bestätigte das Gebet des Pfarrers mit einem deutlichen »Amen«.

Ein sehr nachdenklicher Franz Kapphahn bedankte sich bei Paul Alemann, der ihm ein guter Seelsorger gewesen war, und knöpfte sich seine dicke Jacke zu. Mit dem Hinweis: »Ich lasse von mir hören«, verabschiedete er sich, schwang sich auf sein Fahrrad und verschwand in der frühen Dunkelheit des kalten Wintertages.

»Herr, hilf diesem Mann zurecht, dann ist vielen geholfen«, betete der Pfarrer im Stillen, während er dem roten, zitternden Rücklicht nachblickte, bis es um die Wegbiegung verschwunden war.

Auf dem Hof angekommen, begab Franz Kapphahn sich gleich in den Stall. Dort brannte Licht, also war jemand bei den Kühen. Clara war es, die versuchte, mit ihrem Melkeimer unter die Liese zu kommen. Sonst war niemand in der Nähe. Franz sah sofort, dass seine Frau in keinem guten Zustand war. Ihre Bewegungen waren fahrig und ihr Blick war trüb. Das Melken würde gar nicht gehen.

Erste Bewährungsprobe, schoss es dem Mann durch den Kopf. Er nahm Clara Eimer und Melkschemel aus den Händen und sie selbst am Arm. »Komm, Frau, ich bring dich rauf. Du kannst jetzt nicht melken. Ich mache das und du legst dich hin, bis es dir besser geht. Du warst wohl wieder auf dem Friedhof?«

»Ich bin in Ordnung, lass mich, ich muss melken«, vermochte die Frau nur zu lallen und wehrte seinen Griff ab.

»Du brauchst jetzt nicht zu melken, das mache ich«, wiederholte Franz und bemühte sich, ruhig zu bleiben.

Clara ließ es sich jetzt gefallen, dass er sie aus dem Stall ins Haus und nach oben führte.

»Besoffene Schlampe!« Das war Emma Kapphahns Stimme aus der Küche. »Rausschmeißen sollte man die!«, sekundierte ihr Mann. Auch Henner, der offenbar bei den Großeltern saß, hielt mit seiner Ansicht nicht hinter dem Berg. »Die Schnapsleiche, die verfluchte, gehört geschlagen, bis sie wieder nüchtern ist«, tönte er vollmundig. Sehen ließ sich keiner von den dreien.

Franz zwang sich, die bösen Bemerkungen zu überhören. Im Schlafzimmer oben zog er seiner Frau Kittel und Kleid aus. Elisabeth kam dazu und half ihm dabei. »Warum macht Mutter das nur immer so?«, fragte sie.

»Sie weiß keinen anderen Weg, Kind. Unser Elend hier kotzt sie nur noch an.«

»Und wie kann man ihr helfen?«

»Wenn ich das wüsste, Lieschen«, sinnierte der Vater. »Bei uns muss sich wohl erst einiges ändern, bis wir ihr helfen können.«

»Und was?«

»Wenn ich das nur wüsste«, gab Franz seine Hilflosigkeit zu. »Ich muss mich vielleicht ändern. Wir alle müssen uns ändern. Irgendwie muss hier alles anders werden.«

Vater und Tochter legten Clara in der Unterwäsche ins Bett. Sie ließ es sich gefallen, lallte nur immer vor sich hin: »Die hat es gut, Doro hat es gut. Scheißtraktor, Scheißalkohol. Doro hat es gut.«

Franz wusste nicht, wie er darauf reagieren sollte. Er sagte nur: »Versuch zu schlafen, Clärchen, nachher geht's wieder besser.« Aber da war seine Frau wohl schon eingeschlafen.

»Bringst du Michel ins Bett?«, fragte Franz seine Älteste. »Ich gehe wieder in den Stall. Ruf mich zum Essen.«

»Mach ich, Vater«, gab Elisabeth zurück und wunderte sich dabei ein wenig über ihren Vater und sein Verhalten, das ihr ungewohnt, fremd und sonderbar erschien. Ihr Vater war ja richtig sanft und beinahe liebevoll mit der Mutter umgegangen. Eine ganz neue Erfahrung für das Mädchen.

Etwas mehr als eine Stunde war Franz Kapphahn mit dem Vieh beschäftigt. Er molk die vier Kühe und füllte die Milch in die großen Kannen. Er tat das heute alles sehr mechanisch. Seine Gedanken waren nicht dabei. Aber er war diese Arbeit so gewöhnt, dass er nicht daran denken musste. Tausend Fragen gingen dem Mann durch den Kopf, die sich alle darum drehten, wie das Leben auf dem kapphahnschen Hof weitergehen sollte, wie seiner Frau zu helfen wäre, wie er sein eigenes Leben umgestalten müsste, wie er richtig mit Elisabeth, Anton, Gernot, Sigrid und Michel umging, damit der Schaden sich bei denen wenigstens in Grenzen hielt, wie dieses und wie jenes ...

Frau und Kinder nehmen und irgendwo neu anfangen – und die Alten mit Henner allein lassen, das wäre ein Lösung. Aber wohin? Und konnte er das überhaupt verantworten? Die Eltern waren alt und konnten über kurz oder lang auf Hilfe angewiesen sein. Ihr Liebling Henner würde die nicht leisten.

Nein, Weglaufen war keine Lösung. Nur, so wie bisher konnte es nicht weitergehen. Es herrschte ja jetzt schon Chaos in vielen Dingen. Wenn sich nichts änderte, lief das alles auf eine noch größere Katastrophe hinaus. »Gott, erbarme dich!«

Es war das erste Mal, dass Franz ganz bewusst so betete, ehe er auf Elisabeths Zeichen hin zum Essen in die Küche ging. Hoffentlich blieb es da ruhig. Er konnte jetzt keine Auseinandersetzung gebrauchen. Und hoffentlich blieb er selbst ruhig, wenn es denn doch eine gäbe.

»Na, deine Frau kommt wohl nicht zum Essen?«, bemerkte Henner und grinste dabei spöttisch, als sein Vater sich zu den anderen an den Tisch setzte. Franz zwang sich zur Ruhe.

»Deine Mutter ist krank«, gab er nur zurück.

»Meine Mutter und krank. Dass ich nicht lache«, höhnte der Älteste, »die ist besoffen, die Kuh, sonst nichts.«

»Sei still, Henner!«, wies Emma Kapphahn ihren Enkel zurecht. »Selbst wenn du Recht hättest, solltest du so über deine Mutter nicht reden.«

»Ich rede über die Schlampe, wie ich will«, erwiderte der junge Mann patzig.

»Ich glaube, Mutter ist wirklich krank«, griff Elisabeth die Feststellung ihres Vaters auf, und plötzlich brach es aus dem Mädchen heraus: »Und daran seid ihr alle schuld! Die Großeltern und du, Henner, und Vater und alle!« Ehe jemand auf diesen Ausbruch von Not und Verzweiflung reagieren konnte, sprang das Mädchen weinend auf, warf sein Besteck auf den Tisch und rannte aus der Küche schnurstracks die Treppe hinauf in sein Zimmer, wo es sich schluchzend auf sein Bett warf.

Am Tisch zurück blieb betretenes Schweigen. Franz blickte mit traurigen Augen einmal in die Runde und sagte nur leise: »Liesschen hat Recht.« Dann nahm er Sigrids Teller und bat das Kind, ihm nach oben zu folgen und dort zu Ende zu essen. Die beiden Jungen sollten folgen, wenn sie fertig waren.

Bis die Kinder später alle in ihren Betten lagen, wurde nicht mehr viel gesprochen, weder unten noch oben. Jeder machte sich wohl so seine eigenen Gedanken zu dem, was Elisabeth festgestellt hatte. Die beiden Alten und der Enkel in der Küche mochten sich wohl auch ihre machen.

Nachdem Franz nachgeschaut hatte, ob Clara weiterhin schlief, ging er an seine »Hausaufgabe«. Er fand die Bibel in einem der Schränke, entstaubte sie und begann den Psalm 103 zu lesen und darüber nachzudenken. Die Fragen, die er beantworten sollte, fand er nicht wieder. Hatte er den Zettel überhaupt eingesteckt? Egal, über den Text nachdenken konnte er auch so. Dabei blieb er hängen am Vers 13. »Wie sich ein Vater über Kinder erbarmt, so erbarmt sich der Herr über die, so ihn fürchten.« Die Aussage des Psalmisten schien ihm klar: Erst den Herrn fürchten, dann folgt sein Erbarmen.

So jedenfalls verstand Franz Kapphahn diese Stelle, und so beschäftigte sie ihn immer wieder während seiner Arbeit im Sägewerk, im Stall und in der Scheune, während er sich um seine Kinder kümmerte, während er sich immer wieder bemühte, Clara zu verstehen und zu verändern, während er gegen sich selbst kämpfte, um die Spannungen im Haus zu ertragen. Der innere Kampf, den der Mann auszufechten hatte, brauchte Zeit.

Diese »Hausaufgabe« seines Pfarrers schien ihm sehr schwer: Gott fürchten? Wie sollte das gehen? Sich vom Gesangverein abmelden? Das konnte ein Schritt sein, weil der ihn immer wieder zu schlechtem Verhalten verführt hatte. Also ließ Franz sich zunächst einmal vom Singen »beurlauben«. Er sei im Augenblick nicht in der Lage zu kommen. Dass diese »Beurlaubung« mit Unverständnis und Kopfschütteln kommentiert wurde, war ihm egal.

Die anderen »Hausaufgaben« kosteten eine andere Art von Überwindung. Franz war doch nie außerhalb der üblichen Anlässe in die Kirche gegangen. Er hatte schon gar nicht an solchen Veranstaltungen wie Bibelstunden und Passionsandachten teilgenommen. Und jetzt sollte er da hingehen? Was würden die Leute sagen? Hatte das etwas damit zu tun, den Herrn zu fürchten, damit der seine Barmherzigkeit zeigen konnte? Pfarrer Alemann hatte ihn in der Zwischenzeit ein paarmal darauf angesprochen, wenn er sich nach Clara und ihrem Befinden erkundigt hatte. Franz war den Fragen immer ausgewichen.

Dann gab es vor Karfreitag nur noch eine letzte besondere Andacht. Franz Kapphahn gab sich einen Ruck. Er ging hin, nicht zuletzt, weil seine Elisabeth ihn aufgefordert hatte, doch mit ihr hinzugehen. Sie hatte nämlich keinen der Abende versäumt.

Die beiden waren die Letzten, die die Kirche betraten. Nur Pfarrer Alemann fehlte noch. Heute galt hier keine Sitzordnung, deshalb drückte Franz sich in die letzte Bank unter der kleinen Empore. Elisabeth setzte sich weiter nach vorn zu den vielleicht fünfzehn oder zwanzig Leuten, alles Frauen, bis auf den Richter Josef, wie der Egerländer Maurer bei allen Dorfbewohnern hieß. Warum kamen sonst keine Männer hierher?, ging es Franz durch den Kopf.

Dann fiel ihm auf, dass vor dem Altar ein zusätzlicher Tisch stand. Auf diesem Tisch lagen ein schwerer, klobiger Hammer, ein Paar gekreuzte Balken, drei große, rostige Nägel, wie

Franz sie in seiner Zimmermannskiste liegen hatte, und ein kleiner Nagel, mit dem man Bretter zusammenheftete. Dann lag da noch ein kleines, ungehobeltes Brett, auf dem irgendetwas geschrieben stand. Das konnte Franz von hinten nicht lesen.

Nach wenigen Momenten betrat der Pfarrer von der Sakristei her die Kirche und begrüßte die Leute. Als er Franz Kapphahn hinten sitzen sah, ging ein Aufleuchten über sein Gesicht. Schön, dass er da ist, mochte er denken. Aber er soll ruhig hinten sitzen bleiben. Da fühlt er sich sicherer als vorn. So war es wohl auch.

Nach dem gemeinsamen Lied: »Herzliebster Jesu, was hast du verbrochen …«, das Franz allerdings nicht mitsang, und einem Gebet las der Pfarrer einen Abschnitt aus dem Evangelium des Johannes, Kapitel 19, die Verse 1 bis 6. Dann begann er diesen Text Vers für Vers zu erklären und auszulegen. Franz hörte aufmerksam zu. Als der Pfarrer bei der Stelle angekommen war: »Allda kreuzigten sie ihn«, griff er den dicken Hammer und die großen Nägel und demonstrierte, wie die römischen Soldaten mit diesen Hilfsmitteln den Heiland ans Kreuz genagelt hatten. Da waren wuchtige Schläge nötig gewesen, um die grob geschmiedeten, rostigen Nägel durch die Handwurzelknochen des Verurteilten in den Kreuzesbalken zu treiben. Das musste Schmerzen verursacht haben! Das musste Wunden gerissen haben!

Laut hallte es durch die kleine Kirche. Jedes Mal, wenn der Hammer den Nagel traf, zuckte Franz zusammen, als hätte der Schlag ihn selbst getroffen. Und dann plötzlich war ihm, als spräche der Gekreuzigte vorn am Altarkreuz ihn an: »Siehst du, Franz Kapphahn, diese Schläge erlitt ich für dich. Mit diesen Schlägen bringe ich dein Leben in Ordnung. Jeder Schlag ist ein Schlag gegen deine Gottlosigkeit. Gegen deine Lieblosigkeit. Gegen deine Ziellosigkeit. Franz Kapphahn, jeder Schlag ist ein Schlag von Gottes Barmherzigkeit für deine Freiheit. Franz Kapphahn, du darfst durch die Hammerschläge leben, weil ich durch die Hammerschläge gestorben bin, für dich!«

Dem Mann in der letzten Bank der kleinen Windenhausener Kirche rannen plötzlich die Tränen über das Gesicht. Wie Schuppen fiel es ihm von den Augen, als er begriff, dass er heute Abend hier der leibhaftigen Barmherzigkeit Gottes begegnete, die ihm auf einen Schlag alle seine Fragen beantwortete. Dieser gekreuzigte Jesus war die leibhaftige Barmherzigkeit Gottes! Auch für Franz Kapphahn, auch für ihn hatte der sich da annageln lassen!

Furcht überkam den Mann, nicht Furcht wie Angst, nein, Ehrfurcht vor diesem barmherzigen Gott, vor diesem Gott, der in unbegreiflicher Barmherzigkeit seinen Sohn an das Kreuz nageln ließ mit großen, groben, rostigen Nägeln. Blitzartig ging ihm auf, dass die Initiative ja von Gott ausgegangen war und er doch nur noch ... Ja, was denn nur?

Pfarrer Alemann sprach inzwischen über den vierten Nagel, den er auf seinem Tisch liegen hatte. Mit einem solchen Nagel hatte Pilatus sein höhnisches Bekenntnis am Kreuz anbringen lassen, um die jüdische Geistlichkeit zu ärgern. »Jesus von Nazareth, der Juden König.« Und dann stand die Frage im Raum, von Pfarrer Alemann deutlich gestellt: »Was fangen wir heute mit diesem vierten Nagel an? Welche Bedeutung hat dieser kleine Nagel für uns?«

Schweigen, Nachdenken, Zögern. Pfarrer Alemann wartete, ob da wohl eine Antwort käme.

Josef Richter, der fromme Katholik unter den evangelischen Windenhausenern, brach schließlich das Schweigen: »Wir sollten den Nagel neu verwenden. Da muss ein Schild mit unserem Bekenntnis an das Kreuz: ›Jesus von Nazareth, unser König.‹«

Kaum hatte der Maurer seinen Vorschlag ausgesprochen, da sprang Franz Kapphahn hinten in der Kirche aus seiner Bank und rief, indem er eilig nach vorne gehinkt kam: »Nein, Josef, lass mir den Nagel. Den brauche ich. Ich muss das Schild annageln: ›Jesus von Nazareth, mein König!‹ Er ist mein König! Ab heute ist er mein König!«

Alle Augen wandten sich Franz zu, der sich Nagel und Hammer vom Tisch nahm, um das Schild, auf dessen Rückseite genau dieser Text bereits stand – Pfarrer Alemann hatte sich ja vorbereitet –, an das große Kirchenkreuz über dem Altar anzubringen. Er hätte es tatsächlich auch getan, wenn ihn der Pfarrer nicht gebremst hätte. »Das ist gut, Franz«, sagte er freudig, »das ist sehr gut. Aber wir machen es anders. Schreib deinen Namen unter den Text, und dann hängen wir das Schild seitlich an den Haken.«

Franz zögerte einen Moment. Dann war er einverstanden. Das Schild auf dem großen Kreuz mit den vier Buchstaben »INRI« hätte ja zuerst abmontiert werden müssen. Es wäre ihm ja im Weg gewesen. Er nahm also den Stift und schrieb groß, so dass man es deutlich lesen konnte, seinen eigenen Namen unter die Aussage: »Jesus von Nazareth, mein König.«

Jetzt war es besiegelt. Ab jetzt sollte es gelten. Gott war ins Leben des Franz Kapphahn eingekehrt, Gottes Liebe hatte von ihm Besitz ergriffen, und es gab jetzt für ihn ein Ziel, auf das hin sich zu leben lohnte trotz aller Widerwärtigkeiten, die es gab und geben würde. Die wichtigste Frage dieses Mannes wurde in dieser denkwürdigen letzten Passionsandacht des Jahres beantwortet. »Jesus von Nazareth, mein König!« Unterschrift: Franz Kapphahn!

In dieser denkwürdigen Passionsandacht gab Franz Kapphahn sein erstes öffentliches Glaubenszeugnis seines heute zurechtgebrachten verpfuschten Lebens. An diesem Abend sprach er sein erstes öffentliches Gebet, und er wagte es, die anwesende Gemeinde zu bitten, für ihn und seine Familie um eine gründliche Erneuerung zu beten.

Wie gerne sang Franz am Ende dieser Versammlung die acht weiteren Strophen des angefangenen Liedes, besonders die elfte: »Ich werde dir zu Ehren alles wagen, kein Kreuz nicht achten, keine Schmach und Plagen, nichts von Verfolgung, nichts von Todesschmerzen nehmen zu Herzen.«

Gerne ließ Franz sich auch am Ende von seiner Tochter umarmen. »Vater, wie bin ich glücklich. Jetzt wird bei uns auch alles gut.«

Fest erwiderte er den Händedruck vom Richter Josef: »Willkommen zu Hause, Franz. Gott segne dich!«

Und dann hielt ihn auch der alte Pfarrer für einen Moment in seinen Armen. »So ist es recht, Franz. Ich habe lange für diesen Moment gebetet. Und jetzt ist er da. Gelobt sei Gott! Sein Segen geht mit dir.«

Franz blickte seinem Pfarrer in die Augen und drückte ihm fest die Hand. »Sehen wir uns am Karfreitag?«, fragte der noch.

»Wir sehen uns sicher, Herr Pfarrer. Ich weiß jetzt, wo mein Platz ist. Der vierte Nagel hat ihn mir gewiesen.« Dabei wischte er sich eine Träne aus dem Augenwinkel.

Beim Hinausgehen musste Franz noch mehrere Hände drücken, und er schaute dabei in die Gesichter. Nicht alle Frauen schienen sich über sein Bekenntnis zu freuen. Es waren auch zweifelnde Blicke darunter. Ob der bei seinen Lebensumständen seinen beschrittenen guten Weg durchhielt?

Der Richter Josef nahm Franz kurz am Arm: »Es wird nicht leicht für dich, Franz. Wenn du Beistand brauchst, gib mir Bescheid. Ich bin für dich da.«

»Danke, Josef«, freute der sich, »ich werde ihn brauchen. Ich komme sicher darauf zurück.«

Ein glücklicher Vater mit einer ebenso glücklichen Tochter machte sich auf den kurzen Heimweg. »Ich habe nicht gewusst, dass du ein gläubiger Mensch bist, Lieschen«, musste Franz zugeben.

»Du hast es auch nie bemerkt, Vater. Ich konnte das bei uns doch nicht so offen zeigen. Aber wenn ich Jesus nicht gehabt hätte, hätte ich es zu Hause schon lange nicht mehr ausgehalten.«

»Du musst mir verzeihen, Kind. Ich habe wirklich viel Mist gebaut und vieles versäumt«, gestand Franz ein. »Wir müssen jetzt beide zusammenhalten und mit Gottes Hilfe versuchen, zu ändern, was zu ändern ist.«

»Zuerst müssen wir Mutter helfen, den Fusel zu lassen und wieder auf die Beine zu kommen.«

»Das wird sicher nicht einfach sein und Zeit brauchen«, war sich der Vater sicher.

»Aber Jesus wird dabei helfen, Vater. Er ist größer als alles«, war Elisabeth sich sicher.

Sie sollte Recht bekommen, auch wenn sich der Weg als mühsam und weit herausstellte.

Als die beiden nach ihrem Weg durch die Dunkelheit des abendlichen Dorfes auf dem Hof angekommen waren, fanden sie dort alles ruhig. Nirgends brannte Licht, und selbst aus dem Stall waren keine Geräusche zu hören. Vater und Tochter begaben sich gleich in ihre Schlafstuben. Franz fand Clara allerdings wach. Sie saß ohne Licht im Nachthemd am Fenster und schaute mit leeren Blicken in die Dunkelheit. Ob sie auf Mann und Tochter gewartet hatte? »Kommst du endlich?«, bemerkte sie müde.

»Ich bin da, Clärchen.« Wann hatte Franz seine Frau zum letzten Mal Clärchen genannt? »Und ich komme anders zurück, als ich gegangen bin.«

Clara schien nicht zu verstehen. Sie blieb zum Fenster gewandt, während Franz sich hinter sie stellte und sanft ihre Schultern umfasste.

»Ich habe heute Abend mit Gott klare Sache gemacht. Ab heute beginnt ein anderes Leben, Clärchen.«

»Wenn es nur so wäre«, zweifelte die Frau.

»Doch, Frau, es muss ein anderes Leben werden. Und Gott wird dabei helfen. Kennst du noch unseren Trauspruch?«

»Den hab ich vergessen. Das ist so lange her«, gestand Clara. Sie ließ sich die Geste der Zuneigung ihres Mannes gefallen, zeigte aber keine Erwiderung.

»Aber er hängt doch immer noch an der Wand«, glaubte Franz und schaute sich im Zimmer um.

»Hinter dem Schrank, Franz, hinter dem Schrank, da, wo ihn keiner mehr lesen konnte.«

Franz ließ seine Clara los, rückte den Schrank ein Stück von der Wand und griff dahinter. Es war ein ziemlich verschmutztes Bild, das da zum Vorschein kam. Er blies den Staub vom Rahmen und wischte mit dem Ärmel über das Glas, so dass der Text aus dem Kolosserbrief wieder sichtbar wurde. Nach wie langer Zeit hatten die Eheleute diese Worte wieder vor Augen? Franz las den Text vor und wiederholte die Zeile »... und vergebt euch untereinander, wenn jemand Klage hat wider den andern.« Dann nahm er seine Clara wieder bei den Schultern, diesmal von vorne. Schlecht sieht sie aus, blass und krank, ging es ihm durch den Kopf, und doch immer noch schön. Laut sagte er: »Du musst viel Klage gegen mich haben, Clärchen. Ich habe vieles an dir versäumt. Kannst du mir verzeihen? Ich bitte dich, verzeih mir.«

Nach langer Zeit blickte der Mann seiner Frau wieder einmal tief in die Augen. Müde sahen diese Augen aus, sehr müde und gequält. »Clärchen, bitte, sag mir, dass du mir verzeihst.«

»Ach Franz, es ist alles so schwer«, gab die Frau fast flüsternd zurück, »so entsetzlich schwer.«

»Das glaub ich dir ja, mein Liebes«, Franz wurde richtig zärtlich. »Du hast viel durchgemacht, und an vielem bin ich schuld. Du musst mir verzeihen. Und dann kämpfen wir gemeinsam, Clara, bitte!«

Die Frau atmete schwer und seufzte laut auf. »Es ist gut, Franz, es ist gut. Ich verzeihe dir.« Dann blickte sie auf und fragte mit Tränen in den Augen: »Liebst du mich eigentlich noch?«

Dem Mann schnürte es bei dieser Frage den Hals zu, und die Stimme versagte ihm. Er konnte nicht antworten. Er nahm seine Frau endlich wieder einmal fest in die Arme und drückte ihr einen Kuss auf die Stirn. Das war Antwort genug. Zwei Menschen hatten einen neuen Anfang miteinander gemacht.

»Und wenn ich wieder zur Flasche greife?«, fragte Clara ganz unvermittelt.

Franz zuckte ein wenig zusammen. »Dann stehen wir das gemeinsam durch, Liebes. Du wirst davon loskommen. Mit Gottes Hilfe wirst du davon loskommen.«

»Glaubst du das wirklich?«, zweifelte Clara.

»Ich bin davon überzeugt. Und wir werden Dr. Wiesemann bitten, dass er hilft. Der weiß bestimmt Rat.«

»Ja, das machen wir. Und jetzt möchte ich schlafen«, hauchte die Frau, löste sich aus der Umarmung, legte sich hin und war auch sofort eingeschlafen. Franz schien es, als läge auf ihrem Gesicht ein schwaches Lächeln.

Am nächsten Tag tat Franz Kapphahn zwei bemerkenswerte Dinge. Er war kaum von seiner Arbeit nach Hause gekommen, als man ihn am Wohnhaus auf einer Leiter stehen sah, mit Farbtopf und Pinsel und mit einer Drahtbürste bewehrt. Er reinigte die alte, verwitterte Balkeninschrift und hob dann die Riefen mit weißer Farbe hervor. Danach war es wieder deutlich zu sehen: »Gott allein die Ehre!« Den anderen Teil der Balkeninschrift würde er später wieder hervorholen. Der wichtigste Teil war jedenfalls wieder lesbar.

»Gott allein die Ehre!« So war es wohl bei den Altvordern einmal gewesen. So sollte es in Zukunft wieder sein. Dass sein Vater diese Aktion als »Quatsch!« bezeichnete und er dafür ein paar noch dümmere Bemerkungen von Henner erntete, kümmerte Franz nicht. Dagegen meinte Anton, der seinem Vater die Leiter hielt: »Das sieht gut aus, Vater. Ich habe gar nicht gewusst, dass da eine Schrift im Balken ist.«

»Jetzt weißt du's, Junge. Die war ja auch verwittert und vergessen. Ab jetzt soll es aber wieder so sein bei uns«, bekam er von oben zur Antwort.

Das andere, was Franz tat, war, dass er zum Abendessen am Tisch die Bibel aufschlug und den Psalm 103 vorlas. Die Tischrunde war so überrascht, dass es zunächst wohl jedem die Sprache verschlug. Franz kam mit dem Lesen bis zum Ende und konnte auch noch ein kurzes Gebet sprechen. Das erste Tischgebet seit langer Zeit.

Aber dann ging's los. So etwas sei im kapphahnschen Haus noch nie da gewesen. Frommes Gewäsch am Tisch, was das denn jetzt solle? Ob er jetzt zum Betbruder werden wolle? Ob er denn noch richtig sei im Kopf? Auf solches Geschwafel könne man gerne verzichten ...

Der Protest kam von Henner und seinen Großeltern. Die Kleinen verstanden noch nicht recht, worum es ging, die anderen hielten sich aus der Sache heraus. Elisabeth freute sich über den Mut des Vaters, man sah es ihr an. Clara saß mit gesenktem Blick, schwieg und erwartete still die Erwiderung ihres Mannes. Der widersprach sachlich, aber bestimmt:

»Ich hatte mit eurem Widerstand gerechnet. Aber ich möchte von jetzt an nicht mehr leben wie bisher und wie die meisten Menschen es machen, die sich Christen nennen und es nicht sind. Ich möchte wirklich mit Gott leben. Und dazu gehört, dass ich sein Wort lese und dass ich mit ihm rede und dass ich ihm danke für das, was er uns gibt.«

Seinen alten Eltern und auch Henner stand der Mund offen. Sie wussten offenbar für den Moment nicht, wie sie sich weiter verhalten sollten. Henner reagierte als Erster. »Danken für Schnaps und Bier und Zigaretten«, spottete er, »und für Weiber und ...«

Sein Vater unterbrach ihn scharf: »Wenn du über die Sache spotten willst, tu's draußen, aber nicht hier vor uns anderen. Und wenn du das nicht ertragen kannst, kommst du halt zehn Minuten später zum Essen.«

»Oder gar nicht mehr«, erwiderte Henner sarkastisch, stand auf und verließ schimpfend und fluchend die Küche.

Jetzt meldeten sich die Großeltern wieder zu Wort. »Willst du den Jungen etwa vom Tisch vertreiben?«, rief die Großmutter empört. Ihr Mann dachte in anderer Richtung: »Wenn du unbedingt fromm sein willst, dann oben in eurer Stube. Aber nicht hier. Wir Alten brauchen kein frommes Gesülz.«

»Dass ihr euch da mal nicht irrt«, gab der Sohn immer noch sachlich zurück. »Ihr wisst nicht, wie viel Zeit ihr noch habt. Und dann ist es zu spät, das Leben mit Gott zu ordnen.«

»Da haben wir nichts zu ordnen!«, stellte August Kapphahn überzeugt fest. »Wir sind gute Christenmenschen, stimmt's, Emma?« Die nickte nur. »›Tue Recht und scheue niemand‹, war schon immer unser Prinzip. Damit haben wir gut gelebt, und damit können wir auch sterben. Die Kirche hat von uns immer gekriegt, was ihr zustand, dann wird sie uns auch unter die Erde bringen. Und Punkt!«

»Ich werde euch nicht vom Gegenteil überzeugen können«, gestand Franz zu. »Trotzdem werde ich das jetzt immer so machen«, beharrte er darauf, das gemeinsame Abendessen in Zukunft mit einem Bibeltext und einem Gebet zu beginnen. Wem das nicht passe, der könne eben später dazukommen. »Und Punkt!«, übernahm er die Wendung seines Vaters.

Na, wie das wohl künftig werden würde?

Es wurde einigermaßen gut sogar, mit gelegentlichen Ausnahmen, wenn die jeweilige Stimmung völlig dagegenstand. Franz besorgte sich bald bei seinem Pfarrer und Seelsorger einen Abreißkalender, hängte ihn in die Küche – unter Protest, versteht sich –, und las an jedem Abend den angegebenen Tagestext mit der kurzen Auslegung dazu. Dazu sprach er immer auch ein Gebet. Die alten Eltern ertrugen es murrend und knurrend. Henner meldete sich vom gemeinsamen Abendessen ab und war künftig nicht mehr dabei. Den anderen Kindern gefiel die neue Art mehr oder weniger, sie gewöhnten sich jedenfalls bald an die neue Sitte.

Clara taten die kurzen Andachten gut. Sie spürte immer wieder, wie sie daraus Kräfte gewann und Zuversicht, von ihrer Sucht loszukommen, die sie noch immer fest in ihren Klauen hielt. Sie freute sich einfach über den Mut ihres Mannes und über seine Standhaftigkeit. Endlich hatte er sich einmal in einer Sache durchgesetzt und nicht wieder der Kritik seiner Eltern und dem Protest von Henner nachgegeben.

Franz setzte für sich und seine Familie auch den sonntäglichen Kirchgang durch. Vater, Mutter und fünf Kinder besetzten nun wieder regelmäßig die kapphahnsche Bank. Wenn jemand fehlte, dann musste er schon krank sein. Dass Henner und die Großeltern einmal mitgingen, gab es nur an den besonderen Traditionssonntagen. Franz selbst besuchte nun auch regelmäßig die Bibelstunden. Manchmal begleitete ihn Elisabeth. Manchmal konnte er auch seine Clara mitnehmen, je nachdem, wie es ihr ging.

Das blieb auch so, als Pfarrer Alemann in den Ruhestand ging und sein Nachfolger, David Hungar, sein Amt übernahm. Der war zwar ein völlig anderer Mensch als der alte Pfarrer und mit seinem Temperament für die Leute auf dem Land gewöhnungsbedürftig, aber er meinte es auch gut und richtig, und seine Predigt beschrieb das Evangelium, das die Leute brauchten. Auch er kümmerte sich rührig um seine Schäfchen, auch um die Kapphahns. Er hatte es natürlich etwas leichter, weil er nicht mehr mit dem Fahrrad durch seine weitläufige Gemeinde zu fahren brauchte, sondern es mit dem Auto tun konnte, und das auf befestigten und geteerten Straßen. Denn auch diese Seite der Zivilisation hatte selbst die letzten Dörfer im Upland inzwischen erreicht.

Franz Kapphahn wurde dem neuen Pfarrer ein treuer Helfer in Windenhausen. Er und Josef Richter, mit dem ihn bald eine tiefe Freundschaft verband, begannen damit, regelmäßig einmal im Monat die Häuser ihres Dorfes mit einem Viererpack des gedruckten Sonntagsevangeliums zu versorgen, wie es ein christlicher Verlag für jeden Sonntag des Jahres als Traktat herausgab. So konnten auch die Dörfler, die den Gottesdienst nicht besuchten, den jeweiligen Predigttext und eine kurze Erklärung dazu lesen, wenn sie denn wollten. Dieses kleine Blatt wurde dann auch zur Vorlage der Lesung beim sonntäglichen kapphahnschen Abendbrot. Dadurch bekamen auch die beiden Alten mit, worum es im Gottesdienst gegangen war. Dass das alles nicht immer ohne Spott und Hohn im Haus und im Dorf abging, lag wohl in der Natur der Sache und gehörte zu den üblichen Lebenserfahrungen eines überzeugten und aktiven Christen. Wenn der dann auch noch einen völlig veränderten Lebensstil zeigte, wohl erst recht.

Clara Kapphahn tat die Veränderung ihres Mannes gut. Sie lebte nach innen und außen ein wenig auf, ging nicht mehr so häufig ans Grab ihrer Tochter und griff auch weniger zur Flasche. Und wenn es dann doch wieder einmal passiert war, dass sie sich nicht in der Gewalt hatte, mühte sich ihr Franz, sie gegen die Eltern und Henner abzuschirmen. In Elisabeth hatte er eine Verbündete, die auch einen guten Einfluss auf ihre jüngeren Geschwister ausübte. Die vier gaben sich auf ihr Zureden hin viel Mühe, mit der Situation klarzukommen. Jedenfalls stellten sie sich nicht offen gegen die Mutter, wie es Henner immer wieder tat. Im Gegenteil: Anton, Gernot, Sigrid und Michel ergriffen Partei gegen ihren ältesten Bruder und nahmen ihre Mutter in Schutz. Clara erkannte solche Augenblicke mit besonderer Wärme. Es tat ihr in der Kälte des Hauses gut.

So verging Monat für Monat mit allem, was die wechselnden Jahreszeiten für einen landwirtschaftlichen Betrieb und eine große Familie mit sich brachten an Arbeit und Einsatz, an Schweiß und Mühe, mit Saat und Ernte und Verarbeitung der Früchte. In diesen Jahren veränderte sich dabei manches. Der Einsatz von eigener und gemieteter Technik auf den Feldern und im Haus verringerte den Arbeitsumfang und schonte die menschlichen Kräfte. Die Mitgliedschaft im bäuerlichen Maschinenring und in der Gefriergemeinschaft entlastete die Menschen und förderte zugleich die dörfliche Gemeinschaft.

Windenhausen veränderte allmählich auch sein Gesicht. Das Wirtschaftswunder machte es auch hier möglich, dass die Bewohner ihre meist alten Häuser renovierten und modernisierten, zum Beispiel durch den Einbau von Bädern, Duschen und Wasserklosetts. Leider verschwand bei vielen Fassadenerneuerungen die schöne Fachwerkfront hinter Eternit, Kunstschiefer und Putz. Damit wurde leider auch manche schöne und ausdrucksstarke Balkeninschrift unsichtbar, die über Generationen hinweg auf die Bauherren und die Baumeister hingewiesen hatte, die »Gott vertraut und dieses Haus gebaut« hatten, die es noch erfahren hatten: »Gott hat geholfen, Gott wird weiter helfen, Gott hilft in Ewigkeit«, und die deshalb diesem Gott öffentlich und für jeden, der am Haus vorbeiging, lesbar die Ehre gaben: »Deo Gloria.« Schade, aber das war wohl Begleiterscheinung einer mehr und mehr um sich greifenden Verweltlichung der Zeit und der Leute. Das Leben funktionierte immer besser, wozu brauchte man da noch Gott? Auch in Windenhausen wurde die Schar der Menschen kleiner, die regelmäßig den Gottesdienst und die Bibelstunde besuchten.

Die letzten Wege durchs Dorf und sogar die Feldwege wurden mit Asphalt befestigt. Bei Dunkelheit brauchte man keine eigenen Lampen mehr mitzunehmen, da selbst der hinterste Winkel durch die neue Straßenbeleuchtung erhellt wurde. Die

Klärgruben auf den Höfen verschwanden nach und nach und wurden durch die Anschlüsse an ein neues Kanalnetz ersetzt. Ein Haus nach dem anderen bekam Telefonanschluss, und immer mehr Dörfler nahmen durch das Fernsehen teil an den Ereignissen der großen weiten Welt.

Diese Entwicklung machte auch vor den Kapphahns nicht Halt. Franz wurde Mitglied im Maschinenring. Das vereinfachte die Arbeit auf den Feldern und Wiesen. Clara benutzte bald ein Tiefkühlfach im dörflichen Gefrierhaus. Das verringerte die Mühe um die Vorsorge für den Winter. Auch mit dem Schlachtgut war jetzt einfacher umzugehen. Vorratsmieten für Rüben und Kartoffeln wurden übrigens nicht mehr angelegt, und die Kartoffeldämpf-Anlage fürs Schweinefutter kam schon lange nicht mehr. Das seltsame Gerät stand inzwischen in einem Technikmuseum.

Der Hofraum der Kapphahns wurde gepflastert und bekam Beleuchtung. In die Scheune bauten sie einen Heuaufzug, in den Stall kam die Melkmaschine, und das Haus selbst bekam ein richtiges Badezimmer und später auch eine Zentralheizung. Die Fachwerk-Front wurde renoviert und auf neuen, braunweißen Glanz gebracht. Franz hatte dabei Wert darauf gelegt, dass die vollständige Balkeninschrift sichtbar blieb. »Das Werk muss den Meister loben, doch der Segen kommt von oben. Gott allein die Ehre«, hatten die Altvordern vor bald zweihundert Jahren in das Holz geschnitzt. Das war zumindest wieder seine tiefe Überzeugung, die jedermann lesen sollte, auch wenn sich einige Hausbewohner über die Worte ärgerten.

Selbstverständlich wurden die Kapphahns auch alle älter. August und Emma näherten sich den Achtzigern. Da ging manches nicht mehr. Da wurde auch gelegentlich der Hausarzt gebraucht, der dieses Haus des Dorfes früher kaum besucht hatte. August Kapphahn mied Stall und Scheune immer mehr. An der Arbeit draußen beteiligte er sich schon länger nicht mehr. Mit den technischen Veränderungen kam er ohnehin nicht zurecht. Seine Frau gab endlich den Kochlöffel aus der Hand und den Herd frei. Jetzt durfte und musste Clara auch in der Küche Hausfrau sein. Frei war sie dabei deshalb aber noch lange nicht. Die Schwiegermutter wusste es aus ihrem Sessel heraus immer noch besser, wie was zu kochen und zu braten und anzurichten war. Das kostete Clara wie eh und je Seufzen und Tränen. Sie hatte in der Regel nicht die Kraft, sich gegen ihre Schwiegermutter zu wehren oder gar durchzusetzen. Dafür war sie einfach zu labil und blieb alkoholgefährdet.

Henner lebte sein freies Leben ohne feste Arbeit und ohne Verantwortung, aber mit vielen Forderungen an den wachsenden Wohlstand. Geld, um seine Ansprüche zu befriedigen, bekam er von den Großeltern und dadurch, dass er Gelegenheitsarbeiten nachging, die sich immer mal wieder irgendwo ergaben. Er hatte ja auf dem Bau gelernt, wenn er auch keinen Abschluss gemacht hatte. Gesund war er auch und arbeiten konnte er eigentlich schon immer. Nur konnte er das nicht im eigenen Haus. Da sollte doch sein Alter sehen, wie er klarkam. Und seiner »schlampigen und versoffenen« Mutter den Tag zu erleichtern, das fiel ihm schon überhaupt nicht ein. Die sollte gefälligst dafür sorgen, dass er sein Essen hatte und dass seine Klamotten in Ordnung waren. Dafür war sie schließlich da.

Die Geschwister interessierten Henner nur dann, wenn sie ihm nützlich waren. Dazu setzte er sie zuweilen auch unter Druck. Die »fromme Elisabeth« war in seinen Augen sowieso nur für das Kloster tauglich, Anton war ein »Spinner und Traumtänzer«, und die drei Jüngeren konnte man auch vergessen. Die hielten sich ohnehin lieber von ihrem ältesten Bruder fern. Der war ihnen zu laut und zu roh.

Und sein Vater? Dieser fromme Phantast hatte ja nicht mehr alle Tassen im Schrank und nur Geschwafel auf den Lippen. Den konnte doch keiner mehr ernst nehmen. Der sollte sich sein Bett doch gleich in die Kirche stellen, dann hätte er nicht immer so weit zum Pfaffen und zu seinen Bet- und Bibelfreunden.

Henner – dem gingen sie alle am liebsten aus dem Weg, seine Mitbewohner im Haus und im Dorf. Freunde hatte er keine. Wenn es irgendwo in Windenhausen oder einem der Nachbardörfer Handgreiflichkeiten gegeben hatte, war dieser junge Mann meistens dabei gewesen. Er schlug sich gerne. Dass er sich auch schon mit seinem Vater geschlagen hatte, wusste bisher niemand, auch niemand im Haus. Franz hatte die Attacke seines Sohnes erlitten und verschwiegen. Er hatte nur für einen Moment überlegt, ob er Anzeige erstatten sollte, es aber nicht getan. Henner beschäftigte die Polizei und das Ordnungsamt schon genug.

Henner hatte einen großen Anteil daran, dass der Genesungsprozess bei seiner Mutter sich so schwierig gestaltete. Für den herben Rückschlag, den die Mutter und die Familie erleiden mussten, wurde dann aber ein ganz anderer bedauerlicher Auslöser verantwortlich.

## *Filmriss*

Nachdem Franz Kapphahn in jener Passionsandacht sein Leben völlig neu orientiert hatte, veränderte er sich nach und nach auch in seinem Wesen und in seinem Verhalten. Von seiner Natur her war er ja ein Kapphahn mit einer rauen und harten Schale. Er war zum »Realisten« erzogen worden. Den vielleicht vorhandenen Rest an Weichheit und Gefühl hatten die Kriegserfahrungen in dem damals sehr jungen Mann fast zerstört. Auch seiner Clara war er bei ihren ersten Begegnungen kaum als verliebter Romantiker begegnet. Gefühle der weichen Art zeigte man bei den Kapphahns nicht. Auch Franz hatte nie die rechte Ader dafür gehabt, zum Leidwesen von Clara. Dennoch hatten die beiden sich geliebt, vor der Heirat und dann auch in der Ehe.

Jeder Rest von warmer Zweisamkeit war allerdings bald der harten Realität gewichen, mit der die beiden jungen Leute im Haus der Eltern und Schwiegereltern hatten leben und umgehen müssen. Die häufigen Auseinandersetzungen und die regelmäßigen Niederlagen im Kampf der Generationen hatten Franz im Laufe der Zeit sehr hart werden lassen, und auch Claras Empfindungen waren verkümmert. Sie war ihrem Mann eine ergebene Frau und Mutter seiner Kinder. Die Tränen, die sie vergoss, unter dem Druck der Schwiegereltern und später unter dem, der von Henner ausging, hatte sie mehr und mehr nur noch allein für sich oder bei ihren eigenen Eltern weinen können. Aber dieser Zufluchtsort war ihr durch den Tod früh genommen worden.

Vorher schon hatte es diesen schlimmen Unfall gegeben, unter dem Clara zusammengebrochen war. Das Verhältnis zu ihrem Mann war noch weiter abgekühlt. Das bisschen Nähe, das noch existiert hatte, war zum großen Abstand geworden. Der Alkohol war Claras Ventil gewesen, wie längst vorher ja auch ihrem Mann, um allen Kummer und Jammer zu vergessen, wenigstens für eine Weile. Damit hatte ein Teufelskreis begonnen, aus dem sie aus eigener Kraft nicht mehr herauskam.

Aber dann hatte es diese Geschichte mit dem vierten Nagel gegeben, an dem Franz sein neues Glaubensbekenntnis öffentlich gemacht hatte. Der Prozess seiner Veränderung hatte begonnen. Orte, von denen er wusste, dass sie ihm schadeten, mied er seitdem konsequent. Der Gesangverein musste auf seinen Tenor verzichten, was viele nicht verstehen konnten. Mahles Gaststube war für den »jungen« Christen künftig nur noch ein Ort der bösen Erinnerungen. Er verzichtete künftig auf jeglichen Alkoholgenuss. Die Kirche wurde sein Zufluchtsort, Müllplatz seiner Seele und zugleich die Tankstelle für seine weitere Lebensfahrt. Die frommen Christen wurden seine Freunde, und die Pfarrer seine geistlichen Ratgeber. Zunächst war es Pfarrer Alemann gewesen, danach Pfarrer Hungar, der auch Franz' persönlicher Freund wurde.

Wie gut, dass es diese Männer gab, die zur Stelle waren, wenn sie gebraucht wurden! Franz hatte ihre Hilfe immer wieder in Anspruch genommen, wenn seine Clara mal wieder im Loch hing und zur Flasche griff, wenn sie größeres Verständnis und besondere Zuwendung nötig hatte. Ihn selbst kostete das viel Kraft und Liebe, um die er kämpfen musste. Aber dieser Kampf, der sich in unregelmäßigen Abständen wiederholte, hatte sich mit den Jahren gelohnt. Dr. Wiesemann war ein einfühlsamer und verständnisvoller Hausarzt. Claras Rückfälle wurden auch durch ärztliche Hilfe und mehrere Entziehungskuren seltener, und die Abstände zwischen den Attacken wuchsen. Damit wuchs auch die Hoffnung, dass Clara eines Tages völlig trocken bleiben würde.

Elisabeth war inzwischen fünfundzwanzig und schon seit einigen Jahren ausgebildete Krankenschwester, als sie eines Abends ihren Eltern eröffnete, dass sie demnächst nach Korbach umziehen wolle. Sie müsse einfach näher an ihrem Arbeitsplatz wohnen.

»Nein, das kannst du nicht machen!« Wie ein Aufschrei kam es von der Mutter. »Kind, das kannst du mir nicht antun. Ich brauche dich hier.«

»Das weiß ich doch, Mutter. Nach Korbach sind es doch auch nur dreißig Kilometer, ich kann doch immer mal nach Hause kommen, wenn ich dienstfrei habe.«

»Nein, Lieschen, nein, das kannst du nicht machen. Du kannst nicht ausziehen.« Clara geriet schier in Panik.

Franz legte ihr besänftigend die Hand auf den Arm: »Nun beruhige dich doch, Clärchen. Lieschen ist doch in Korbach nicht aus der Welt.«

»Aber sie ist dann nicht hier!«, widersprach die Mutter heftig.

»Ich bin doch schon jetzt nur noch stundenweise hier, Mutter«, versuchte Elisabeth ihre Entscheidung zu erklären. »Ich möchte nicht länger morgens mit dem ersten Bus fahren und abends mit dem letzten kommen und dann immer zu spät auf der Station sein oder früher gehen müssen. Die anderen müssen dann immer für mich mitarbeiten. Ich kann das nicht länger verantworten.«

Clara seufzte laut auf. Ganz blass war sie geworden, sie zitterte vor innerer Erregung. »Wann gehst du dann nach Korbach?«, fragte sie ein wenig stotternd.

»Ich kriege das Zimmer im Schwesternheim zum 1. Juli.«

»Zum 1. Juli schon? Das ist ja furchtbar. Das ist ja schon in zwei Wochen. Franz, nun sag doch auch was!«, entsetzte sich Clara.

»Nun beruhige dich doch, Clärchen«, wiederholte Franz seine Bitte von eben. »Das ist doch nur vernünftig von Lieschen, wenn sie das Zimmer da nimmt. Wir kommen hier schon zurecht.«

»Nein, kommen wir nicht«, wehrte die Mutter den Gedanken ab. Sie wurde immer aufgeregter. »Erst geht Anton, dann geht Lieschen, Gernot muss im Herbst zum Bund. Dann bleiben uns ja nur noch Sigrid und Michel.«

»Das ist der Lauf der Welt, Mutter«, versuchte Elisabeth zu erklären. »Sigrid wird auch irgendwann gehen. Und ob Michel auf dem Hof bleibt, weiß heute noch keiner. Kinder sind nur Leihgaben Gottes. Eltern haben sie gekriegt, und sie müssen sie wieder abgeben.«

»Nein, das darf nicht sein. Das halte ich nicht aus«, begann Clara jetzt zu weinen. »Das halte ich nicht aus. Und du sagst dazu gar nichts«, wehrte sie die Hand ab, die Franz noch immer auf ihrem Arm liegen hatte.

Vater und Tochter warfen sich einen ahnungsvollen Blick

zu. »Clärchen«, versuchte Franz noch einmal, das Verständnis seiner Frau für die Entscheidung der Tochter zu gewinnen, »es ist doch nur vernünftig, dass Lieschen das Zimmer nimmt. Sie kann wirklich nicht immer andere für sich arbeiten lassen, weil die Busse so blöd fahren. Und sie kommt ja an ihren freien Tagen auch her. Lieschen hat doch auch Recht: Kinder sind eine Leihgabe. Alle Eltern haben ihre Kinder nur auf Zeit und müssen sie irgendwann für ihr eigenes Leben abgeben.«

»Oder für den Tod. Ich kann das nicht! Und ich will das nicht!«, schluchzte die Mutter auf, erhob sich schwer von ihrem Stuhl und wankte aus der Stube.

Vater und Tochter hörten sie ins Schlafzimmer gehen. Die beiden schauten sich vielsagend an. Sie hatten wohl beide denselben Gedanken. Ob das gut ging? »Was machen wir jetzt?«, fragte Elisabeth.

»Wir müssen jetzt sehr auf sie aufpassen«, stellte ihr Vater nüchtern fest, »ich befürchte, der Abend hat ein Nachspiel. Es ist zu lange gut gegangen mit ihr.«

»Aber ich kann doch deshalb nicht ...«

»Nein, Lieschen, das musst du auch nicht«, unterbrach der Vater die Tochter. »Du hast das Recht zu gehen, wie die andern auch, und du musst das Zimmer nehmen.«

»Mist, wenn Mutter doch nur stärker wär.«

»Ist sie aber nicht, Kind. Es war ihr schon schwer, Anton gehen zu lassen. Demnächst muss sie Gernot gehen lassen. Und jetzt gehst du. Du warst ihr ein guter Halt, weil du sie verstanden hast in ihrer Schwäche.«

»Darum habe ich immer kämpfen müssen, Vater«, gestand Elisabeth ein. »Und ohne Glauben und Gebet hätte ich das nie geschafft.«

»Gebet, ja, das brauchen wir. Hier muss Gott wieder besonders helfen. Lass uns noch zusammen beten, Kind.«

Vater und Tochter machten aus ihrer Sorge um die Mutter ein ernstes Gebet, ehe sie sich zur Nacht trennten. Franz fand sein Clärchen völlig aufgelöst im Bett, und es gelang ihm auch nicht, sie zu beruhigen. Schließlich schlief er ein, während seine Frau wohl die halbe Nacht mit Lieschens Auszug zu tun hatte, ehe sie dann vor Erschöpfung auch endlich einschlief.

Als Franz Kapphahn am nächsten Mittag vom Sägewerk nach Hause kam, war alles in heller Aufregung. Clara war nicht da. Sie hatte irgendwann am Vormittag das Haus verlassen. Wohin sie gegangen war, wusste niemand. Fragen in den Nachbarhäusern brachten keine Auskunft. Niemand hatte Clara gesehen. Wo konnte sie nur sein? Franz suchte mit Michel das Haus und die Scheune ab, während die beiden Alten in der Küche murrten und knurrten. Zum Glück war Henner nicht da. Der hätte wieder sein Fressen gehabt. Sigrid war noch nicht aus der Schule zurück.

Wo konnte Clara nur sein? Wenn sie im Dorf niemand gesehen hatte, war sie vielleicht auf dem Friedhof. Franz hinkte hinüber, so schnell ihn seine Beine trugen. Aber auf dem Friedhof, von wo sie Clara früher schon hatten nach Hause holen müssen, war sie nicht. »Wo sollen wir noch suchen, Papa?«, fragte Michel.

»Wenn ich das wüsste, Junge, dann wär ich längst da«, antwortete Franz und atmete schwer dabei. Dann fiel ihm etwas ein. »Wir haben doch vor ein paar Tagen die Wiese am Hagen gemäht und das Gras auf die Reuter gehängt. Auf der Wiese ist Doro gestorben. Deine Mutter hat gestern Abend zuletzt von Doros Tod gesprochen. Junge, komm, wir fahren an den Hagen. Vorher muss ich aber noch telefonieren.«

Franz eilte ins Haus, während sein Elfjähriger den Traktor aus dem Schuppen holte. Auf dem Hof durfte der Junge schon fahren, draußen freilich noch nicht. Franz Kapphahn rief seinen Pfarrer an, den er seit einiger Zeit duzte, er möge, wenn möglich, auf die Wiese am Hagen kommen. Er nehme an, dass sie Clara dort finden würden, und wenn, dann sicher in hilflosem Zustand. Auf dem Traktor könne er sie dann wahrscheinlich nicht nach Hause bringen. David Hungar versprach, er werde sich sofort auf den Weg machen.

Auf dem Weg zum Hagen holte der Pfarrer mit seinem Wagen den Traktor ein. So erreichten die beiden Fahrzeuge die Wiese gleichzeitig. Vom Rand aus war niemand zu sehen. Aber die Schwedenreuter versperrten ja auch den Blick. »Ich geh rechts, geh du links«, schlug Franz vor und hinkte schon los. »Du bleibst erst einmal hier, Michel«, ordnete der Vater an. Er wollte dem Jungen wohl einen vielleicht peinlichen Anblick ersparen.

Nach wenigen Momenten schon rief David von seiner Seite her: »Franz, komm rüber! Hier liegt sie.«

Franz war entsetzt, als er seine Clara im Stoppelgras auf der Seite liegen sah, mit aufgedunsenem Gesicht, verwirrtem Haar und in verdreckten Kleidern, als sei sie eben einer Schlammgrube entstiegen. Ein Schuh fehlte. Neben der völlig hilflosen Frau lag eine Flasche billigen Fusels, natürlich leer. Die musste sie in kürzester Zeit geleert haben. Ein furchtbares Bild. Beiden Männern verschlug es die Sprache. In einem solchen Zustand hatten sie Clara noch nie gesehen. War das eine Alkoholvergiftung? War das durch den Rausch bedingtes Koma? Es schien fast so. Dass diese Frau lebte, merkte man nur daran, dass sie atmete, allerdings sehr unregelmäßig. Ihr Puls war kaum zu fühlen. Franz stiegen die Tränen in die Augen. »O Gott, erbarm dich!«, brachte er nur hervor und: »Das darf der Junge nicht sehen.«

»Muss er auch nicht, Franz, ich nehme ihn mit ins Dorf und bestelle Arzt und Krankenwagen. Anders wird es nicht gehen. Unterwegs bete ich für dich und für Clara.«

»O ja, tu das, David. Ich warte hier, wie ich das auf dieser Wiese schon mal machen musste.« Das klang bitter und zeugte von unendlicher Traurigkeit und Enttäuschung.

Vielleicht eine halbe Stunde hielt Franz Kapphahn bei seiner Frau Wache, vielleicht auch eine Stunde. Er hatte keinerlei Empfinden für die Zeit. Clara lag unbeweglich, wie ganz weit weg von dieser Welt. Manchmal ging ein Zucken durch ihren Körper. Auf Berührungen kam keine spürbare Reaktion. Furchtbar! Hoffentlich war bald das ersehnte Motorengeräusch zu hören. Hoffentlich kam die Hilfe nicht zu spät.

Was ging dem Mann jetzt alles durch den Kopf. Die Gedanken jagten sich nur so, viele davon waren alles andere als fromm. Franz haderte mit sich und der Welt, mit seinem Geschick und seinem Gott. Warum musste das Leben so schwer sein? Warum gab es so böse Menschen, so egoistisch und auf sich bedacht? Warum konnte einer den anderen nicht ausstehen und annehmen, wie er war? Warum standen Alte gegen Junge und Junge gegen Alte, Väter gegen Söhne und Söhne gegen Väter? Warum waren die einen so hart und lieblos und die anderen so weich und empfindsam und ohne Durchsetzungskraft? Warum gab es Alkohol in dieser Welt, den der Teufel gemacht haben musste und den er benutzte, um die Menschen fertig zu machen? Warum ließ Gott so etwas wie dies hier überhaupt geschehen? Warum ließ er die Christen leiden, und den Spöttern ging es so gut?

Der Mann auf der einsamen Wiese litt in dieser Wartezeit so etwas wie Höllenqualen. Er kam sich vor wie Hiob in der Asche. Dabei hatte der, zugegeben, ganz anderes erlitten. Aber das hier reichte ihm schon. Bei seiner Frau sitzen zu müssen, die sich offenbar in einem tiefen Delirium befand, war ihm unendlich schwer.

Mit der Zeit aber wurde Franz dann doch ruhiger und es gelang ihm, seine Gedanken zu ordnen und sie zum Beten zu bringen, während er seiner Clara die schlaffe Hand hielt. »Kyrie eleison, Christe eleison, Kyrie eleison! Herr, halt den Nagel fest!«

Endlich – Franz erschien die vergangene Zeit wie eine Ewigkeit – hörte er von ferne das Signalhorn der Ambulanz. Das Fahrzeug kam wohl vom Kirchdorf her und musste erst noch den Bogen durchs Dorf fahren, um an den Hagen zu gelangen. Aber jetzt konnte es nicht mehr lange dauern, bis die Hilfe kam.

Wenige Minuten später hielten drei Fahrzeuge gleichzeitig am Wiesenrand an. Aus dem Krankenwagen sprangen zwei Sanitäter, die sogleich die Trage bereitmachten. Aus den anderen Fahrzeugen stiegen ein Arzt, den Franz nicht kannte, und Pfarrer Hungar. Im Laufschritt kamen die Männer an die Stelle des Geschehens, um sich um Clara und auch um Franz zu kümmern. Nach kurzer Untersuchung mit Lidkontrolle, Blutdruck- und Pulsmessung befand der Arzt, die Patientin müsse sofort in die Klinik nach Korbach gebracht werden. »Schwerer Alkoholrausch. Sie muss schnellstens auf die Intensivstation. Geben Sie das durch. Die sollen alles vorbereiten. Dr. Hartmann wird hoffentlich da sein. Nehmen Sie die Flasche mit, damit die wissen, was die Patientin getrunken hat.« Der Arzt gab Clara eine Spritze, die den Kreislauf stabilisieren sollte, und schickte die beiden Sanitäter mit ihr auf den Weg.

Franz Kapphahn und David Hungar hatten schweigend zugeschaut. Der Pfarrer hatte wohl still gebetet. »Hoffentlich geht das noch gut«, murmelte Franz vor sich hin.

»Ich denke schon«, versuchte der Arzt ihn zu beruhigen. »Es ist zwar höchste Zeit, dass Ihre Frau behandelt wird, Herr Kapphahn. Aber die kommt schon zurück. Es ist nur die Frage, was dann weiter geschieht.«

»Ich denke, sie muss wieder nach Zwesten«, mutmaßte der Pfarrer.

»Wird wohl das Beste sein. Aber das soll Dr. Hartmann entscheiden. Es geht auch nur, wenn die Patientin das selber will.«

»Das wird sie wollen. Es gibt einen unterschriebenen Revers von ihr, dass sie im Fall der Fälle wieder zum Entzug geht«, konnte Franz antworten.

»Das ist gut«, war der Arzt zufrieden.

»Das wird wohl jetzt eine lange Geschichte?«, vermutete Franz mit belegter Stimme.

»Davon können Sie ausgehen. Aber Ihre Frau muss da schon mitspielen, wenn Zwesten Erfolg haben soll«, meinte der Arzt und fragte dann: »Was ist eigentlich vorgefallen? Sind solche Exzesse öfter vorgekommen?«

Franz atmete tief ein: »Es hat sie gegeben, aber so schlimm noch nie. Zuletzt ging es lange gut mit meiner Frau. Und jetzt muss sie Elisabeth abgeben, die älteste Tochter, ihre große Stütze. Elisabeth bekommt ein Zimmer im Schwesternheim und wird in den nächsten Tagen umziehen.«

»Was für den einen gut ist, ist oft dem andern zum Schaden«, stellte der Arzt fest. »Die Reaktion Ihrer Frau ist offenbar die einer typischen Konfliktbetäubungs-Trinkerin. Vielleicht kann sie dieses Abgeben eines Kindes nicht anders verarbeiten. Nur, dass sie so heftig reagiert ...«

»Ich verstehe das nicht«, zuckte der Pfarrer die Schultern. »Was hat sie daran so hart getroffen, dass sie dermaßen den Kopf verloren hat?«

»Elisabeth ist das zweite Mädchen, das sie abgeben muss. Das hat sie stark an den Tod von Dorothea erinnert, den sie noch immer nicht verkraftet hat. Deshalb die überzogene Reaktion und deshalb auf dieser Wiese«, erklärte Franz.

David Hungar und der Arzt schauten Franz fragend an. Der fuhr fort: »Hier auf dieser Wiese ist mir mein Kind unter den Traktor geraten. Da war nichts mehr zu machen.«

»O Gott, wie schlimm ist das alles«, entfuhr es dem Pfarrer. »Wenn du in den nächsten Tagen Hilfe ...«

»Danke, David, ich werde sie brauchen. Und danke, Doktor. Bleiben wir in Verbindung?«

»Besser mit Dr. Wiesemann. Der ist doch Ihr Hausarzt, denke ich. Ich werde ihn informieren. Aber kann ich noch etwas für Sie tun, Herr Kapphahn?«

Franz wehrte ab: »Es geht schon, Doktor. Danke für Ihre Hilfe!«

Inzwischen hatten die drei Männer den Wiesenweg erreicht. Der Arzt bestieg sein Auto, wendete es und fuhr davon. Die beiden Zurückbleibenden blickten dem Fahrzeug einen Augenblick schweigend nach. Dann fragte David Hungar: »Darf ich heute Abend den Bibelkreis informieren? Wir müssen verstärkt für Clara beten.«

Franz war froh über diesen Vorschlag seines Freundes. »Tu das. Wenn ich kann, komme ich selbst auch. Aber das hängt von zu Hause ab. Das wird wieder ein Tanz werden mit meinen Leuten.«

»Auch das machen wir erst zum Gebet«, und der Pfarrer brachte die ganze traurige Angelegenheit vor den Thron Gottes, damit dieser sich selbst Claras und der Sache annähme. Dann bestiegen die beiden jeder sein Fahrzeug und fuhren dem Dorf zu.

Es wurde für Franz zu Hause der befürchtete »Tanz«. Clara konnte froh sein, dass sie nicht hörte, was ihr ältester Sohn und seine Großeltern alles von sich gaben über die Tragödie und ihre Hauptperson. Sie wäre vielleicht vor Schrecken aus ihrem selbst verschuldeten Koma aufgewacht. Da war keine Spur von Mitleid und Anteilnahme, nur Hohn und Spott. Die wurden auch über Franz ausgeschüttet. Jetzt sei es doch wohl an der Zeit, diese Frau endgültig davonzujagen. Er müsse doch völlig verrückt sein, wenn er sich mit dieser Schlampe auch nur noch in Gedanken beschäftigte. Aber verrückt sei er ja sowieso mit seiner frommen Tour. Sein Gott sei doch ein Schlappschwanz und habe auf ganzer Linie versagt. Sonst wäre diese Geschichte doch wohl nicht passiert.

Franz Kapphahn ertrug die Spotttiraden mit steigender innerer Erregung. Am liebsten wäre er dazwischengefahren in der Art, wie er das von Henner kannte. Kleinholz machen, nannte der das. Kleinholz mit Worten und Taten. Aber er riss sich mit aller Kraft zusammen, innerlich danach schreiend, dass Gott ihm die Zunge zähmte und die Hände festhielt. Als er für einen Moment dazwischenkam, sagte er nur: »Ihr solltet euch allesamt schämen, so zu reden. Ihr müsst eure Worte alle einmal verantworten. Und dafür auch eines Tages geradestehen, wie ihr euch Clara gegenüber verhalten habt.«

Dann verließ er den Raum und hinkte mit schweren Schritten nach oben. Gernot, Sigrid und Michel folgten ihm und saßen sehr betreten in der Stube, warteten wohl darauf, was der Vater ihnen jetzt sagen würde. Aber der sagte erst einmal gar nichts, setzte sich nur schwer atmend auf einen Stuhl, nahm den Kopf zwischen die Hände und stierte minutenlang ins Nichts. Dahin schienen sich seine Gedanken für den Augenblick auch zu verflüchtigen. Der Kopf war einfach leer.

Franz schreckte richtig auf, als er Gernot sagen hörte: »Ein Glück, dass ich bald zum Bund muss. Dann bin ich auch raus hier. Und dann bringt mich auch niemand wieder rein.«

Der Vater sah seinen Sohn an und bestätigte ihm mit einem Seufzer: »Kann ich verstehen, Junge. Mach deinen Weg beim Bund. Da bist du versorgt. Und vergiss das ganze Elend hier.«

»Ich werde auch gehen, Vater«, schlug das Mädchen in dieselbe Kerbe. »Ich bleib auch nur noch so lange, wie es eben sein muss. Vielleicht kann ich ja bei Lieschen wohnen, oder die besorgt mir was.«

Franz Kapphahn kommentierte diese Aussage nicht, er schaute nur Michel an, was der denn jetzt wohl beitragen würde. Der Jüngste der Geschwister gab mit fester Stimme seinen derzeitigen Plan bekannt: »Und ich bleibe hier. Einer muss doch bei den Eltern bleiben, wenn ihr alle geht. Ich lerne nach der Schule Landmaschinenmechaniker und Bauer und mache dann hier die Arbeit, wenn Papa nicht mehr kann. Dann hat der auch mehr Zeit, sich um Mama zu kümmern.«

Jetzt musste Franz Kapphahn doch ein wenig lächeln. Sein Jüngster, mit dem Kopf nicht der Hellste, aber mit den Händen sehr geschickt, hielt zu ihm und zu seiner Mutter. Wenn Michel bei dieser Meinung bliebe, dann gäbe es ja einen kleinen Hoffnungsschimmer für einen Neuanfang irgendwo anders. Hier im Haus war der wohl nicht möglich, solange die alten Eltern das Sagen hatten und dem nichtsnutzigen Henner in allem die Stange hielten. Aber darauf warten, dass die Eltern starben und Henner das Haus verließ? Oder gar dafür beten? Das durfte es ja wohl auch nicht sein.

Während ihm das durch den Kopf ging, sagte er laut: »Jeder muss seinen Weg finden und gehen und muss sich sein Leben aufbauen. Ich werfe euch keine Knüppel zwischen die Beine. Und wenn du, Michel, hier bleiben willst, würde ich mich sehr freuen. Und Mutter würde sich auch freuen, wenn sie wenigstens eines ihrer Kinder in der Nähe behielte. Die muss natürlich erst mal wieder auf die Beine kommen. Hoffentlich können die ihr helfen.«

»Was ist denn nun eigentlich mit Mutter?«, wollten die drei fast gleichzeitig wissen.

Der Vater gab Auskunft, soweit er es für gut und richtig hielt. Aus welchem Grund die Sache mit Clara auf der Wiese passiert war, wollte er ihnen dann aber doch nicht sagen. Das mussten sie auch nicht unbedingt wissen. »Wenn ihr beten könnt, dann betet darum, dass Mutter bald richtig gesund wird«, sagte er ihnen nur noch und ging dann wieder nach unten, denn das Vieh wollte versorgt sein. »Ich gehe mit«, sprang Michel vom Stuhl und folgte seinem Vater, um ihm beim Füttern, Ausmisten und Melken zu helfen. Der Junge war gerne mit seinem Vater bei der Arbeit. Er konnte nämlich nicht nur schon Traktor fahren, er konnte auch bereits die Melkmaschine bedienen und die Milch versorgen. Und Kühe und Schweine füttern war ja wohl ein Klacks für ihn.

Franz Kapphahn ging an diesem Abend nicht mehr in den Bibelkreis. Er telefonierte nur noch einmal mit der Klinik, um den Stand der Dinge zu erfahren – Clara war noch nicht wieder aufgewacht, aber ihr Zustand war stabil –, und er rief seinen Pfarrerfreund an, um ihm diese Nachricht weiterzugeben. Er selbst brauchte Abstand und Zeit zum Nachdenken über die Zukunft und zum Beten um den richtigen Weg. Eines stand für ihn auf jeden Fall fest: Er würde den Rest seines Lebens nicht unter diesem Dach verbringen und in diesen Mauern mit den Menschen, die hier noch lebten. Sollte das kapphahnsche Anwesen doch versorgen, wer wollte. Wie sollte ein kranker Mensch wie Clara in einem solchen Haus auch seine Schwäche aufarbeiten können und stark werden, wo der Wind immer von vorn kam und zuweilen beißende Eiskristalle mit sich führte?

Franz wusste zwar noch nicht, wie sein Vorsatz umzusetzen war, aber gefasst hatte er ihn. Bis seine Clara nach dieser Geschichte wieder zu Hause war, musste sich irgendeine Lösung zeigen. Ihr wollte er dieses Haus nicht länger zumuten.

Als Clara Kapphahn auf der Intensivstation in der Korbacher Klinik nach Stunden endlich die Augen aufschlug, wusste sie zunächst gar nicht, wo sie sich befand. Weiß getünchter Raum, Bildschirme, Apparate, Schläuche, Sichtschutzwände. Ein Mensch im weißen Kittel am Bett. Sie wollte sich über die Augen wischen. Das ging aber nicht. Beide Hände waren von Schlingen gehalten. Dann hörte sie wie aus weiter Ferne die Stimme ihrer Tochter. »Endlich bist du wieder da, Mutter.«

Clara erschrak. Ihr fehlte jede Orientierung. »Wo bin ich denn? Und du hier, Elisabeth? Warum bin ich angebunden?«

Tatsächlich saß Elisabeth an ihrem Bett. Sie war benachrichtigt worden, dass man ihre Mutter in jämmerlichem Zustand eingeliefert hatte, und war über Nacht in der Klinik geblieben. Einmal, um das Personal zu entlasten, vor allem aber, um einfach da zu sein, wenn die Mutter aus ihrer Bewusstlosigkeit erwachte. »Viele Fragen auf einmal, Mutter.« Elisabeth löste die beiden Armschlingen und erklärte: »Du bist in Korbach im Krankenhaus auf der Intensivstation. Damit du nicht aus dem Bett fallen konntest und dir nicht die Strippen abreißen, warst du angeschnallt.«

»Was ist denn passiert? Wieso bin ich hier? Wie bin ich hier hingekommen?«, fragte Clara erneut erschrocken. »Hab ich irgendwas angestellt?«

Elisabeth seufzte: »Du hast, Mutter. Du hast Blödsinn gebaut, furchtbaren Blödsinn. Nachdem ich zu Hause von meinem Zimmer im Schwesternheim erzählt hab, bist du völlig durchgedreht.«

Clara blickte ihre Tochter mit großen Augen fragend an. »Und weiter?«

»Du warst am nächsten Mittag einfach weg. Sie haben dich gesucht, und dann hat Vater dich schließlich gefunden.«

»Wo war ich denn?«

Elisabeth seufzte wieder: »Du hast auf der Wiese am Hagen gelegen, die Flasche noch im Arm. Völlig weggetreten. Da blieb nur der Transport hierher.«

»Das ist ja furchtbar. Ich weiß davon gar nichts.«

»Filmriss nennt man das oder auch Vollrausch«, erklärte die Tochter.

Jetzt war es Clara, die aufseufzte. »Da hab ich euch wohl wieder Kummer gemacht und Arbeit. Und wo ist Vater?«

»Der wartet auf meinen Anruf. Er wird froh sein, dass du wieder da bist.«

»Ich schäme mich so, Lieschen. Es tut mir so Leid«, gestand die Mutter leise und begann zu weinen. »Ob der Vater mir böse ist?«

»Weiß ich nicht. Er war jedenfalls sehr besorgt und wollte alle zwei Stunden wissen, wie es dir geht. Aber du brauchst deswegen jetzt nicht zu flennen.«

»Und wie geht es mir?«

Die Tochter lachte kurz auf. »Das musst du doch selbst wissen. Gestern ging es dir jedenfalls sehr schlecht. Die Flasche auf ex war ein bisschen zu viel. Wenn der Alkohol ganz abgebaut ist, wird es dir wohl wieder gut gehen.« Sie reichte ihrer Mutter ein Taschentuch.

»Und was wird dann, Kind?«, sorgte sich die und wischte die Tränen ab.

»Dr. Hartmann meint, du solltest für ein paar Wochen zum Entzug nach Zwesten gehen.«

»Zwesten? Nein, nicht wieder Zwesten. Gibt es keinen anderen Ort? Kann ich nicht doch lieber nach Hause?«, bat die Mutter mit flehender Stimme.

»Mutter«, holte Elisabeth tief Luft, »nach Hause bringt jetzt nichts. Du musst für eine Weile in Behandlung. Du hast dein Einverständnis doch unterschrieben, dass du gehst, wenn es einen Rückfall gibt.«

»Hast Recht, Lieschen. Ich hab das doch auch gar nicht gewollt. Ach, muss ich mich schämen.« Und nach ein paar Momenten der Besinnung: »Ruf den Vater an. Wenn er mir nicht böse ist, soll er kommen und meine Sachen gleich mitbringen. Dann will ich auch gar nicht erst nach Hause. Vielleicht kommen deine Geschwister mit. In Zwesten kann mich doch keiner besuchen. Das ist zu weit.«

»Das zeigt sich alles, Mutter. Jetzt ruh dich erst mal weiter aus. Die verlegen dich sicher erst noch für ein, zwei Tage auf Normal. Das muss ja alles noch geklärt werden.«

Clara gab sich zufrieden. Sie schloss die Augen und schlief tatsächlich sofort wieder ein. Diesmal war der Schlaf ein wirklicher, allerdings nur ein kurzer.

Eine ältere Intensivschwester kam, kontrollierte noch einmal die Monitore, nahm dann die Strippen ab und forderte Clara Kapphahn auf, sich zu erheben. »Sie können auf eigenen Füßen auf die Station gehen, Frau Kapphahn. Sie sind ja fast wieder voll da.«

Clara folgte der Aufforderung und stand auf, wobei sie erst jetzt feststellte, dass sie ein OP-Hemd trug. »Hab ich kein …?«, fragte sie.

»Ihr Kleid ist in der Wäsche. Anderes haben Sie nicht hier. Schuhe gibt's auch keine. Das wird Ihnen sicher alles gebracht«, beantwortete die Schwester die Fragen, ehe sie richtig gestellt waren. Das klang kühl und abweisend und tat der Patientin weh. Die Schwester nahm Clara am Arm, führte sie bis zur Schleuse der Intensivstation und übergab sie dort einer anderen, jüngeren Schwester. Die brachte die barfüßige Patientin in ein normales Krankenzimmer, wo sie ein Bett in der Mitte bekam. Schade, nicht das in der hinteren Ecke. In das freie Bett dort hätte sie sich lieber gelegt. Clara wäre ohnehin vor Scham am liebsten im Boden versunken. Hoffentlich hatte niemand den Begriff »Alki« gehört, mit dem sie im Dorf immer wieder bezeichnet wurde. Hoffentlich fragte sie keine von den anderen fünf Frauen, weshalb sie hier war. Die Antwort wäre ihr mehr als peinlich geworden.

Clara legte sich hin, zog sich die Decke bis dicht unters Kinn und schloss die Augen. Die anderen Frauen sollten denken, dass sie schlief. Dabei war sie hellwach, und alle möglichen Gedanken gingen ihr durch den Kopf.

Dass sie auch wieder so schwach gewesen war! Sie begriff es selbst nicht, wie das hatte passieren können. Das musste am Todestag von Dorothea gelegen haben. Die anderen zu Hause hatten dieses Datum gar nicht registriert. Aber sie hatte schon den ganzen Tag den grausamen Unfall vor Augen gehabt und das Bild, als ihr Franz das tote Mädchen ins Haus getragen hatte. Als dann Elisabeth ihren Auszug angekündigt hatte, war ihr gewesen, als trüge irgendjemand Lieschen aus dem Haus, weil auch sie gestorben war. Was für ein dummer Gedanke! Elisabeth wollte doch nur ausziehen und auch nur nach Korbach. Das stand ihr doch zu, darauf hatte sie ein Recht. Und Korbach war doch fast vor der Tür. Warum also diese Reaktion? Wie hatte Dr. Wiesemann einmal gesagt: »Clara, du bist eine Konfliktsäuferin.« Nein, so hieß das Wort nicht. Da war was mit »Betäubung« in diesem Wort. Richtig, jetzt fiel es Clara wieder ein. Sie war eine »Konfliktbetäubungs-Trinkerin«.

Was sie also besser lernen musste, war, Konflikte zu verarbeiten. Das hatte sie aber doch schon trainiert, auch in vergangenen Therapien. Dann hatte es ja auch immer lange Trockenphasen gegeben. Leider immer wieder auch kleinere Rückfälle. Sie musste einfach intensiver üben, Konflikte zu verarbeiten. Aber wie sollte sie das machen, wenn in der kapphahnschen Familie das ganze Leben ein riesiger Konflikt war? Das Haus mit den alten Schwiegereltern und mit Henner war doch ein einziges Konfliktfeld für sie und für alle anderen, auch für Franz. Nur kam der seit seiner Bekehrung viel besser damit zurecht. Und er zeigte den Kindern, wie man damit zurechtkommen konnte. Warum gelang es ihr nur nicht? Ob das daran lag, dass sie sich bisher nicht bekehrt hatte, dass ihr noch das richtige Schild am vierten Nagel fehlte, wie Franz das immer wieder einmal bezeichnete?

Mit ihrem Glauben war es schlecht bestellt, musste Clara zugeben. Sie betete nur in Notfällen, wenn sie es dann noch konnte. In Gottesdienst und Bibelstunde war sie zwar immer einmal mitgegangen, und sie mochte den neuen Pfarrer eigentlich auch wie vorher den alten. Aber mit dem Herzen war sie wohl nie so recht dabei gewesen. In jüngeren Jahren war das einmal anders gewesen. Da hatte sie ihren Trauspruch gekannt und ernst genommen. Da hatte sie sich bemüht, sich mit den anderen zu vertragen. Sie hatte immer wieder den Mund gehalten und geschluckt. Irgendwann war das aber dann nicht mehr gegangen. Da war der Hals voll und es ging nichts mehr hinein. Außer dem Alkohol, der das Schwere dann so schön leicht gemacht hatte …

Clara zuckte plötzlich zusammen. Da war doch was. Sie war über ihren Gedanken tatsächlich wieder eingeschlafen. Franz saß an ihrem Bett und hatte sie bei der Hand genommen. Elisabeth war auch da. Sie hatte ihren Vater wohl auf die Station geführt. Das war es also gewesen, was Clara geweckt hatte.

»Wie geht es dir, Clara?«, fragte Franz. Die Frau im Bett registrierte sofort, dass er »Clara« gesagt hatte und nicht wie in letzter Zeit wieder häufiger »Clärchen«. Deshalb antwortete sie auch nicht, sondern fragte ihrerseits: »Bist du sehr böse auf mich, Franz?«

»Du hast uns einen ganz schönen Schrecken eingejagt, Frau. Aber ich bin dir nicht böse«, beruhigte sie der Mann. »Aber jetzt sag mir, wie du dich fühlst.«

»Elend, Franz, hundeelend. Mir tut das alles so Leid, dass das passiert ist.«

»Gestern war Doros Todestag«, versuchte Franz eine Erklärung, »und am selben Tag Lieschens Umzugspläne, das wird dich umgehauen haben.«

Clara bestätigte, dass sie auch schon so gedacht hatte und dass es ihr Leid täte, wenn Elisabeth wegen dieser Geschichte vielleicht auf ihr Zimmer verzichten würde.

»Nein, nein, Mutter«, sagte Elisabeth dazu, »es bleibt dabei, dass ich das Zimmer nehme. Aber jetzt muss ich an meine Arbeit.« Sie strich ihrer Mutter über das immer noch wirre Haar. »Du musst dich gleich mal kämmen, Mutter. Und dann nicht wieder schwarz sehen. Aufsehen, Mutter! Jesus ist größer als die Probleme!«

»Wenn ich's nur glauben könnte«, beklagte Clara leise.

»Du musst es lernen und ausprobieren, Clara«, machte Franz seiner Frau Mut, den Rat der Tochter anzunehmen und zu befolgen. »Morgen gehst du erst einmal für sechs Wochen nach Zwesten. Da kennst du dich schon aus, und die Leute da kennen dich schon. Die kümmern sich. Die Therapie wird dir gut tun.«

Clara seufzte auf: »Ich weiß, es ist das Beste. Jetzt gleich wieder nach Hause wäre wohl nicht gut. Aber wie komme ich dahin?«

»Ich hab schon mit David gesprochen. Der fährt uns. Ich hab morgen Urlaub und bring dich mit hin. Ich bringe dann die nötigsten Sachen mit.«

»Und wie geht das zu Hause mit Kochen und so?«, sorgte sich die Frau.

»Da mach dir mal keine Gedanken drum. Das musste ja schon ein paarmal gehen. Wir kommen schon zurecht.«

»Was sagen deine Eltern und Henner?«

»Das wiederhole ich lieber nicht. Auch deshalb ist es besser, du gehst gleich von hier nach Zwesten und kommst nicht mehr erst nach Windenhausen. Und jetzt muss ich wieder gehen, David wird draußen schon warten.« Franz beugte sich über seine Frau und gab ihr einen Kuss auf die Stirn. »Es wird alles gut werden, Clärchen. Der ganze Bibelkreis betet dafür. Und du musst auch beten. Und jetzt nicht weinen.«

»Danke, Franz«, konnte Clara mit erstickter Stimme nur hauchen. »Clärchen« hatte er doch wieder gesagt, nicht »Clara« wie vorhin. Das war schön. Wenn sie doch nur wieder gutmachen könnte, was sie durch ihre Alkoholkrankheit in den letzten Jahren alles vermasselt hatte. »Jesus ist größer«, hatte Lieschen gesagt. »Du musst auch beten«, hatte Franz sie aufgefordert. Clara schloss wieder die Augen. »Ich will es versuchen«, sagte sie sich, »ich will es versuchen. Gott, hilf mir dabei!«

Am nächsten Tag brachten Pfarrer Hungar und Franz Kapphahn die Patientin zur Kur nach Zwesten. Da hatte Clara zwar nicht so gerne wieder hingewollt, aber in anderen Kliniken war so schnell kein Platz zu bekommen. Hier kannte man Clara schon von früheren Therapien, und wenn sie selbst bereit war, mitzuarbeiten, würden die sechs Wochen Erfolg haben können. Der neue Klinikpfarrer, der selbst auch eine Therapeuten-Ausbildung hatte, wollte sich der Patientin zusätzlich seelsorgerlich annehmen, wenn sie das denn wollte.

Nach sechs Wochen wurde Clara Kapphahn in recht stabilem Zustand und gutem Befinden aus der Therapie entlassen. Die Wochen in der Klinik hatten ihr gut getan. Die Ärzte und Therapeuten waren sehr zufrieden mit ihr, und der Pfarrer hatte manches gute Gespräch mit ihr führen können. Clara hatte auch geistlich wieder an Orientierung gewonnen.

Hoffentlich kam nur zu Hause nicht wieder irgendetwas, was erneut über ihre Kräfte ging und einen weiteren Rückfall auslöste!

Es ging tatsächlich auf Dauer gut. Clara kam damit zurecht, dass ihr Lieschen nicht mehr mit im Haus war und dass auch Anton bald nur noch selten nach Windenhausen kam. Er fühlte sich wohl an seinem Standort im Rheinland. Er versuchte auch gar nicht, nach der Grundausbildung irgendwo in die Nähe versetzt zu werden. Als Zeitsoldat blieb er sowieso nie für längere Zeit am selben Ort.

Clara kam auch damit zurecht, dass Sigrid im Jahr darauf die Familie verließ, um sich zunächst bei ihrer Schwester einzumieten und sich dann in Arolsen ein Zimmer zu nehmen. Im kapphahnschen Haus waren von den Kindern jetzt nur noch Henner und Michel. Henner freilich wie immer unten bei den inzwischen alten und gebrechlich werdenden Großeltern, Michel mit seinen Eltern oben. Seltener Treffpunkt war immer noch die gemeinsame Küche. Henner vermied die Kontakte zu den Eltern und zu Michel. Die waren ihm alle zu fromm und zu spießig.

Michel war völlig anders als Henner. Dieser Junge entwickelte sich gut und war für seine Eltern ein Lichtblick. Er war in der Landwirtschaft bald in allen Dingen firm, und er arbeitete gern mit seinem Vater Hand in Hand, wenn sie denn gleichzeitig zu Hause waren. Manches ließ sich auch arbeitsteilig erledigen, wobei sich Franz auf den Jungen verlassen konnte. Michels begonnene Ausbildung zum Landmaschinen-

Mechaniker würde bald der Pflege der Technik auf dem Hof sehr zugute kommen.

Mit diesem Gespann Vater und Sohn konnte die Landwirtschaft auf dem kapphahnschen Hof gerne noch eine Weile weitergeführt werden, während im Dorf immer mehr kleinere Betriebe die Arbeit mit dem Vieh und auf den Feldern und Wiesen reduzierten oder sogar ganz aufgaben.

Gut war, dass Michel sich von Henner fern hielt. Er blieb auch meistens ruhig, wenn sein ältester Bruder ihn wieder einmal provozieren wollte. Zum Beispiel, als er dem neu gegründeten Posaunenchor des Kirchdorfes beigetreten war. »Himmelsposaunist, dass ich nicht lache«, höhnte Henner immer wieder. »Lass nur nicht hier deine Tröte tönen, sonst stürzen noch die Mauern ein, oder das Jüngste Gericht bricht an.« Michel blieb in solchen Situationen gelassen. Er konnte seinem Bruder dann aber auch schon einmal sagen: »Pass auf, dass die Mauern dich dann nicht erschlagen«, oder: »Das Jüngste Gericht ist scharf auf Spötter. Gib nur Acht, dass es dich nicht frisst.« Ganz schön mutig zuweilen, der Kleine.

Wenn es im Zusammenleben doch immer einmal wieder kritisch wurde, zog Clara sich meist sehr schnell aus dem Geschehen heraus, indem sie unten alles stehen und liegen ließ und nach oben ging, bis Franz im Haus war. Dann fühlte sie sich ein Stück weit sicher. Sie ging jetzt auch regelmäßig mit ihrem Mann in die Gottesdienste und Bibelstunden und gewann richtig Freude daran. Sie war auch dabei, wenn einmal in der Woche Josef Richter mit seiner Frau zum gemeinsamen Bibellesen und Beten im Haus war. Das gab ihr Kraft, Widrigkeiten und Konflikte zu verarbeiten.

# *Das Testament*

Nein, Clara wollte nie wieder Konfliktbetäubungs-Trinkerin werden. Dabei war sie das ja eigentlich noch, wenn sie auch trocken war. Der kleinste Anlass könnte sie umwerfen. Und natürlich jede Form von Alkohol, und wenn der nur aus einem alkoholgefüllten Bonbon bestand, das sie gelutscht hätte. Fast ängstlich achtete sie darauf, dass überhaupt nichts in der Wohnung war, das einen noch so geringen Alkoholanteil hatte. Ihr Mann lebte seit seiner Bekehrung ohnehin völlig abstinent. Michel hatte sich dem angepasst. Wenn Henner sich darüber lustig machte, wich Clara ihm sofort aus. Sie wollte sich nicht provozieren lassen. Dabei wuchs der Wunsch in ihr, mit Franz und Michel aus diesem Haus auszuziehen und irgendwo anders zu wohnen. Das würde ihr das Leben so erleichtern.

Eines Abends nahm sie ihren Mut zusammen und sprach Franz darauf an. »Ich weiß, Clärchen, dass das der beste Weg für uns drei wäre«, bestätigte Franz den Wunsch seiner Frau. »Ich möchte schon lange die Sache hier in den Sack hauen.«

»Und warum tust du's dann nicht?«, zweifelte Clara an der Aussage ihres Mannes.

»Weil das nicht so einfach geht, Frau«, erklärte der. »Was wird mit dem Vieh und der Arbeit draußen? Was wird mit den Eltern?«

Hier unterbrach Clara sofort: »Um die soll sich Henner kümmern. Die haben ihn hochgehalten, dann soll er es umgekehrt machen, wenn sie mal selber nicht mehr können.«

»Recht hast du«, pflichtete Franz seiner Frau bei, »aber ich bin trotzdem noch der einzige Sohn, der ihnen geblieben ist. Eigentlich müsste ich das hier ja auch mal alles kriegen.«

»Wenn du dich da mal nicht täuschst. Die werden das längst dem Henner überschrieben haben«, widersprach Clara.

»Das glaube ich nicht«, wehrte Franz die Vermutung ab. »Das können die doch gar nicht so einfach machen.«

»Und ob die das machen können. In einem Testament kann doch jeder festmachen, was er will.«

»Aber die Eltern haben doch gar kein Testament gemacht«, war Franz sich sicher, »davon müsste ich doch was wissen.«

»Ich glaub doch, sie haben, mein Lieber, und das musst du auch gar nicht wissen«, widersprach Clara. Sie wusste tatsächlich mehr dazu. »Vorige Woche war ein Notar aus Adorf hier. Ich sollte das zwar nicht mitkriegen. Aber ich hab's doch gemerkt.«

Franz wurde unsicher. »Und du meinst wirklich ...?«

»Ich bin mir fast sicher. Henner hat am selben Mittag irgendeine blöde Bemerkung gemacht: ›Das war's dann bald fürs fromme Volk‹, oder so ähnlich hat er gesagt und dabei komisch gelacht.«

»Soll ich die Eltern fragen, wie sie das Erbe geregelt haben?«

»Ich weiß nicht«, wehrte Clara ab. »Lass es lieber. Das gibt nur Streit. Stell dich doch einfach darauf ein, dass hier nichts mehr dir gehört.«

Franz schüttelte den Kopf: »Das kann ich mir einfach nicht vorstellen, dass meine Eltern das machen.«

»Ich schon«, war sich Clara sicher. »Du musst nur denken: Was du erbst, gehört vielleicht eines Tages mir, wenn du vor mir sterben solltest und es nicht anders geregelt hast. Und ehe ›die versoffene Kuh‹ auch nur einen Quadratmeter bekommt ...«

»Jetzt hör aber auf, Clara! So darfst du nicht reden.« Franz wurde ein wenig ungehalten.

»Aber Mama hat Recht«, mischte sich plötzlich Michel ein. Die Eltern hatten gar nicht bemerkt, dass er den letzten Teil des Gesprächs mitbekommen hatte. »Der Henner hat neulich bei mir auch so eine dämliche Bemerkung gemacht. Ich sollte mir bei Gelegenheit ein Zelt kaufen, hat er gesagt, aber eins für drei Personen. Und dann hat er noch gemeint, das könnten wir ja dann auf den Kirchplatz stellen.«

Jetzt erschrak Franz doch. Da schien tatsächlich was dran zu sein, dass seine Eltern ihr Erbe an Henner weitergegeben hatten. Dann bliebe ihm nur ein Pflichtteil. Das konnte ja was werden! »Auch das steht in Gottes Hand«, schloss Franz mit einem leichten Seufzer. »Wir werden sehen, was wird. Und dann müssen wir damit umgehen.«

Sie mussten schneller damit umgehen, als sie das bei jenem Abendgespräch erwartet hatten. Nur wenige Wochen später wurde August Kapphahn auf dem Dorffriedhof von David Hungar beerdigt. Der alte Mann hatte morgens tot im Bett gelegen. Das kam zwar sehr plötzlich, und das Erschrecken war groß. Aber die Trauer hielt sich im Haus in Grenzen. Und niemand mochte große Betroffenheit heucheln. Dafür waren die Beziehungen zwischen Alten und Jungen seit langem zu gestört.

Nur Henner traf die Sache sehr, aber er mimte den Starken. Dabei war ihm jetzt gar nicht wohl in seiner Haut. Der Großvater fehlte hinfort, der ihm in allen Dingen immer die Stange gehalten und ihm immer wieder finanziell unter die Arme gegriffen hatte. Die Großmutter ohne ihren Mann würde das nicht in gleicher Weise durchhalten. So stark war sie dann auch wieder nicht, und was der an Rente blieb, war nur ein besseres Taschengeld. Das reichte nicht für sie und für ihren anspruchsvollen Enkel. Außerdem hatte sie seit einiger Zeit merklich zu kränkeln begonnen. Dass die ihren Mann überlebte, war schon verwunderlich. Wie lange würde sie es wohl noch machen?

Sie überlebte ihren Mann nicht lange. Ihre körperliche Schwäche nahm rapide zu, und ehe ein Jahr vergangen war, lag Großmutter Emma in der anderen Hälfte des kapphahnschen Doppelgrabes.

Auch jetzt hielt sich die Betroffenheit im Haus in Grenzen. Trauer bestand bei Franz und Clara allerdings darin, dass die beiden alten Menschen in den vergangenen Jahren zwar dem gelesenen Evangelium zugehört hatten, weil sie ihm mehr oder weniger zuhören mussten, sich ihm aber nicht geöffnet hatten. Es war an ihnen heruntergelaufen wie das Wasser am Felsen. »Tue Recht und scheue niemand« – an diesem Lebensmotto hatte sich bei ihnen nichts geändert. Wobei es ja wohl dahingestellt blieb, ob das mit dem Recht-Tun immer so recht gewesen war. Die Wahrscheinlichkeit war groß, dass hier zwei Menschen ohne Gott gestorben waren. Und das Ende solcher Leute war in der Bibel deutlich vorgezeichnet. Pfarrer Hungar hatte sich bei beiden Beerdigungen auch nicht gescheut, die Trauergemeinde deutlich darauf anzusprechen und zu einem Leben in der Nachfolge Christi einzuladen. Nur so gewönne man das Leben für die Ewigkeit. »Heute, so ihr seine Stimme höret, so verstocket eure Herzen nicht!«, hatte er der Gemeinde die Mahnung aus dem Hebräerbrief zugerufen.

Nach dem Tod der Großmutter war Henner, inzwischen Mitte dreißig, nun allein. Wovon leben und nicht stehlen? Natürlich von den Eltern. Das war sein Anspruch. Die sollten jetzt gefälligst für ihn sorgen. Es kümmerte ihn gar nicht, dass sich bei ihr gesundheitliche Probleme einstellten, vor allem Leber- und Rückenprobleme, die ihre Ursachen wohl im übermäßigen Alkoholgenuss vergangener Zeiten hatten. Das hatte sich die »Säuferkuh« doch selber zuzuschreiben. Dann musste sie auch sehen, wie sie damit klarkam.

Einige Monate nach dem Tod von August Kapphahn war ein Brief vom Notar in Adorf gekommen mit der Nachricht, dass der vollständige Besitz der Eheleute Kapphahn zunächst auf den überlebenden Partner überginge. Spätere Regelungen seien bereits festgelegt und würden zu gegebener Zeit den Erben mitgeteilt. Emma Kapphahn war also jetzt die Alleinbesitzerin von Haus, Hof und allen Flurstücken gewesen. Eine schwierige Situation für den Sohn und seine Familie. Aber noch hatten sie mit dieser Lösung umgehen können.

Einige Monate nach dem Tod von Emma Kapphahn kam dann die Einladung in die Kanzlei zur Eröffnung des endgültigen Testaments. Henner kommentierte die Einladung an ihn mit der bösartigen Bemerkung: »Dann packt schon mal eure Koffer. In den nächsten Tagen könnt ihr ausziehen.« Sein Vater hatte darauf nicht reagiert, aber er fuhr doch mit einem gewissen Bangen nach Adorf. Er hatte sofort das Abendgespräch wieder im Kopf, in dem Clara und Michel ihm ihre Beobachtungen und die damaligen Kommentare von Henner erzählt hatten. Was würde er also gleich erfahren?

Dann saßen die beiden Männer dem Notar gegenüber in Erwartung dessen, was da in wenigen Augenblicken vorgelesen würde. Henner würdigte seinen Vater keines Blickes. Er war sich seiner Sache sehr sicher. Er würde so richtig abkassieren, und der Vater würde leer ausgehen. Dem blieb vielleicht irgendeines der Flurstücke draußen, mit denen doch kein Mensch etwas anfangen konnte. Mehr hatte der mit seinem versoffenen Weib auch gar nicht verdient.

Ganz so erquicklich wurde es dann aber doch nicht für Henner, und das überhebliche Grinsen des Sohnes gefror rasch zu einer starren Maske, die Ärger und Wut signalisierte. Franz dagegen wurde blass, als er hörte, was die Eltern für die Zeit nach dem Tod des überlebenden Ehepartners festgelegt hatten:

Das Hofgrundstück mit den darauf stehenden Gebäuden bekam der Enkel mit der Maßgabe, den Eltern das Wohnen und Wirtschaften im Haus zu ermöglichen.

Einrichtungsgegenstände, die nicht von Franz und Clara erworben waren, bekam der Enkel. Dasselbe galt für landwirtschaftliches Gerät und für die Tiere im Stall.

Die bewirtschafteten Flächen in den Flurstücken »Auf der Himecke«, »Am Hagen«, »Hinterm Hagen«, »Im Frieden« und »Am Kirchwege« waren im Einvernehmen aufzuteilen unter dem Gesichtspunkt der künftigen Bearbeitung.

Eventuell vorhandenes Barvermögen abzüglich der Beerdigungskosten, der notariellen Kosten und der Kosten für gerichtliche Regelungen und katasteramtliche Änderungen bekam der Enkel.

Der Notar beschloss die Testamentseröffnung: »So weit also das handschriftlich vorliegende und von mir beglaubigte Testament der Erblasser August und Emma Kapphahn. Die Kenntnisnahme wollen Sie bitte durch Ihre Unterschriften bestätigen.«

Beide Männer waren wohl doch ein wenig überrascht von dem, was die Altvordern da festgelegt hatten. Der Jüngere unterschrieb deutlich ärgerlich und verließ sofort den Raum. Der Ältere unterschrieb eher nachdenklich. Das Testament schien zwar recht moderat. Aber die Geschichte in eine sinnvolle Ordnung zu bekommen, würde nicht einfach sein. Und das Zusammenleben unter demselben Dach würde wohl jetzt noch schwieriger. Nur noch das Wohn- und Wirtschaftsrecht im Haus des eigenen Sohnes zu haben, der selbst keinen Finger zu krümmen bereit war? Das konnte nicht gehen. Nein, das würde auf Dauer nicht gutgehen. Da musste schnellstens eine andere Lösung her. Darüber hatten sie, Clara, Michel und Franz, ja bereits nachgedacht. Jetzt aber mussten die Überlegungen rasch konkret werden.

Der Notar schien Franz Kapphahns Gedanken gelesen zu haben. Er sagte: »Ich schicke Ihnen die Abschrift des Testaments in den nächsten Tagen zu. Wenn Sie Hilfe brauchen bei der Ausführung der Bestimmungen, dürfen Sie sich gerne an mich wenden. Ich kann dann als Rechtsanwalt tätig werden. Und als Notar brauchen Sie mich ja vielleicht auch wieder.«

»Vielen Dank für Ihr Angebot. Aber ich hoffe, wenigstens das eine kriegen wir alleine hin«, gab Franz Kapphahn zurück. Dabei klang seine Stimme nicht sehr überzeugt.

Vom Büro des Notars begab sich Franz gleich zur Gemeindeverwaltung, die schon einige Jahre lang nicht mehr in Windenhausen, sondern zentral in Adorf war. Als hätte er geahnt, dass er die Unterlagen über die verschiedenen Grundstücke in den Flurbereichen seines Dorfes brauchen würde, hatte er sie bei sich. So konnte er sich erkundigen, ob eines von ihnen vielleicht bebauungsfähig war. Da kam eigentlich nur der »Kirchweg« oder der »Frieden« infrage.

»Da könnten Sie Glück haben, Herr Kapphahn«, wurde ihm gesagt. »Der Flurbereich auf dem ›Bruch‹ unten an der Bicke ist, wie Sie wissen, vollständig erschlossen. Die ersten Häuser stehen schon. Ihr Grundstück im ›Frieden‹ grenzt unmittelbar an und ist durch eine kurze Zufahrt von der neuen Straße her zu erreichen. Das Problem wäre sicher leicht lösbar. Kanalanschluss wäre auch nicht schwierig. Ihr Grundstück liegt ja diesseits des Baches. Das müsste eigentlich gehen.« Der Beamte überlegte einen Moment. Dann fuhr er fort: »Wir könnten versuchen, eine Sondergenehmigung für die Bebauung zu bekommen.«

Franz griff diesen Gedanken sofort auf. »Wenn das möglich ist, bitte. Dann stellen wir doch den Antrag jetzt sofort. Ich bin einmal hier und muss nicht extra noch mal herkommen.«

»Können wir machen«, war der andere einverstanden und griff in den Schrank nach den Formularen.

Wenig später waren die ausgefüllt und konnten ihren Weg nehmen. »Hoffentlich kaut der Amtsschimmel nicht so langsam«, meinte Franz und freute sich, dass das hier schon einmal so problemlos abgelaufen war.

»Wir sind hier auf dem Land, Herr Kapphahn«, beruhigte der Mann und lachte, »hier weiß man noch, wie Pferde kauen. Ich mache ein bisschen Dampf.«

Mit freudigem Dank für die rasche Hilfe verabschiedete sich Franz und machte sich wenig später mit dem Bus auf den Heimweg. Die ersten Weichen für einen neuen Lebensabschnitt waren gestellt. Mal sehen, wie Henner darauf reagieren würde.

Das hätte der freilich schon im gemeinsamen Bus tun können. Aber der Vater unterließ es doch lieber, den Sohn schon jetzt zu informieren. Henner schien nicht in guter Laune zu sein, zumindest ließ sein finsteres Gesicht, das er hinten im Bus zur Schau trug, darauf schließen.

Clara und Michel reagierten am Abend doch ein wenig schockiert auf die testamentarischen Regelungen, die sie erfuhren. »Und was machen wir jetzt?«, fragte Clara ganz besorgt. »Wir können hier nicht wohnen bleiben. Als geduldete Gäste in Henners Haus bei seiner Meinung über mich – das stehe ich nicht durch.«

»Wir werden so schnell wie möglich sehen, dass wir unten im ›Frieden‹ bauen können. Den Antrag auf Sondergenehmigung habe ich bereits gestellt«, informierte Franz.

»Und wer macht uns die Zeichnung? Und wer baut nachher?«, wollte Michel wissen und schien ganz begeistert von dem Plan. Er hatte auch selbst sofort einen Vorschlag. »Wir können doch ein Holzhaus bauen. Du bereitest das Gebälk auf der Säge vor. Dann stellen eure Leute das Ding auf, und den Rest machen wir selber.«

»Keine schlechte Idee, Junge, aber …«

»Was aber?«, wollte Clara wissen.

»Denkt ihr, das geht so einfach und dazu vielleicht auch noch umsonst?«, wandte Franz ein.

»Natürlich nicht, Papa«, gab Michel zu, »aber an Geld ist doch zu kommen, oder glaubst du, der Henner will auch nur einen Quadratmeter bearbeiten?«

»Du denkst ans Verkaufen, stimmt's?«

»Was denn sonst. Du willst ja auf den ›Frieden‹ keinen Stall mitnehmen, also brauchst du kein Heu, also brauchst du keine Wiesen, also brauchst du keinen Mäher, keinen Wender, keinen Lader und so weiter.«

»Genau, Franz, Michel hat Recht«, pflichtete Clara ihrem

Jüngsten bei. »Wir machen nur noch Kartoffeln und ein bisschen Gemüse. Dafür behältst du den Traktor und das Gerät. Alles andere verkaufst du. Du kannst das. Du hast ja auch alles angeschafft.«

»Ihr macht es euch einfach, ihr zwei«, versuchte Franz die Begeisterung zu bremsen. »Erstens weiß ich nicht, ob der Verkauf von Land und Gerät so viel Geld bringt. Und zweitens denkt ihr wohl an mich überhaupt nicht? Ich bin schließlich auf den Feldern und Wiesen und mit dem Vieh und mit dem ganzen Zeug groß geworden.«

»Ich doch auch, Papa. Nur ohne Pferde. Die hast du früher selbst schon abgeschafft, also kannst du jetzt auch die Rindviecher abschaffen und die Schweine«, sagte Michel. »Dabei denk ich ja gerade an dich. Du bist nur den halben Tag zu Hause, und außerdem wirst du älter. Mama wird älter und ist sowieso angeschlagen. Ich hab meinen Beruf und bin noch weniger zu Hause. Und du kannst auch kein Feld mit in die Kiste nehmen.«

»Na, na, nicht so drastisch, Junge. Hast ja wohl Recht. Stall und Scheune will ich tatsächlich da unten nicht mehr bauen. Höchstens einen Schuppen.«

»Da muss allerdings der Traktor reinpassen.«

»Wenn Henner den rausrückt«, kam der Vater auf das eigentliche Problem zurück, »mit dem muss ich mich erst einmal zusammensetzen und die Dinge sortieren.«

»Wer hat den Traktor denn bezahlt, Papa? Doch wohl nicht der Henner und, so viel ich weiß, auch nicht der Großvater.«

»Das ist nur zum Teil richtig, Junge. Mein Vater hat einen Tausender draufgelegt.«

»Na und? Dann kriegt der Henner von mir den Tausender, und der Traktor gehört uns. Fertig! Außerdem«, Michel hatte noch einen Trumpf in der Tasche, »an den Baukosten werde ich mich beteiligen. Ich verdiene ja schließlich auch Geld.«

»Das freut mich, Junge, dass du so zu uns stehst«, lobte Franz seinen Jüngsten. »Wenn wir dein Geld brauchen, darfst du gerne mit einsteigen.«

Doch Michel hatte plötzlich eine ganz andere Idee: »Ich glaube, wir machen das sowieso anders. Ich baue das Haus und ihr zieht mit ein.«

Ganz erstaunt schauten die Eltern erst sich und dann ihren Jüngsten an. »Und das würdest du machen?«, fragten beide fast gleichzeitig.

»Ehrensache, ihr habt genug mitgemacht und genug gelöhnt an Geld und Kraft und Gesundheit und allem. Irgendwann muss Schluss sein damit. Ich bin jung und ich kriege auch Kredit, wenn ich will. Genau so wird's gemacht und keine Widerrede!«

Der Mutter kamen die Tränen, und auch der Vater schien schlucken zu müssen. »Dafür segne dich Gott!«, sagte Franz, während Clara ihren Jungen vor Bewegung in die Arme nahm.

»Aber erst muss ich mit Henner reden«, kam Franz Kapphahn zum schwierigsten Thema zurück.

»Henner wird froh sein, wenn wir gehen«, war Clara überzeugt, »der wird dir schon in manchem entgegenkommen, damit wir auch wirklich bald aus dem Haus sind.«

»Dieses Anliegen in Gottes Ohr, ihr zwei. Der da oben muss helfen, damit das klappt«, war Franz überzeugt.

»Nimm dir den Pfarrer zu Hilfe und den Josef«, riet Clara ihrem Mann, »das sind gestandene Beter.«

»Und was ist mit dir, Frau?«, kam die Frage zurück.

»Mein Gebet ist so kümmerlich. Ich weiß nicht, ob Gott das überhaupt hört.« Dabei legte sie die Hände ineinander, als wollte sie gerade zu beten beginnen.

Davon war Franz nun doch sehr überzeugt: »›Des Gerechten Gebet vermag viel, wenn es ernstlich ist‹, schreibt Jakobus, und du gehörst doch jetzt auch zu den Gerechten, oder immer noch nicht, Clärchen?«

Clara meinte: »Gerecht nicht, aber gerecht gemacht. Das Bekenntnis hängt am Nagel. Aber das richtige Beten muss ich noch lernen.«

»Sag Gott doch einfach, wie du es denkst. Der versteht auch Windenhausener Dorfchinesisch. Du brauchst keine pastoralen und schwülstigen Formulierungen wie die vom Josef, Mama. Die kann ich sowieso nicht leiden. Die braucht bei uns Bläsern auch keiner. Die reden da ganz locker.«

»Lass mir den Josef in Ruhe, Junge. Der meint es ernst«, gab Franz zurück und wandte sich dann wieder an seine Frau. »Michel hat Recht, Clärchen, sag Gott mit deinen Worten, was du ihm sagen willst. Dann hört er das schon. Und dann macht er es auch so, wie es richtig ist.« So legten sie denn zu dritt die ganze Angelegenheit um Teilung des elterlichen Erbes und um den Bau im »Frieden« in Gottes gute Hände. Er würde es schon wohlmachen.

Henner ließ sich ein paar Tage lang im Haus nicht sehen. Wo er sich aufhielt, wusste niemand. Das erhöhte die Spannung, die seit der Testaments-Eröffnung von den drei Kapphahns wieder verstärkt Besitz ergriffen hatte. Wenn doch diese Dinge nur bald geregelt werden könnten! Seitdem die Alten nicht mehr lebten, war Henner noch weniger zu genießen als vorher.

Am folgenden Sonntag wurden sie dann geregelt. Ob Henner sich den Tag und die Zeit bewusst ausgesucht hatte? Jedenfalls stand er morgens unten an der Treppe und rief nach oben: »Hallo! Hallo, ihr da oben!«

Michel schaute nach, wer da rief. Es hatte bisher niemand registriert, dass Henner überhaupt im Haus war. »Was willst du?«, fragte er nach unten.

»Ich muss mit deinem Alten reden«, herrschte Henner ihn von unten an, ohne nach oben zu blicken.

»Der ist mein Vater, merk dir das, und der geht jetzt in die Kirche«, gab Michel zurück.

»Das soll er sich heute abschminken. Ich muss mit ihm über die Teilerei reden.«

»Das geht doch wohl auch heute Nachmittag.«

»Das geht jetzt oder …«, beharrte Henner, wobei das Oder wie eine Drohung klang.

»Lass gut sein, Michel«, ließ Franz Kapphahn sich von hinten hören, »er soll in der Küche warten. Ich komme gleich.« An Clara und den Jungen gewandt meinte er: »Ihr solltet gehen. Vielleicht ist es besser, ihr seid nicht im Haus, wenn ich mit Henner rede.«

»Aber lass es bitte gut gehen, Franz, und reg dich nicht auf«, bat Clara.

»Reg du dich doch nicht schon wieder auf, Mama«, versuchte Michel zu beruhigen. »Das kriegt Papa schon hin, mach dich fertig. Ich gehe schon vor. Wir blasen heute. Du kommst nach.«

»Nimm mich lieber schon mit, Michel«, bat die Mutter und nahm ihre Handtasche vom Tisch.

Als die beiden sich die Jacken überzogen, weil es draußen kühl war, hörten sie Franz telefonieren. Er sprach anscheinend mit Josef, oder vielleicht mit Pfarrer Hungar oder Elisabeth? Jedenfalls sprach er von dringend notwendiger Gebetsunterstützung, die er heute Morgen brauche. Er werde sich später wieder melden.

Wenige Minuten später saß Franz Kapphahn seinem ältesten Sohn und jetzigen Haus- und Hofbesitzer gegenüber. Vor sich hatte Henner die Abschrift des Testaments der Großeltern liegen. »Wie habt ihr drei euch das jetzt vorgestellt?«, kam der Jüngere der beiden ohne Vorrede zur Sache.

»Wir werden im ›Frieden‹ bauen, und dann sind wir dir nicht mehr im Weg. Ein paar Monate musst du uns schon noch aushalten.«

»Ihr und im Frieden bauen?«, lachte Henner spöttisch auf, »Das wird euch noch Ärger und Unfrieden genug bringen.«

»Mag sein, trotzdem bauen wir unten an der Bicke neben dem Bruch. Die Grundstücke wirst du uns wohl lassen, damit du uns loswirst.«

»Ach so, das ist der ›Frieden‹. Die Felder kannst du haben. Die sind eh nichts wert in dem nassen Loch. Wann fangt ihr an?«

»Sobald wir die Genehmigungen haben. Aber das wird wohl Frühjahr.«

»Elend! Ihr noch so lange hier! Und was ist mit dem Vieh?«

»Das ist von mir angeschafft, ich hab's versorgt, also werde ich es zur gegebenen Zeit verkaufen.«

»Und was bleibt davon mir?«

»Lies das Testament, da steht's drin.«

»Und das Gerät? Wender? Miststreuer? Ladewagen?«

»Das können wir genau sortieren. Was ich angeschafft habe und was ich später noch brauche, bleibt mir. Ich hab das auf einer Liste. Das andere kannst du haben, und du machst damit, was du willst.«

»Was machst du mit deinem Krempel?«

»Das zeigt sich. Ein bisschen Landwirtschaft werd ich schon noch machen. Der Traktor und einiges Gerät geht mit. Das andere wird verkauft.«

»Und was ist mit dem Tausender, den Großvater in den Trecker investiert hat?«

Henner wusste also Bescheid um die Kostenbeteiligung des Vaters an dem Fahrzeugkauf, registrierte Franz, und er war froh, dass er die Antwort parat hatte: »Keine Bange, den kriegst du von uns bar, auch wenn der sich in den paar Jahren schon sicher um die Hälfte abgenutzt hat.«

»Dann kommst du ja trotzdem noch ganz gut raus aus der Sache«, stellte mürrisch Henner fest und rechnete wohl in Gedanken nach, was für den Vater da wohl noch zu verdienen sei.

»Das ist meine Sache, wie ich da rauskomme, Henner. Deine Großeltern wollten das so.«

»Und Grund und Boden? Was du nicht bearbeitest, gehört mir.«

»Darüber müssen wir uns nicht streiten. Du kannst alle Wiesengrundstücke haben. Kein Vieh braucht kein Heu. ›Himecke‹ gehört dir, ›Hagen‹ gehört dir und die Wiesen am ›Kirchweg‹. Das andere bleibt unter dem Pflug, also mir.«

»›Hagen‹ will ich nicht, da klebt Blut und Schnaps dran«, wies Henner das Angebot mit spöttischem Grinsen ab.

»Danke für die Erinnerung«, gab der Vater auf diese Bemerkung bitter zurück. »Bleibt der ›Hagen‹ also auch mir. Noch was?«

»Ich will das alles schriftlich.«

»Kein Problem. Aber noch eins vorher«, bremste Franz, »was ist mit dem Konto?«

»Das gehört ja wohl mir«, stellte Henner mit deutlicher Genugtuung fest.

»Und wer übernimmt die Kosten für den Notar und die Umschreibungen? Steht im Testament. Lies nach.«

Hier wollte Henner allerdings die Regelung nur ungern akzeptieren. Er antwortete mit seinem eben verkündeten Verzicht: »Dafür behältst du den ›Hagen‹. Und damit Schluss mit der Diskussion!«

»Gut«, gestand der Vater zu, nachdem er einen Moment nachgedacht hatte, »ich will um die Kosten nicht streiten. Das lohnt nicht. Machen wir es schriftlich und dann sind wir quitt.«

»Moment«, setzte Henner jetzt die Bremse an. »Ich kriege Miete, solange ihr noch hier wohnt.«

»Das hättest du wohl gerne«, widersprach der Vater energisch, »lies das Testament, und dann weißt du, wie viel Miete du kriegst. Und jetzt sage ich: Schluss mit der Diskussion!«

Henner knurrte böse in seinen nicht vorhandenen Bart. Das passte ihm überhaupt nicht. »Wovon soll ich leben ohne Bargeld?«, wurde er hörbar ärgerlich.

»Das ist dein Problem, nicht meins. Ich denke, du hast Zugriff auf das Konto. Da wird ja wohl noch was drauf sein.«

Henner unterdrückte einen Fluch und knurrte nur: »Da komme ich erst dran, wenn alle Kosten beglichen sind.«

»Dann musst du dich wohl noch gedulden. Arbeite, dann hast du Geld. Außerdem kriegst du ja den Tausender, wenn ich ihn habe. Aus dem Stein schlagen kann ich den natürlich auch nicht. Und jetzt gehe ich und schreib alles auf. Dann kannst du unterschreiben. Danach sind wir, wie gesagt, quitt.«

Franz Kapphahn stand von seinem Stuhl auf und begab sich nach oben. Die Dinge sofort aufs Papier zu bringen war das Beste. Und dann möglichst schnell die Unterschriften drunter, damit Henner nicht doch noch auf andere Ideen kam.

»Vergiss den Durchschlag nicht! Und keine Tricks!«, rief der Sohn dem Vater noch nach. Die letzte Bemerkung war schon wieder ein wenig boshaft. Aber was sollte es, die Sache war gelaufen. Nein, Franz ging noch eins blitzartig durch den Sinn. »Die Unterschriften hätte ich in den nächsten Tagen gerne notariell beglaubigt«, rief er von oben noch hinunter.

»Also doch Tricks. Scheißkerl!«, kam es wütend aus der Küche.

»Danke für den Titel. Das dient nur zu deiner und meiner Sicherheit«, erwiderte Franz.

»Und wer zahlt?«

»Keine Sorge. Ich will das so, also zahle ich.« Damit war die Teilerei, wie Henner das genannt hatte, fürs Erste abgeschlossen.

Gott, du bist groß, ging es Franz Kapphahn beim Schreiben durch den Kopf. Dass die Angelegenheit so schiedlich-friedlich erledigt werden konnte, hatte er nicht erwartet. Hier hatten die Gebete wohl Gottes Arm bewegt und Henners Art gezügelt.

»Sollen wir Henner nicht zum Essen einladen?«, schlug Clara vor, nachdem sie erfahren hatte, welch guten Verlauf der Vormittag genommen hatte. Der Vorschlag an sich war ja gut, aber das wollte Franz ihr dann doch nicht zumuten. »Henner mag dich nicht, das weißt du. Ganz glücklich über das Testament ist der auch nicht. Ich glaube, der hat sich unheimlich zusammengerissen. Da müssen wir ihm keine Gelegenheit geben, seinen Unmut darüber und seine Abneigung gegen dich zu zeigen. Dem braucht doch nur die Suppe zu salzig zu schmecken, oder das Fleisch behagt ihm nicht. Nein, das ist gut gemeint von dir, Clärchen, aber das lassen wir lieber. Der kam sonst ohne uns zurecht. Da kommt er heute auch klar.« Franz hatte gesprochen, und seine Frau gab sich damit zufrieden. Ihr deutliches Ausatmen war sicher ein Ausdruck ihrer Erleichterung.

Michel hatte ohnehin ein wenig bedenklich dreingeschaut. Er kannte seinen Bruder zur Genüge. Auch ihm schien es besser, Henner nicht am Tisch zu haben.

## *Der vierte Nagel*

Im Hause Kapphahn blieb es in der nächsten Zeit relativ ruhig. Henner hatte die notarielle Beglaubigung der Teilungsvereinbarung akzeptiert. Damit hatte er keine Möglichkeit des Widerspruchs mehr. Die Eigentumsverhältnisse waren geklärt. Die Klärung der Wohnverhältnisse nahm ihren Lauf. Solange die vier Personen unter demselben Dach lebten, war die Stimmung im Haus wechselnd. Tagelang konnte Henner friedlich sein. Dann ließ er sich kaum sehen und noch weniger hören. Er schien manchmal den ganzen Tag vor dem Fernseher zu sitzen oder im Bett zu liegen. Manchmal war er tagelang offenbar gar nicht da. Wo er sich dann aufhielt, wusste niemand. Im Dorf wurde schon von Arrest oder so etwas gemunkelt, als Folge irgendwelcher Schlägereien. Tatsächlich war immer wieder einmal Polizei auf dem Hof. Worum es dann ging, fragten Eltern und Bruder nicht. Michel erfuhr freilich hin und wieder etwas über die Eskapaden seines Bruders. Aber Henner war ein erwachsener Mann, der musste wissen, was er tat. Und das musste er auch selbst verantworten.

Dann gab es leider auch immer wieder Tage, in denen Eltern und Bruder dem Hauseigentümer aus dem Weg gingen. Seine schlechte Laune war dann im Haus zu hören. Da ging auch schon mal etwas zu Bruch, und jeder, der über den Flur kam, wurde mit unschönen Kommentaren belegt. Vor allem Clara zog es dann vor, ihrem Ältesten nicht zu begegnen. Der Titel »versoffene Kuh« gehörte noch zu den gemäßigten. Das musste sie sich nicht anhören. Wie gut, dass das Ende absehbar war.

In den Wintermonaten wurde in der oberen Etage in den freien Minuten fleißig und angestrengt geplant, gezeichnet, wieder verworfen und neu gezeichnet. Dazu wurde gerechnet und immer wieder gerechnet. Franz Kapphahn zitierte hierzu gerne den Herrn Jesus nach dem Lukasevangelium:

»Wer ist aber unter euch, der einen Turm bauen will, und sitzt nicht zuvor und überschlägt die Kosten, ob er's habe, hinauszuführen? Auf dass nicht, wenn er den Grund gelegt hat und kann's nicht hinausführen, alle, die es sehen, anfangen, sein zu spotten, und sagen: Dieser Mensch hob an zu bauen, und kann's nicht hinausführen.«

In den ersten Wochen des neuen Jahres waren die Pläne fertig, und auch die Finanzierung stand. Michel war nach vielen Diskussionen und Berechnungen der Baukosten mit seinen Eltern einig geworden, dass er den Neubau errichtete und Franz und Clara Kapphahn ein eingetragenes lebenslanges Wohnrecht erhielten.

»Das ist ein hohes Risiko für dich, Junge«, hatten die Eltern immer wieder gewarnt. »Wir können steinalt werden, und du willst einmal heiraten. Und eine zweite Frau im Haus muss uns dann auch mögen und vielleicht versorgen und pflegen. Wir möchten nicht, dass du dich dann einschränken musst und dass die Atmosphäre im Haus leidet. Diese Zeiten möchten wir für den Rest unseres Lebens gerne hinter uns lassen.«

Michel hatte den Eltern mit ihren Bedenken grundsätzlich Recht gegeben. Aber er wolle das so, und er werde sich entsprechend einrichten und verhalten. Seine erklärte Absicht war, an seinen Eltern ein wenig von dem gutzumachen, was andere in der Vergangenheit verdorben hatten. So war es jetzt, und mit Gottes Hilfe würde das auch gelingen. Und damit Punkt!

Die Wintermonate nutzten Franz und Clara auch, um auf dem Hof mit ihrem Teil der Landwirtschaft klar Schiff zu machen. Nach dem letzten Schlachten im Dezember wurden keine neuen Jungtiere mehr angeschafft. Der Schweinekoben blieb leer. Die Kühe wurden eine nach der anderen verkauft. Der alte Hille war hierbei behilflich. Der Viehhändler war zwar schon steinalt, aber er hatte immer noch seine Kontakte. So war der Stall im ausgehenden Winter leer. Heu und Stroh übernahmen andere Bauern im Dorf ebenso wie die eine oder andere Maschine. Was nicht im Dorf verkauft werden konnte, fand über Michels Arbeitgeber einen neuen Besitzer. Die Abwicklung dieser Dinge hätte kaum besser verlaufen können.

Henner sollte keinen Grund zu irgendeiner Beschwerde haben. Er versuchte zwar ab und an einen zu finden, aber sein Vater ließ sich auf keinen Einwand gegen irgendeine Maßnahme ein. Er verwies dann einfach auf ihre gemeinsame Teilungsvereinbarung, die Henner ja auch irgendwo liegen haben musste.

In all diesen Dingen schien Gott deutlich seine Hand im Spiel zu haben. Das förderte vor allem das stetig wachsende Vertrauen in die Liebe und Güte Gottes, aus dem Clara seit einiger Zeit auch zu leben versuchte. Sie war seit der schweren Attacke auf der Wiese am Hagen und der nachfolgenden Therapie und Rehabilitation nicht wieder rückfällig geworden. Das war wahrlich nicht immer einfach gewesen. Clara hatte da sehr viel ihrem Mann zu danken und Michel, die im Haus zu ihr standen und sie immer wieder ermutigten, vorwärts und aufwärts zu blicken, wenn die Rückwärtsgedanken kamen und die Schuldgefühle sich wieder meldeten und nach unten ziehen wollten. Der Klinik-Seelsorger in Zwesten hatte einen guten Grund für ein verändertes Denken gelegt. Pfarrer David Hungar hatte auf diesem Grund durch eine einfühlsame und gute geistliche Begleitung aufbauen können. Der Gemeindebibelkreis hatte seinen Anteil und der kleine Hausbibelkreis mit den Richters ebenso.

Clara hatte Glauben riskiert und war im Glauben Schritt für Schritt vorwärts gegangen. Der vierte Nagel war ihr ebenso lieb und wichtig geworden, wie Jahre zuvor ihrem Mann. Auch sie hatte ihn inzwischen gerne in Anspruch genommen für ihr eigenes Glaubensbekenntnis: »Jesus von Nazareth, mein König!«

Insgeheim hatte sie den Wunsch, das deutlich zu machen. Für den Flur im neuen Haus hatte sie da eine Idee. Manchmal befürchtete sie allerdings auch, sie könnte die Möglichkeit nicht mehr erleben. Sie fühlte sich in letzter Zeit zuweilen müde und schlapp, obwohl sie doch gar nicht mehr so schwer zu arbeiten brauchte und die täglichen Belastungen merklich geringer geworden waren. Nachts bekam sie schon einmal Schlafprobleme.

»Ihre Leberwerte sind nicht gut, Frau Kapphahn«, wurde ihr bei einer internistischen Untersuchung gesagt. »Verzeihen Sie, aber Sie haben so etwas wie eine Säuferleber, wie wir das schon mal nennen.«

»Da mögen Sie Recht haben, Herr Doktor. Ich bin trockene Alkoholikerin«, gab Clara unumwunden zu.

Erstaunt über diese Antwort fragte der Arzt nach: »Seit wann sind Sie trocken?«

»Noch nicht sehr lange, aber konsequent.«

»Dann gratuliere ich Ihnen, wenn Sie das durchgehalten haben und weiter durchhalten.«

»Von mir aus kann ich das nicht, Herr Doktor. Das verdanke ich der Gnade und der Hilfe Gottes und der Liebe und den Gebeten meines Mannes und seiner Freunde«, erweiterte Clara ihr offenes Bekenntnis.

Der Arzt wusste wohl nicht recht, wie er damit umgehen sollte. Er zuckte ein wenig mit den Schultern und riet ihr nur: »Diese Anzeichen einer Leberinsuffizienz können Sie beherrschen, wenn Sie sich weiter zurückhalten und Ihre Lebensweise den Problemen anpassen. Ich verschreibe Ihnen dazu ein Medikament und gebe Ihnen eine Diätanleitung. Wenn Sie sich daran halten, können Sie noch steinalt werden.« Dann schob er aber doch noch die Bemerkung nach: »Und verzichten Sie weiter auf jeglichen Alkohol. Der würde Ihnen nicht gut tun.«

»Da brauchen Sie keine Befürchtungen zu haben, Herr Doktor. Die Garantie dafür hängt an einem guten Nagel.«

Damit konnte der Mann nun wirklich nichts anfangen, aber er fragte auch nicht nach, stellte nur noch sein Rezept aus und entließ die Patientin. Clara Kapphahn freute sich über das bescheidene Glaubensbekenntnis, das sie soeben abgegeben hatte.

Pünktlich zum Frühlingsanfang brachte der Briefträger die Baugenehmigung für das Haus an der Bicke. Jetzt konnte es losgehen. Bereits nach einer Woche waren die Fundamente gelegt und die Grundplatte betoniert. Nach einer Woche der Ruhe, die dem Beton gegönnt werden musste, taten die Zimmerleute vom Sägemüller ihr Werk. Am Abend des zweiten

Aufbautages stand die vollständige Fachwerk-Konstruktion an ihrem Platz, und der Richtkranz konnte auf den Giebel gesetzt werden.

Das wurde ein fröhliches Richten des Hauses, wie es Windenhausen wohl seit Jahren nicht erlebt hatte. Dazu tauchte die Abendsonne das Gelände im ›Frieden‹ in wunderbares Licht. Hier wurde keine Schnapsflasche am Firstbalken zerschmettert, um einen vielleicht fragwürdigen Richtspruch zu besiegeln. Natürlich gab es auch hier einen Spruch der Zimmerleute, aber Franz Kapphahn hatte dafür gesorgt, dass der sich hören lassen konnte und zu dem anderen passte, den Pfarrer David Hungar, längst Freund der Familie, aus Psalm 103 von oben über die Leute ausrief – bevor er den vollständigen Psalm bis zum letzten Vers las:

»Lobe den Herrn, meine Seele,
und was in mir ist, seinen heiligen Namen!
Lobe den Herrn, meine Seele,
und vergiss nicht, was er dir Gutes getan hat …
Lobet den Herrn, alle seine Heerscharen, seine Diener,
die ihr seinen Willen tut!
Lobet den Herrn, alle seine Werke,
an allen Orten seiner Herrschaft!
Lobe den Herrn, meine Seele!«

Nachdem David Hungar noch ein paar persönliche Sätze angefügt hatte, intonierte eine kleine Gruppe Posaunenbläser oben im Gebälk das Traditionslied aller Richtfeste der Gegend:

»Nun danket alle Gott mit Herzen, Mund und Händen,
der große Dinge tut an uns und allen Enden,
der uns von Mutterleib und Kindesbeinen an
unzählig viel zugut und noch jetzund getan.

Der ewig reiche Gott woll uns bei unserm Leben
ein immer fröhlich Herz und edlen Frieden geben
und uns in seiner Gnad erhalten fort und fort
und uns aus aller Not erlösen hier und dort.

Lob, Ehr und Preis sei Gott, dem Vater und dem Sohne
und dem, der beiden gleich im höchsten Himmelsthrone,
dem dreimal einen Gott, wie es ursprünglich war
und ist und bleiben wird jetzund und immerdar.«

Das war ein starkes Glaubenszeugnis für die Leute des Dorfes. Franz und Clara Kapphahn und auch Michel, der eigentliche Bauherr, hatten deutlich gemacht, worum es ihnen ging. Hier unten an der Bicke, hier im »Frieden« neben dem Bruch, sollte Frieden herrschen und gelebt werden, nicht mehr die alte kapphahnsche Art, die nur Not und Elend gebracht hatte. Die hielt der letzte Hofbewohner aufrecht, dessen Beitrag zum Richtfest aus sicherer Entfernung, aber dennoch deutlich zu hören war. Nur störte sich niemand an den wütenden Kaskaden. Den Henner nahm im Dorf inzwischen keiner mehr für voll. Nein, bei diesem Richtfest sollte Gott die Ehre gegeben werden. Und das bleibend und auch später noch sichtbar.

Franz Kapphahn hatte zwar nicht das entsprechende Balkenstück am elterlichen Haus herausgeschnitten. Das hätte auch gar keinen Sinn mehr gemacht, denn Henner hatte den Schriftzug längst mit Farbe wieder unleserlich gemacht. Diesem Bekenntnis hatte er sich nicht aussetzen wollen, nachdem das Haus ihm gehörte. Sein Vater hatte dafür in stillen Winterstunden ein zusätzliches Balkenstück mit dem Schriftzug versehen: »Gott allein die Ehre!« Dieses Balkenstück setzte er nun gemeinsam mit Michel über der künftigen Haustür ein, damit es jedermann lesen sollte, der das Haus betrat. So sollte es sein im neuen Haus in neuer Nachbarschaft, und mit Gottes Hilfe würde es gelingen.

Nachdem die Familie im Sommer desselben Jahres ihr neues Haus bezogen hatte, rückte Clara mit dem Wunsch heraus, den sie seit den ersten Planungen im Stillen gehegt hatte. »Wir haben einen großen Flur mit einer großen Wand.«

Ihre beiden Männer blickten sie fragend an. »Was heißt das?«, fragte Michel.

»Auf dieser Wand ist Platz für ein bisschen Kunst am Bau, wie das so modern heißt.«

Franz und Michel verstanden noch immer nicht. »Nun sag schon, was du willst, Mama«, drängte der Sohn.

»Ich möchte, dass auf die freie Wand ein Kreuz angebracht wird.«

Jetzt wiegte Michel doch ein wenig bedenklich den Kopf. Ein richtiges Kreuz im Flur seines Hauses? »Wir haben kein Gemeindehaus gebaut, Mama. Du kannst dir gerne ein Kreuz in dein Zimmer hängen. Aber hier auf dem Flur?«

»Ich meine ja auch kein richtiges Kreuz«, erklärte Clara. »Ich meine so ein symbolisches Gebilde, das aus vier Nägeln besteht. Das kann vielleicht aussehen wie ein Kreuz. Der vierte Nagel ist mir der wichtigste. Da muss ein Schild dran.«

»In Ordnung, Mama, jetzt weiß ich, was du willst«, hatte Michel nun doch verstanden. »Sollst deine Nägel haben. Ich hab auch schon eine Idee, wie ich die arrangiere. Und an den kleinen oben, an den vierten, magst du dann dein Schild hängen. Ich weiß zwar noch nicht so recht, ob ich das selber für mich so akzeptieren kann. Aber du darfst es aufhängen.«

So geschah es, nachdem die neuen Zimmer einigermaßen eingerichtet waren und die Freunde und Nachbarn der Einladung zur Einweihung des Hauses gefolgt waren. Draußen, vor dem Haus, quasi unter dem Bekenntnis, das Franz angebracht hatte, wurden sie alle zunächst von Franz empfangen. Auch Elisabeth und Sigrid waren gekommen und mussten sich draußen gedulden. Dann wurden alle in den Flur gebeten. Hier standen sie nun dicht gedrängt und warteten auf Clara, die dann auch endlich kam. In der Hand hielt sie eine kleine, kunstvoll gestaltete Tafel. Und dann hielt Clara die wohl einzige Rede ihres Lebens. Sie hatte die Worte auf einen Zettel geschrieben und las sie ab:

»Ihr lieben Freunde, vor bald zweitausend Jahren wurde der Heiland Jesus Christus mit drei dicken Zimmermannsnägeln grausam an ein Kreuz genagelt, damit wir alle leben sollen. Dann hat Pilatus einem Soldaten einen vierten Nagel gegeben. Den sollte er oben in das Holz schlagen und damit ein Schild befestigen: ›Jesus von Nazareth, der Juden König.‹ Das Schild war von Pilatus gar nicht ernst gemeint. Wer es aber ernst meint mit Jesus, hängt ein anderes Schild an diesen vierten Nagel. Franz hat das vor einigen Jahren in einer Passionsandacht getan. Seitdem gehört er Jesus. Hätte er das nicht gemacht, hätte er mich sicher längst verlassen oder davongejagt. Er hat es nicht getan, sondern mir seinen Glauben vorgelebt und mich trotz meiner Sauferei geliebt. Ich kann ihm dafür nicht genug danken. Das mit dem Schild habe ich vor einiger Zeit auch getan, und seitdem gehöre ich auch Jesus. Wenn ich den nicht hätte, wäre ich wohl nicht mehr am Leben, weil ich mich längst totgesoffen hätte. Aber Jesus hat mich gerettet und gehalten, und das Bekenntnis an dem vierten Nagel hat mich auch gehalten. Deshalb hänge ich heute für alle sichtbar dieses Bekenntnis an den vierten Nagel dieses Kunstwerks hier auf dem Flur, das unser Michel vorbereitet hat. So ist es und so soll es sein: Jesus von Nazareth, mein König! Damit will ich leben, und damit will ich sterben. Amen.«

Für ein paar Augenblicke war es ganz still im Flur. So still, als hielte jeder den Atem an. Dieser feierliche Moment durfte durch nichts gestört werden. Dann brandete der Beifall auf, wie ihn kein noch so berühmter Redner besser hätte bekommen können. Nacheinander fielen die Freunde und Gäste der Hausherrin um den Hals und gratulierten ihr zu ihrem neuen Leben und ihrem neuen Zuhause.

Ja, Clara Kapphahn hatte wie vorher ihr Mann ein neues Zuhause gefunden, freilich auch hier ein neues irdisches, eins im »Frieden«. Die Flurbezeichnung war hoffentlich wegweisend für das Leben im neuen Haus. Und sie hatte mit ihrem Franz ein ewiges Zuhause gefunden, eins im ewigen Frieden. Das kleine, kunstvolle Schild am vierten Nagel wies deutlich darauf hin.

Trotz Claras zunehmender gesundheitlicher Anfälligkeit hing das Schild noch für eine Reihe von ruhigen Jahren an seinem Platz. Michel ließ es hängen, bis er später das Haus allein bewohnte und dann seine eigene Familie gründete. In den Jahren bis dahin ging von hier mancher Segen in die Gemeinde des Dorfes aus, in die Freundschaft des Bibelkreises und in die neue Nachbarschaft. Leider konnte dieser Segen nur bedingt in die eigene Familie wirken. Für Franz und Clara Kapphahn blieb es eine immer wiederkehrende Anfechtung, dass nur Elisabeth und Michel ihren Weg mitgingen. Ihr eigenes Glaubenszeugnis schien ihnen zu schwach. Wie gerne hätten sie alle ihre Kinder auf den eigenen Weg im Glauben nachgezogen. Aber Gott hat keine Enkel. Er musste schon selbst wirken und retten, wie er sie gerettet hatte durch die Erkenntnis des vierten Nagels.